羊吃草

西西集

西西

何福仁·編選

中華書局

責任編輯：舒　非

裝幀設計：洪清淇

〔香港散文典藏〕

顧問：劉紹銘　陳萬雄

主編：黃子平

羊吃草·西西集

□

著者

西西

□

編選

何福仁

□

出版

中華書局（香港）有限公司

香港北角英皇道 499 號北角工業大廈一樓 B

電話：（852）2137 2338　傳真：（852）2713 8202

電子郵件：info@chunghwabook.com.hk

網址：http://www.chunghwabook.com.hk

□

發行

香港聯合書刊物流有限公司

香港新界大埔汀麗路 36 號

中華商務印刷大廈 3 字樓

電話：（852）2150 2100　傳真：（852）2407 3062

電子郵件：info@suplogistics.com.hk

□

印刷

美雅印刷製本有限公司

香港觀塘榮業街 6 號 海濱工業大廈 4 樓 A 室

□

版次

2012 年 5 月初版

2016 年 1 月第 4 次印刷

© 2012 2016 中華書局（香港）有限公司

□

規格

大 32 開（210 mm×153 mm）

□

ISBN：978-988-8148-84-4

《香港散文典藏》出版說明

百年之前，孫中山先生領導同盟會揭竿而起，推翻帝制，建立共和。1912 年元旦，中華書局在上海呱呱墜地。一百年，在歷史長河中，不過是彈指之間，但在這一百年裏，在香港、中國，以至全世界，都發生了天翻地覆的變化。

百年之前，中國才剛剛掙脫了帝制的鎖鍊，蹣跚起步，試圖自立於世界民族之林。

百年之前，中國現代出版業，尚處萌芽階段，無論經驗、設備與水平，皆與西方國家相去甚遠，但一群有志之士，艱苦經營，孜孜矻矻，希望以文化救國，以知識與知性，喚起老大衰弱的祖國，喚起沉睡未醒的民族。中華書局，在這百年之中，篳路藍縷，探索前行，幾經戰火洗禮，數歷政權更迭，始終屹立不倒，成為全國有數的百年企業，也成為推廣中華文化與教育的著名品牌。《香港散文典

藏》，正是為了紀念中華書局成立一百周年而推出的重點叢書。

散文，並非動輒百萬言的煌煌巨著，亦非歌頌時代風雷的史詩，而是個人對所見所聞的描繪，對身邊事物人情的感悟，相比起高屋建瓴的作品，散文也許只能算是文學中的小品。雖屬小品，散文卻自有其獨特的魅力和價值。寫散文，作者通常不會有文以載道，主題先行的心態，多屬抒懷遣興，觸景生情之作。唯其如此，在散文中往往更可見到作者的真性情真胸臆，通過他們的眼睛看到一個與我們自身經驗迥異的天地。

英國詩人布萊克（William Blake）有言：「從一顆沙粒看一個世界。」同樣地，從名家的散文之中，我們可以窺見他們對身處時代的觀察，可以感受到他們對生活和事物的體驗，通過他們的文字認識到作者身處的世界。

我們所選的這些作家，出身背景性格喜好各有差異，但共通的是他們都有着看通世情的睿智目光，有着對歷史和人情的深刻了解，有着對身邊大小事物的奇妙觸覺，有着一枝把所見所聞所感表達得引人入勝的生花妙筆。通過他們的文章，我們可以進入到一個更為廣闊的世界，和他們一起分享生活的經驗與感觸，深入了解他們和我們都生活於此的這個時代。

百年之間，物換星移。國家有盛衰，政權有更替，人物有升沉。風起雲湧，多少英雄，如今安在，但出色的文章，卻能跨越時空，一代又一代地流傳下去，一次又一次地感動讀者。

我們期望藉這套《香港散文典藏》，能夠或多或少地把這些美好文字承傳下去，讓後來者可以和我們一道，分享這個變幻無窮、亦悲亦喜的時代。

中華書局（香港）有限公司編輯部

散文裏一種朋友的語調

何福仁

一

我想先從寫壞了的散文開始，不是漢語的，而是英語。亞瑟‧克拉頓—布洛克 (Arthur Clutton- Brock, 1868-1924) 晚年談英國的散文 (On English Prose)，指出英國人對散文有一種偏見，以為接近詩的最好；這是把散文當成詩的窮親戚。然後他指出英國散文兩大毛病，其一是卡萊爾式的文風，作者用一種高昂、聲嘶力竭的聲音說話，把寫作當成演說，一味炫耀口才。其二，則是作者好為人師，任何時候總有一些道理要講，總要教人一點什麼。前者可怕，試想想，走下舞台，仍然用高八度音階的嗓門說話，不是很可怕麼？後者則屬可厭，他有教無類，硬把所有人都塞進他的門下。

何以這是寫壞了的文章呢？毛病在兩者都出諸一種俯視眾生的姿態。那個說話的我，是大我，是超乎眾人的我。他們不說話則已，

V

一開口，就高高在上。他們無視任何場合、對象，永遠用那麼一種自我中心的腔調說話。他們並不會和朋友閒話家常；他們自然也不會有什麼朋友，不見得需要朋友，朋友都變成聽眾變成學生了。可是這種說話的態度，久而久之，結果是平白、切實的話再不會說，話裏總要加添許多裝飾、戲劇式的東西。

這位學者的見解，我並不完全同意，但令我回過頭來思考。因為與上述二者不同的，合該另有一種常人的態度，那個說話的我，既不自以為高於其他人，也絕不低於其他人。這個說話的「我」，是「眾我」之一，說者聽者平起平坐；而說話的語調自然而親切，一如朋友。當然，對某些扭曲的現象、事態，談起來，言辭也會變得嚴厲，彼此彼此。其實朋友交往就是這樣，有時可以發發脾氣，只要不是亂發就行。誰會喜歡和一支永遠攝氏二十四度的寒暑表做朋友？於是，這就有了對話的可能。

平素我們會聽聽講演，時而希望獲得高人指點，但作為文明的成年人，我們更多的時候倒情願和朋友閒聊，那是我們更珍貴的、常態的情感生活。朋友之間聊什麼，可以有特定的話題，那是討論，一旦煞有介事，嘴巴和耳朵都會認真起來；但更可以沒有，那就果然是閒聊了。總之朋友不是工具，不是可以利用的資產。如果談的是趣聞，樂得彼此分享；苦事麼，何妨互相分擔（苦事、慘事，奇怪我們喜歡演說、喜歡講道理的偉人仍然會用「分享」一詞）？在談話

的過程裏，有交流，眼神的，心靈的，真好，因為說者不是緊握拳頭，站在講台上，說而且演，而聽者無需仰起頭來，乖乖把手放在膝上，裝出聆教的可憐樣。

朋友有時會自嘲，偶然又會調皮地自誇，有時會流露自己的缺點，會把偏見告訴我們。但無論他說什麼、怎麼說，我們都很清楚，他不是完人，我們也不強求他是完人。只要他的精神健全，沒有罔顧一般的道德準則，那就行了。對導師，對精神領袖，我們才有更高的道德要求。他並沒有假扮神童，長大了竟然也事事精通的意思。散文家而沒有兩、三種一偏之見，還是散文家嗎？「我」而沒有若干特殊的好惡，那還是「真我」嗎？有時，他的確有所觀察，有所心會，有些妙趣的想法，這就更好了。好的朋友，像一面鏡，不是變形的哈哈鏡，令我們看見自己，令自己反省、進步，令我們成為真正的自己。

二

散文裏最重要的人物，——如果有人物，就是那個表述的「我」。這個「我」，也許根本不出場，但一椅一桌，莫不通過我的觀察，我的選材，用我的聲音表述。當然，在小說裏，敘事的「我」，不一定是作者本人，那可以是角色扮演，即使那個「我」用上作者的名字，也不一定就是作者自己，真真假假，那是有意的顛覆。照熱

奈特（G. Genette）的説法，小説敘事的 mood 和 voice 是有分別的，試以西西的小説《肥土鎮灰闌記》為例，mood 是元朝的五歲小孩，voice 卻是出入古今六百歲，有現代意識的成年。散文裏的「我」則甚少這種變異，如果有，那就靠近小説了。

朋友要我編選西西的散文，並且談談讀這些散文的感想，我想這個「我」是關鍵詞。我同時想到，我應該嘗試用一種比較放鬆的腔調。克拉頓──布洛克抱怨英國散文的瘋牛之疾，漢語的散文豈能免疫呢，那種裝腔作勢的架式，加上一味美化自己，往臉上貼金的散文其實到處為祟。但香港散文的特色，而且是好處之一，也可能是過去跟其他地方的漢語寫作不同之處，即是敘述時一個平視的「我」。追溯起來，這大抵和現實環境有關。我們都是移民，分別只在新舊，有些初來，有些父親的父親就來了。在英國人治下，早期這個「我」，既內望，又外看，也許並未成形，還不完整，但不得不承認，這地方相對地比較自由、開放，沒有一個我們必須膜拜的偶象。許多在其他地方受禁制的訊息、書籍，這裏都可以看到，這也塑造了「我」的視野、品性。然後，大概上世紀六、七十年代吧，日漸長成，既不得不受外來大氣候的影響，──這令我們謙虛，又不得不依靠自己，摸索，琢磨，然後獲得自己的聲音，一種不亢不卑的聲音。

説話的環境也產生作用。香港散文有一個特殊的場域：從上世紀

六、七十年代興盛起來的報章專欄。早期的報章副刊稱為「諧部」，以別於正論的「莊部」，目的是表現日常生活的情趣、調劑現實的種種壓力，當然，也顯示它並不是主角，像粵劇的丑生那樣，可以插科打諢（我少年時看過梁醒波的表演，連生旦都跟不上）。可這麼一來，副刊專欄一直成為自由抒寫的空間。部份專欄作者不忘對現實政治的抒發，儘管如此，或諷刺，或寓言，往往也不乏文學的筆法；更多的，則是對自身生活感受的刻劃。從上世紀七十年代開始，整整數十年，香港報章的副刊，百花齊放，各式紛陳，曾是我每天的精神食糧。我一位朋友多年前移居外國，他最懷念香港的，是早餐時一杯鴛鴦，攤開幾份副刊，叩訪上面熟悉的作者一個個劃定的房子。黃昏時，還有一兩份晚報。每天看，長期看，他覺得這些作者像朋友，他都熟悉。

<h2 style="text-align:center">三</h2>

西西大部分的寫作，都先在報章、雜誌上發表。散文往往以專欄形式，刊登在不同的時間不同的空間，有的寫生活，有的談閱讀、談畫、談音樂，或者一段文字，拼貼一幅畫，以至應邀專談足球等等。無論是什麼特定的欄目，那始終是我們熟悉的，一種平實、朋友家常的語調，這語調親切，富於情趣，時見獨特的角度、奇妙的想像。這種筆調，和她的小說、詩，無疑是一脈相通。她絕少激昂慷慨，侈談什麼救國救民，她甚至不用感歎號（台灣的楊牧也不

用），偶然出現一兩個，原來是報刊的誤植。這種語調的作者，有他自己的看法，興趣極廣泛，並且轉益外國最前衛的養素，卻不會以為長於執筆寫字，就同時精通政治經濟，以及一切令人蕭然起敬的東西。記得五十多年前，家父在新界鄉下教書，晚上經常有村民來訪，神情腼腆，原來是請求家父讀信寫信，同時就詢問他一些其他的意見。一次兩夫婦到來，談不兩句，女的號啕大哭，原來他們的牛病了，請教療法，結果大失所望。父親説：我怎麼會懂？你們養牛，不是應該比我懂？這給我很深刻的印象。到大家都會讀書了，到訪的就不是學生，而是朋友。

運用朋友的語調寫作，絕不等於可以胡言亂語，想到就説。我手不等同我口，出口成文的説法，是簡化了汰選、轉化、整理的過程。這過程，容或熟而生巧，但熟得過了頭，反而變得油滑、陳套。然則平實的語調，尤其需要別出心裁的角度，言人之所未言或者少言。我們很難説西西某些句子寫得特別好，某些段落是金句，不是這回事，她並不煉字，要煉的是意，是整體。那是另一套美學。試看這兩段：

更多的時候，我們互相靜坐不語，當我從書本上抬頭，總看見你或近或遠，對我凝神看望，而且目不轉睛。多麼明亮美麗的一雙眸子，充滿感情、善意。你在想些什麼？我無法知悉。我在想些什麼，你也不會知道。我在想，是什麼機緣，讓我們可

以在當下這寧謐的環境裏相遇，彼此認識，成為異類的朋友？世界多麼遼闊，世事多麼紛亂，我們卻在地球的一隅，面對面，彼此無話，其實也無需說話，讓時光漸漸流逝。但這樣和諧的日子能夠延續多久呢？大花呵，人生苦短，貓生也不長。你忽然已經十五歲，相當於我們人類的七十五歲，你竟然已比我還年長了。我們早晚都會歸於塵土，不是消失，而是變換形態，變成別的東面，成為雨滴、沙粒、微風，活在其他人的記憶，然後，連記憶也變得不可靠，沒有了。

我喜歡貓科動物，喜歡獵豹、花豹、金錢豹、雪豹，我喜歡你的近親：老虎。你們都有明亮美麗的眼睛，像碧玉、翡翠，像琥珀、藍寶石，甚至像鑽石。而你，你的眼睛就是貓眼石。我常常想，宇宙間的寶石就是你們的眼睛化成的，其中蘊藏着你們不朽的靈魂。大多數的動物都有奇異的眼睛，例如狐狸、青蛙、狼、鷹、企鵝、海象，甚至八爪魚。但你們的眼睛特別動人，因為會閃爍變幻。如果所有的貓科動物都閉上眼睛，世界會變得多麼荒涼。

—— 〈那一雙明亮的眼睛〉

我本來想截取其中的一兩句，看來看去，還是放棄了。這本書，上編從西西已出版的散文集選出，下編雖先後在各地報章、雜誌上發

表，但從未結集。換言之，我其實只編了半本。我的解釋是，上篇可以結交新朋友，下篇則是給舊朋友的驚喜。如果新舊朋友都不滿足，那只能怪編者自己；補救之法是請去尋找原裝的版本。這其中我特別選了些篇幅較長的文章，像〈上課記〉、〈卡納克之聲〉、〈清暉園〉、〈以色列一周記〉等等，讓熟悉她的朋友，看看她如何細緻地處理不同的題材，那是她精神飽滿時的面貌。

目 錄

上　編

造房子

我的朋友説：你一定是喜歡密西西比河了。我説：嗯。我的朋友説：你一定是喜歡陝西西安了。我説：嗯。我的朋友説：你一定是喜歡西西里島了。我説：嗯。我的朋友説：你一定是喜歡墨西哥和巴西了。我説：嗯。後來，我的朋友不再説什麼你一定是喜歡聖法蘭西斯·阿西西了等等，我也不再「嗯」了。

我的朋友大概不知道我小時候喜歡玩一種叫做「造房子」又名「跳飛機」的遊戲，拿一堆萬字夾纏作一團，拋到地面上劃好的一個個格子裏，然後跳跳跳，跳到格子裏，彎腰把萬字夾拾起來，跳跳跳，又回到所有的格子外面來。有時候，許多人一起輪流跳，那是一種熱鬧的遊戲；有時候，自己一個人跳，那是一種寂寞的遊戲。我在學校裏讀書的時候，常常在校園裏玩「跳飛機」，我在學校裏教書的時候，也常常和我的學生們一起在校園玩「跳飛機」，於是我就叫做西西了。西是什麼意思呢？有的人説是方向，有的人説是太

陽沉落的地方，有的人說是地球的那一邊。我說：不過是一幅圖畫吧了。不過是一個象形的文字。「西」就是一個穿着裙子的女孩子兩隻腳站在地上的一個四方格子裏。如果把兩個西字放在一起，就變成電影菲林的兩格，成為簡單的動畫，一個穿裙子的女孩子在地面上玩跳飛機的遊戲，從第一個格子跳到第二個格子，跳跳，跳跳，跳格子。

把字寫在稿紙上，其實也是一種跳飛機的遊戲，從這個格子開始跳下去，一個又一個格子，跳跳跳，跳下去，不同的是，兒童的遊戲跳飛機用的是腳，寫稿用手。爬格子是痛苦的，跳格子是快樂的。

朋友之中只有阿贏一個人稱我阿西，這時候，跳飛機的女孩就被她罰站在一個四方格子裏不能動彈了。有些刊物的文字是橫排的，於是，跳飛機的女孩只好變作螃蟹了。

我的朋友說：你一定喜歡西西弗斯了。我說：嗯。我的朋友說：你一定是喜歡西班牙和西印度羣島了。我說：嗯。經過任何學校的校園，我總要看看地面上有沒有劃上一個一個白線的格子，有沒有人在玩跳飛機呢？那是一種熱鬧的遊戲，也是一種寂寞的遊戲。

答問

如果你問我這裏的冬天會不會下雪。我說，我實在是很喜歡吃雪糕的。你問我會選擇什麼內容的冰淇淋。我說，既然有一種叫花生，我喜歡花生。你問我，喜歡花生的拉納斯還是喜歡花生的露西。我說，喜歡蛋臉的查理布朗的風箏。你問我，為什麼他的風箏一直很倒霉。我說，市場的霉菜如今是一塊錢一兩了。你問我，學校裏的數學是否仍是一斤十六兩，一碼三呎。我說，是一米等於一百個厘米，一個千克等於一千個克。你問我，一千個人住在一個地球上是否很寂寞，我說，該好好地把寂寞藏在一個瓶子裏，免得被壞環境染污了。你問我，一個不碎的瓶是否也可以當皮球來踢。我說，現在的腳都已經變為車輪了。你問我，法拉利美麗還是馬撒拉蒂美麗。我說，我比較關心的一個名字叫馬蒂斯。你問我心的形狀和顏色。我說，矩形應該是四平八穩的。你問我，四和死是諧音，有什麼辦法可以破除迷信。我說，支持我活下去的，也不過是遠方一吋的草地，和一個會叫我早上起來的鬧鐘。你問我草地裏的蚱蜢是否

比一隻蜜蜂聰明。我說，李清照的詞說的是只恐雙溪舴艋舟，載不動許多愁。你問我，愁字的筆劃是多少。我說，我們必須努力把這個字忘記。

羊皮筏子

夏日的一天，她第一次乘坐羊皮筏子。筏子還沒有下水，她瞥見一個瘦削的戴帽青年掮着它從村落中出來，起初卻不知道是什麼東西，只見一個人在田間步行，擔着四方形的大框架，彷彿賣雜貨似的。待得臨近，經過觀察，才醒悟是羊皮筏子。整座由木頭搭成的框架上，已經紮上了羊統，一共十五個，羊頭和尾巴都不復見，只留下一隻隻腳。浸製過的羊統，使人無法聯念羊隻原來柔軟的體質，竟像面對一個個風乾了的大葫蘆。筏子顯然不重，擔着它的男子步履輕快，只用一支槳套進框架的繩段縫隙，就掮抬起來，槳的把手一端還垂懸了三個枕頭大小沉沉的布袋。

我們的祖先看見落葉飄浮水面，刳孤木為獨舟，用來渡河。不過有時大原木不多，倒樹艱難，就把許多小一點的木頭捆紮起來，成為木筏。她見過木筏，甚至那些沒有緊紮的木料，自上游某處，放排流下，聚在岸邊，少年們就跑到木上奔走嬉戲。她看見過如今淺河

上的膠筏，是塑料的長管，五、六支紮在一起，浮在水上，漁人就和鸕鷀蹲坐上面。有一次，她還看見竹筏，甚至有人只踩踏一支橫竹，渡過寬闊的一條河。

祖先們以竹、木為筏，後來，還以竹、木做成書寫的材料。敦煌所出的漢簡，多數是白楊木。先民截竹為筒，破成小片，在火上烤乾，吸去新竹上的水分，使用筆墨在上面寫字，然後用繩子、絲綫或皮革，櫛齒編連起來。古代的埃及人用「埃及蘆葦」做紙，他們也用這種生長在尼羅河畔的燈心草做船。最初，埃及人用棕櫚樹葉刺寫文字，部分先民則用橄欖樹的葉子；那些刻寫在窄長條棕葉上的佛經，我們稱為貝葉經。是樹葉浮在水面上，才有「古者觀落葉因以為舟」的記載。

公元前二世紀，柏加馬斯國王因為不容易得到埃及紙草，就用羊皮紙來代替。猶太人用羊皮紙來寫他們的法律，波斯人用它來記錄國史，蒙古人統治中國，用羊皮寫蒙文詔書，名叫羊皮聖旨。古代西藏人用染製過的羊皮寫佛經。明朝劉濟流居塞外，因為沒有紙，就用羊皮來寫他的著作，所以名為「革書」。乘坐羊皮筏子的前一日，她打開過一本書，看作者描述中世紀修道院內僧侶們在圖書室的工作，每張書桌上都有繪飾和抄寫所用的工具：角質的墨水壺、修士們以小刀削尖的鵝毛筆、把羊皮紙磨平的輕石和寫字之前書綫的直尺。那時候的羊皮紙，都用浮石刮過，以白堊浸軟，動鉋子鉋平，

紙的兩側，則用尖筆釘出小洞。

羊皮筏子下了水，就浮在河面，筏身平穩，浮力極佳，掛在槳端上的布袋，如今就是筏上的坐墊。她登上筏子，仔細踏在橫木上，然後坐下來。一個筏子上可以坐上五、六個人，吃水不深，河水也不會泛上筏面，排子匠只用一支槳，左右撐動，筏子便向前行。她並沒有目擊筏子的紮作，也沒有見過羊統的製造，只知道曬乾了的整張羊皮得用細線把那些內外相通足以漏氣的地方緊密縫合，單留一雙羊腿，用作吹氣、排氣。本領高強的排子匠只消卜卜卜吹五口氣，就可以把偌大的一隻羊皮統子吹得鼓登登、硬繃繃，用手指輕彈，發出邦邦的聲音，彷彿羊統是一隻皮鼓。她終於也知道了使羊統不漏水的方法，是用一斤鹽、七兩清油，適量的黍子和芒硝，加上水，灌進羊統內，晾曬數日，白白的羊皮變了棕紅色，就可以下水。每隻紅統每個月還得發給它四兩油塗抹，防止乾燥破裂。

她常常想到對岸去，那是一處豐沃青翠的土地，但在土地與她之間，隔着一條河，一條看不見、觸摸不到奇異的大河，有時風平浪靜，有時波濤洶湧。她可以聽到遠方黑鳥的哨鳴，她似乎還能感到對岸傳來玫瑰的芬香。於是，她想起了她的船。她打開一本書，因為書本，就是她生命河上的羊皮筏子。

羊皮筏子是不沉之舟，在驚濤駭浪之中，礁石遍布的水面，即使只

剩下一個羊統，它依然可以橫過河水，抵達對岸。木製的船往往折裂，只有羊皮筏子，安然無恙，能夠以柔制剛。羊皮筏子不是船，也不是馬，它只走單程路；浮在水面，它順流而下。逆流而上，就得人們揹它。路途短暫，就揹着它吧，依依啞啞而行，如果路途遙遠，把它拆開，放去羊統裏的氣，紮成一團，就取木槳化為扁擔，挑着上路，彷彿蒙古人遷移他們的饅頭房子。打開一本書來，她就乘上了她的羊皮筏，到對岸去；有時候，她必需逆流回來，就把書本揹在背上，迢迢千里，永不捨棄。從水裏拖上岸來的羊皮筏子，直豎起來，可以站立，排子匠拿起木槳對它潑水，沖去身上的泥沙，仍用槳支撐它站在灘上。曬曬太陽，它很快就乾了，排子匠抽下槳，套進框架的繩段縫隙，把它整個揹起來，沿着田間的小徑，仍然回返村落。

她曾經到別人家中作客，看不見任何一本書，並不因此驚訝，正像並非每戶人家家中都有摺疊在牆角的羊統。也許，在生命的激流中，每個人都有不同的渡船，甚至有些人幸運，能夠登上挪亞的方舟，避過洪水。但她不免為許多人憂傷，即使在科技如此發達的時代，永不沉沒的水上交通工具，仍然只有古老的羊皮筏子。她忽然又聽見了遠方的鳥鳴，這是她應該到河之彼岸探索的時刻，於是，她打開一本書來，坐在小矮櫈上靜靜航行。

一九八五年十月

交河

彎下身來，從地上撿起一塊小小的石頭。在這座寬闊而密集的廢城裏，如今我們還能找到些什麼呢，難道是一個陶壺、一支銀簪、一枚五銖錢、一面鐵鏡、一個漆木杯、一幅聯珠對鴨紋錦？如今，廢城裏的樓房都傾塌了，昔日的殿宇、寺院、民居，都已蕩然無存，紅柳與泥土的墁牆、穹窿形的門窗，也一點影迹都沒有了。只從腳下凹凹凸凸的地基上，依稀可以分辨出當年坊曲、里巷、市集和街道的痕迹。極目是一片黏土，迎風揚起漫漫黃沙。或者，我就蹲下來，拾撮一些泥沙吧。但我低頭細細尋覓，終於也找到了一塊小小的石頭。

交河故城不是吐魯番火車站。在火車站那邊，車站外遍地是大大小小的石塊，彷彿一個沒了海水的沙灘。走在石塊上，雙腳踩着石頭，發出索索刹刹的聲音。想撿一塊石頭嗎？才多呢，千千萬萬的石頭，就看你能夠攜帶多少。戈壁的礫石，在這裏延續伸展，都給

風沙磨蝕得圓潤了。那麼，交河故城的石頭卻從哪裏來？來自戈壁灘，還是，石頭原是遠古器皿遺留下來的殘片？ 麴氏王朝的交河郡，是昌盛的繁華地，不乏施紅彩黃的蓮花紋陶瓷、明豔富麗的刺繡織錦，一塊石頭，屬於城裏哪一個角落、什麼寂寂無名的事物？一千多年前，車師前部首都的交河，難道又會是磨製石器與彩陶文化的共存期，人們以石刀、石鋤、石鐮、石鏃作為主要農耕漁牧的工具？我是不懂石頭的，不能從一塊石頭追溯它古老的面貌。石頭在我的手中，只是一個啞巴。

故城的四周並沒有石頭建築物，傾塌的土牆一帶，人們用乾草和泥土墁鋪新的廢墟。也許，數十年後，在這裏，我們將發現一座令人吃驚的新城，只有廣場上那眼沉默的井，才知道故城原來的樣子；把一塊石頭投下井去，回上來的聲音，大概仍只是一疊不斷的：交河、交河、交河⋯⋯而交河，交河是當年高昌國的第二個大城。《北史・西域傳》的高昌條寫道：高昌地區，國有八城。文中又指出，北周時的高昌地區一共有十六城，到隋代還增至十八城，但這些古城，如今安在哉？北涼的城市，迄今能夠考證出來的只有六座，分別為：高昌、交河、田地、白力、橫截和高寧。可是，到吐魯番來，能夠一見的，只得高昌和交河了。

與交河同一命運，高昌也早成了廢墟，當日的高昌，是滾滾的塵沙地帶。《北史・西域傳》的記載是：當地各族人民，引水灌田。穀麥

一歲再熟。宜蠶，多五果，又饒漆。高昌可是水土肥沃，農業、手工業發達的大城，但我們站在廢墟的頹垣上，遠處是寸草不生的火焰山，四周是無盡的黃沙。

交河城址是一個小島，形狀像一片柳葉。這島，是個突然自平地上拔高的陸上島，由兩條小河交叉環抱。當年的交河郡，何嘗不是農業富庶之地。西漢武帝時，曾置校尉領護到吐魯番來屯田，屯田的士卒無不攜帶家屬，在這雨少人稀的邊疆，修築了大量的人工灌溉渠道；渠網之密，在麴斌造寺碑的碑文上記載得極為詳細，既有「漫水」灌溉澤田，又有「潢水」灌溉潢田，這麼一個人煙稠密、渠潢交錯的高昌國境，輾轉竟變成一片沙土，漫水和潢水全部消逝了。因為沒有了河渠，高昌才顯得比交河更荒涼吧。

交河故城本身成了廢墟，但環繞故城的兩道河水仍然涓涓細流，最淺水的地方，可以讓小車輛甚至行人涉水而過。因為有河，故城斷崖下長滿了青蔥的植物，翠綠的峽谷和泥黃的廢城形成強烈的對比，一邊是根植於土的恆定，一邊是飛揚四散的飄忽；這邊是欣欣向榮的生命，那邊是暮氣沉沉的死城。河，是不可測的，就像那些漂泊的湖和流徙的水道，忽而隱退數千年，忽而又汩汩流轉。也許有一天，交河沉睡的微弱河道再次醒來，這四周又將是一個如何充滿生機的地方。

我手中緊握的石頭，是一塊扁平的小石，整體呈現青灰的斑點，這石頭使我想起我見過的一個石磨。也許，它本來就是一個磨吧，經年累月地，像一頭耐心的蝸牛，由一頭毛驢、或者一匹駱駝，推着推着，把五穀碾成細碎的粉末；而歲月，也在那裏以風、以沙、以它隱蔽的大手，推着時間的磨，把一個石磨漸漸碾成碎片。大自然本身不就是一個巨大無比的磨麼？它總不停地在那裏磨着磨着，把任何事物磨成另外一種樣子，甚至把世界上許多東西磨得無影無蹤。連綿的礫石灘和無垠的沙漠，豈不就是大自然這位勇健磨手的傑作？

在高昌故城的城外，有一羣羣的山羊，攀躍在泥牆的高處嬉耍，是山羊們，促使古老的城更迅速地消逝。交河故城的斷崖下，住着維吾爾族的居民，他們的土屋前面，架搭着寬闊的葡萄棚架，當我們經過，這些友善而好客的族人邀請我們到葡萄架下和他們共舞。河水在屋外緩緩地流過，四周一片青綠，這裏自是一處生氣盎然的地方。讓該頹敗的頹敗吧，在廢墟之外，人們繼續建設葱翠的田園。人們逐水草而居，而河，河所吟唱的，永遠是一首生命之歌。

一九八二年九月

店舖

那些古老而有趣的店舖，充滿傳奇的色彩，我們決定去看看它們。
我們步過那些寬闊的玻璃窗櫥，裏面有光線柔協的照明，以及季節
使它們不斷變更的陳設。然後，我們轉入曲折的小巷，在陌生但感
覺親切的樓房底下到處找尋。

偏僻的小街上，電車的鈴聲遠了。我們聽見殼拓殼拓的木頭車搖
過。街道的角落，隨意堆放着層疊的空籮和廢棄的紙盒，牆邊靠着
擔挑和繩，偶然有一輛人力車泊在行人道上打盹。在這些街道上，
肩上搭着布條的苦力蹲着進食，穿圍裙的婦人在捲煙，果攤上撐着
雨傘，一名和尚提着一束白菜走過。

街道是狹窄的，道路烏黑而且潮濕。道旁的建築物顯示出年代的風
霜，在樓板和泥牆之間，古老的傳統在逐漸消失。是電梯的發明，
使這些房子提早老去。

我們看見許多店，沒有一間相同，它們共同生存在一條街上，成為一種秩序。許多類型相似的店喜歡羣居在一起，彷彿它們本來就是同鄉；但有些店有不同的鄰居，它們顯然已經結識了不少籍貫相異的朋友。

這邊的一列店陰暗而神秘，敞着一道道長條子的門縫，看得見裏面擺着鑲雲石的紅木扶手靠背椅，牆上懸着對聯和畫屏，花梨木的几上擱着瓶花。窗框上的花飾，是當年流行的新藝術圖案，轉瞬間卻是另一世紀了。

那邊的一間籐器店是開朗的，它正如花朵般展散着無數的冠瓣：門前放着木箱和竹籮，門邊倚着小矮櫈、竹掃帚，門沿上掛着燈盞也似的藤籃。我們都喜歡這店，它不但富於店的奇異風采，還令我們想起，這些籮和籃、竹器和藤器，都用手逐個編織而成，它們本來就是一種美麗的民間藝術。

我們一面看店的外貌，一面追究它們的內容。藥材舖裏有極多的抽屜和矮胖的瓶，瓶上的名字如果編排起來，就像一部古典的簡冊了。玻璃鏡業店，除了鏡子、藥箱、魚缸外，還陳列着點金的彩釉彌陀佛和福祿壽三星。檀香舖子裏有金銀箔紙、朱漆的木魚和垂着流蘇的雕刻珠串。而茶葉舖，裏面有細緻精巧的陶壺。

我們説，如果閉上眼睛，也能夠分辨店舖的性質。整條街的氣味幾乎是混合在一起的，但走到適當的距離時，就可以辨別出那一間店是那一類了。臘鴨店是油油的。南北杏、甜百合是香草味的。檀香反而像藥。麵粉有水餃的氣味。酒、紫菜、地拖、書本、肥皂，都有自己特別的氣味。甚至玻璃，也好像使我們想起海灘。

我們不但喜歡這些店的形態和顏色，還喜歡店內容器的模樣。像那些酒罈，用竹篾箍着，封了口，糊着封條。忽然想起水滸人物來了：先來四兩白乾哪。那些麵粉袋，上面印着枝葉茂盛的樹和菜蔬，可以縫一件舒適的布衫哩。

有時，我們仰望店舖的上層，古董店的二樓上排着一列白瓷花瓶，還有西藏青的獅子。店舖的樓上，朝上數，數幾層就是屋頂，旗桿和年號告訴我們樓宇的歷史。有些牆剝落了，透出內層的紅磚，都變作曬乾了的橘子皮色。一座已經拆卸的樓房，現在正以木柱支撐着。大片的草蓆，圍着工地的高欄，裏面是起重機的鐵鏈和樞軸在轉動。還不曾開始施椿的空地上，低陷的泥洞裏長滿了荒蕪的牛尾草。

有些店舖開設在簡陋搭就的木棚裏，屋頂是石棉瓦和鋅鐵，它們還僅僅是一個小攤檔，但這並不等於它們就缺乏性格。譬如鳥舖子，屋簷上掛滿了鳥籠，像花燈。當我們經過，不但看見形狀和顏色，還聽見聲音，是吱喳的鳥鳴伴我們橫過馬路。

另外一個小攤上插着雞毛帚。長條子的羽毛，繞着藤枝纏紮，就製成雞毛帚了，它們的顏色和菊一般多。縫旗的舖子隱藏在一條小巷的入口，從拱門外朝內張望，瞥見一角角翠綠與朱紅。刻圖章的老先生還會做餅模，他就把它們掛起來，木模裏凹蝕着魚和蝴蝶。這種製餅的藝術，也許要隨着麵包的泛濫而被淹沒了吧。

店都有自己的名字，它們彷彿也各有一位就像我們那樣的祖父，當年為了子孫的誕生，曾把典籍細細搜索。賣參茸杞子的叫堂。賣豆賣米的店叫行。有的店叫記，有的叫捉蛇二。都樸素。

當大街上林立着百貨公司和超級市場，我們會從巨大玻璃的反映中看見一些古老而有趣、充滿民族色彩的店舖在逐漸消隱。那麼多的店：涼茶舖、雜貨店、理髮店、茶樓、舊書攤、棺材店、彈棉花的繡莊、切麵條的小食館、豆漿舖子，每一間店都是一個故事。這些店，只要細心去看，可以消磨許多個愉快的下午。如果有時間，我們希望能夠到每一條橫街去逛，就看每一間店，店內的每一個角落以及角落裏的每隻小碗，甚至碗上的一抹灰塵。灰塵也值得細心觀看，正如一位拉丁美洲的小說家這樣說過：萬物自有生命，只消喚醒它們的靈魂。

一九七五年十月

狒狒

下午四點鐘吧，動植物公園的動物飼養員就忙着餵飼他們的動物了。我一直跟着其中一位飼養員，跟着他穿過好幾條公園的小徑，經過了長臂猿、猴子、狨等等的家，後來，就到了狒狒住的地方。

狒狒的英文名字叫「奧蘭」，起初我還以為是一個橙子。起初，我又把狒狒叫做「忽忽」，原來牠叫做「非非」。是下午四點鐘吧，狒狒獸在籠子裏的一個角落上，牠既沒有像長臂猿那樣在籠子頂上耍雜技，把自己吊來掛去，也沒有像猴子般發了神經似地奔跑。籠子裏有一截橫躺的粗大樹幹，狒狒沒有蹲上去；籠子裏有一個吊輪，狒狒也沒有盪鞦韆。牠只傻了頭，閉着一張闊嘴，睜着一雙橄欖小眼睛，獸在角落裏，好像想着什麼大事情。

飼養員從連接大籠的石屋那邊走進來了，手裏托着一盤食物，我踮起腳尖伸長頸脖瞧過去，看見盤子裏盛滿些香蕉、紅蘿蔔、果仁和

19

小顆的不知是什麼的好吃東西。蔬果都洗滌得乾乾淨淨，切得整整齊齊。

飼養員自顧自悠閒地走到大樹幹前面，坐下來，把一盤新鮮香甜、色彩清麗的晚餐放在雙膝上，然後才轉過頭來看狒狒。狒狒從牠歇着的角落走出來了，先行站着挪移了兩步，擺盪着長手臂，接着四腳着地疾行起來，最後又站着走到飼養員的面前。飼養員輕輕拍拍牠的大頭，又拍拍身旁的座位。狒狒搖曳着毛茸茸的胖軀體，踱步過去，一腳跨上樹幹，手和腳一起擱在樹幹上。飼養員揀出一片香蕉遞給牠，牠伸手接過，攤開巴掌，把香蕉按進嘴唇裏，兩頰就鼓動起來。飼養員拍拍牠的肩膊，一面和牠說話，一面遞給牠切片的紅蘿蔔和小顆的果仁。

在樹幹上待了一陣，狒狒躍下地面，轉了個圈又回到飼養員的旁邊，靠着他的手臂，挨着他站立。飼養員把食物盤端起來，遞到牠面前，狒狒看了看，選了一顆小果仁。飼養員依然把食物盤放在地面前，牠又伸手，取了一片紅蘿蔔。盤子裏的食物吃得差不多了，飼養員站起來，和狒狒一起散步，他們兩個手牽着手，在樹幹附近走過來走過去，狒狒走起路來搖搖擺擺，不時抬起頭來，仰着臉看飼養員。然後，他們一起再回到樹幹面前坐下來。

是下午五點鐘吧，斜陽柔柔地自樹蔭灑落，照着一名動物飼養員和一頭狒狒，一起坐在一截粗大的樹幹上。

一九八〇年五月

家具朋友

一

家具裏面，喜歡雙疊床，書櫥和樟木箱子，所以我家裏有兩張雙疊床，七個小書櫥和三個樟木箱子。當然，它們都是木頭的；當然，它們也都是溫暖的木頭顏色的；當然，一年三百六十五天，天天見面，一塊兒生活，算得上是老朋友了。

不，樟木箱子不能說是朋友，它們是我的長輩，因為它們的年紀都比我大，是我母親的嫁粧。我還沒有出生的時候，它們已經在我家裏；小時候，我常常睡在箱子上面，它們就像我的褓姆，看着我一點一點地長大。靜悄悄地擺在牆角的樟木箱子，彷彿我家老祖母、姑姑和姨姨，坐在一旁不知聊些什麼遠久的心事。

不，書櫥也不能算是我的朋友，它們是我的老師，因為在它們的面

前，我只是個小學生。因此，算起來，只有雙疊床才真正是我的朋
友。喜歡雙疊床，因為總有一格床上可以放東西。有時候，我爬到
上格床睡，下格擺滿雜誌，還可以攤開一幅未完成的砌圖遊戲畫；
有時候，我換到下格床睡，於是，上格床又可以擺放一大蓬插花、
許多好看的酒瓶子。還有，上格床上，常常睡着我那沒有空白牆壁
可掛的地毯。許多年來，依依不捨的雙疊床，其實是我的戀人吧。

二

家裏有三種櫥：不透明的櫥、半透明的櫥和完全透明的櫥。衣櫥是
不透明的櫥，四周都是木板，根本看不見內容，把衣服掛得整整齊
齊還是塞在一起，只有衣服自己知道。書櫥是半透明的櫥，正面是
一扇玻璃門，貼近玻璃的書本清清楚楚，可排在裏層的書，就給外
層的遮住了。

透明的櫥是一個奇怪的櫥，四面都是玻璃，而且是雙面的，正面背
面都有門，等於兩個櫥背對背合在一塊兒。櫥裏的東西，只要繞櫥
轉個圈，全看得見。我在舊貨攤上見到這個櫥，真是個奇怪的櫥
呀，就買下來，才八十塊錢。這樣子的櫥，是個古玩櫥吧，可我並
沒有古玩。

在櫥裏放過一陣子書本。書太重，怕把玻璃擠碎，到處飛濺，於是

改放一套青瓷通花米碗。瓷器還是太重，於是又改放民間工藝品布老虎泥人雕漆小盒子，還放過一些小盆栽。許多年來，透明的櫥不斷變換角色，從書櫥、碗碟櫥、工藝展覽櫥到花架，一直變。如今似乎安定下來，因為它變成了我的音樂櫥，裏面只放鐳射唱片、錄音帶和用小畫框鑲起來的貝多芬、莫札特的圖片。

家裏地方小，常常想多添一個書櫥擺書，好幾次想把透明的櫥扔掉，覺得它其實是華而不實的。可朋友們都喜歡它，説它是個美麗的櫥。它就以它的美麗長年累月向我挑戰。

三

我家沒有露台，也沒有花園，想種點花，放在哪裏呢？結果都放在櫥頂上。不管是透明的櫥還是半透明的櫥，櫥頂上都擺滿小盆栽。植物愈長愈密，盆栽愈分愈多，漸漸地，櫥頂變成小花園了。

四個書櫥，背對背站，是我家的九龍壁，成為屋子裏的隔牆，牆的這邊，是吃飯的地方，牆的另一邊，是睡覺的地方。不管哪一方，都看見紅花綠葉。

太陽從來照不到櫥頂上，太陽只照到窗前，所以，每天忙碌，把櫥頂的花搬到窗前的樟木箱子上曬太陽，晚上又把它們搬回去，好像

陶侃搬磚一般，大概也算是一種室內運動。送石油氣來的人看見了說，這麼多花呀。郵差送信來看見了也說，呀，都種在櫥頂上呀，好像我家裏有一座巴比倫的空中花園。

巴比倫的空中花園我沒見過，好像有那麼的一幅圖畫在書櫥裏某一本中東史的書冊裏。花葉在櫥頂上蓬散垂掛，常常使我誤以為植物的根都伸進櫥裏去了，小説和音樂都成為植物的養料給吸收了，將來，櫥頂上的植物一定會講故事唱歌了；而書櫥裏面的書本，音樂櫥裏的唱片，我也以為它們繼續不斷在生長，茁長新葉，綻放花朵。

我的弟弟每次到我家來總是説，你快要被這些書本和花草趕到屋子外面去了。

四

吊在天花上垂掛下來的那個燈罩，大概是我家最漂亮的東西了，因為它是一件陶器，滿身彩繪的花朵，又有圓的、梅花瓣形的數十個眼孔，形狀像花冠，邊緣呈荷葉波浪紋，亮起來，光線穿逾孔洞漏出來，一室金黃的霞彩。

搬進這層樓住，轉瞬十多年，不知道為何樓上樓下的裝修永遠沒有停過，一會兒這家拆牆，一會兒那家推出一間橋屋，整日好像地震

一樣。於是擔心吊燈會掉下來，所以永遠不敢坐在燈下面。

燈罩會從天花板上掉下來嗎？有時會。我家天花上四平八穩有四個燈插座，其中一座掛了吊燈，其他三座旋上球形的磨砂燈罩，那知有一天正在吃飯，一個燈罩忽然掉下來，跌到桌上，又彈到床上。奇怪的是，燈罩沒打碎，可嚇了大家一跳。於是把球形燈罩全解下，讓燈泡光禿禿亮着，就剩下陶花燈罩獨個子。

燈罩裏邊有一行字，説是只能用五十支燭光的燈泡。點燃五十支蠟燭漂亮還是亮了燈漂亮，我沒有試過，也不知道彼此的光度是否相等；我只知道，擁有美麗的東西，是要付代價的，長長的一生，竟要老為一個燈罩擔憂，真是凡人自煩。透明的櫥和彩繪燈罩都變成我的包袱了，為什麼美麗的東西又都那麼脆弱呢？

五

家裏有幾件常常會嘩啦嘩啦大叫的電器，我指的電器可不包括電視和電話。不看電視，它就默默無聲了；把電話聽筒拿起來擱在一邊，它也不聲不響了。家裏另有一個會叫喊的水鍋，不燒水它當然不叫，而且，它也不是電器。

會吵鬧的電器之一是冷氣機，從晚上一直到天亮，它就在屋子裏哼

哼唧唧呻吟，有時候像火車奔跑一般，發出匡朗匡朗的金屬巨響。室內的情況不太厲害，我打開窗子，聽聽它在窗外的聲浪，簡直吵得不得了。不過，打開窗子的時候，我發現天井四周吵鬧的冷氣機不下七、八部，都吵得比我家的那部還兇。我和我的鄰居，誰也不能埋怨誰了吧。但我還是決定找修理部的人來替它看病。

會吵鬧的電器之二是洗衣機。衣服常常洗，機器起先文文雅雅，輕輕轉、細細聲，抽水時也像潺潺的溪流。可到乾衣的時候，竟殺豬一般狂喊起來，地動天搖，簡直像瘋子。最奇怪的是家裏的冰箱，突然也會嘩嘩叫喊一陣，像個發瘧疾的病人，搖晃發抖，使我以為它中了邪了。

大吵大叫的電器，是在抗議什麼呢？想得到應得的勞工假期，要和我對話麼？冰箱是否也需要一段休憩的時光呢？我不大了解冰箱和冷氣機的工作，但我從洗衣機聯想到辛勞的家庭主婦，每天面對那麼多家務，循環不息，真夠折磨女人一輩子。

六

窮等人家，當然花費不起一天二十四小時冷氣調節，所以，早上把冷氣機關掉之後，就靠風扇來搧涼了。這風扇也真厲害，一日起碼十多小時，搖頭擺腦，面不改容，胡胡地吹出風來。數數看，它站

在牆邊，結結實實也有十多年了，到今天還是幹勁十足的。

如果風扇是一名勞工，每天工作八小時，天天加工，該得回多少加班費呵；如果風扇退休，那也應該收取一筆相當數目的公積金吧。可風扇有什麼福利，我只不過一年三幾次，替它洗洗臉，抹抹灰塵，讓它更耐漂亮一點兒。

這種長柄圓腳的鐵風扇，現在好像找不到了，風力強，雖然常常把我的稿紙吹得一地都是；個子很重，冬天把它收藏起來，可得兩個人才搬得動。沒有了它，夏天也真不容易挨過去。

浴室裏也有一把風扇，是座枱式，塑膠的傢伙，輕飄飄，轉起來姿態萬千，卻沒有風，活像一個玩具，起初我還以為是裝在廚房爐灶上的抽氣扇。如今流行這種輕薄短小的東西，而且花豔七彩，棉花糖般嬌巧，不知道如何可以長相廝守。有什麼辦法呢，歷史的巨輪不停地轉，母系社會之後是父系社會，農業社會之後是工業革命，好端端活在現代社會裏，一下子又給捲進後現代社會的旋風裏去了。

一九八九年八月

羊吃草

在吐魯番，我看見羊吃草。以前，我並沒有仔細地看過羊吃草，也不曉得牠們吃的是怎麼樣的草。我見過馬吃草、牛吃草、驢子吃草。牠們總是低下頭來，伸長了脖子，把嘴嗅到地面的草上，一面咬住草莖，一面撒撒地撕裂草梗，或者拔菜也似地把草連根拔起。牛、馬和驢大概要一口氣拔很多草，才閉上嘴巴，磨輾一陣牙齒，慢慢咀嚼，然後吞下肚子，讓胃去消化和反芻。我看見牛和馬吃的草，都是普通草地上的青草——那種短矮的、匍伏在地面上攀爬的青草。有時候，我也看見驢子停在一輛木頭車邊吃車上堆着的草，那是人們割下來的像葱條一般細長的草。

我們在吐魯番參觀了坎兒井地下水和防風林。在防風林的附近，有一座特別的沙丘，是一座饅頭也似的黑色山阜，在陽光底下閃着沉默的光，彷彿一座烏金礦。沙丘上有許多人把半截身子埋在沙底下，露出剩下的身軀和頭顱，以及他們民族色彩的鮮豔衣飾，這些

人，都到沙丘來醫治關節炎。

我並沒有跑上沙丘，因為我看見一個男孩趕着一羣羊來了。男孩穿着藏青的汗背心、炭黑的長布褲、灰塵僕僕的白運動鞋，頭上戴了一頂純白的維吾爾族小圓帽。他趕着數約二、三十隻羊，其中有黑山羊，也有白綿羊，羊們在沙地上散開，各自低頭吃草。沙丘上面沒有草，沙丘底下的四周，仍是一片灰泥色的細沙，彷彿戈壁灘到了這裏，碎得如粉了。但在這片沙地上，卻長滿了叢生的矮草，展散了延蔓的枝條。羊看見了草，紛紛風捲殘雲似地舐齧起來。我想引一頭小羊走來這邊，於是蹲下來，伸手去拔取草葉。

我哪裏是在拔草呢，我那時的感覺是，我採拔的大概是荊棘，因為我一把抓到手裏的竟是滿掌的芒刺，好像握着一堆鐵蒺藜。我迅速縮回手，手指都火辣辣地像中了蜜蜂的針，是無數的針。我看看面前這纖細瘦削的蔓草，難道它們是箭豬和刺蝟？

我一直以為，羊和牛、馬或驢子一樣，吃的都是貼近地面生長的那種軟嫩的短草，這時才知道，羊吃的竟是像玫瑰花莖那般多刺的植物。我看見牠們愉快地吃着，像一部鋒利的剪草機，沙沙沙，草都吃進嘴巴去了，多麼豐富的一頓下午茶。我還看見羊隻在草叢中走來走去，彷彿牠們四周的植物不是尖銳的芒刺，而是如絮的棉花。牠們真使我驚異呢。牠們有一張怎麼樣的嘴，是鋼鐵的唇舌、上下

顎和口腔？為什麼可以吞齧針似的草莖而不受傷？肥胖的綿羊，滿
身是濃厚的卷曲羊毛，走在草叢中也許能夠無視草葉的利刺，可是
山羊只有短而薄的披毛，但牠們在叢草間穿插，同樣彷彿經過的是
一片秧田。羊們真令我驚異呢。

南山牧場是真正的「烏魯木齊」，因為烏魯木齊的意思就是美麗的
牧場。我們站在公路上，面對漫山遍野蒼綠的松樹，深深地呼吸。
這草原一片芬芳，充滿泥土和花朵的甜味，我還以為自己忽然到了
阿爾卑斯山。但遠方積雪的峰巒是天山，融化了的冰塊，匯成河道
在我們面前的山坡下流過，許多人都奔跑到水邊去了。過了很久，
他們才肯一一回來，但都雪雪呼痛，説是有一種草，把他們刺得跳
起來。他們之中不乏穿着堅厚的牛仔褲的人，但在草叢中跑過，彷
彿有千千萬萬的芒針插在腿腳上。

草原上除了地氈也似的青草外，到處都是小花，有的白，有的紫，
有的怯怯地嫣紅，夾雜在各種高高低低的植物之中，我們看見一種
尺來高的植物，沒有花，葉子細小狹短，莖枝上佈滿星形放射走向
的小針葉，於是有人喊起來：是這種草了，是這種草了。連那麼厚
的牛仔褲也能透過，叫我們驚跳起來。我仔細看看那草，並不認識
這種草的名字，以前也沒有見過，但我記得，這草就是沙丘底下羊
們覓食的點心。一位陪我們到處逛的田老師説：這些草，羊最喜歡
了。

在烏魯木齊，我也看見了羊吃草。那時候，我們坐在天池上的遊艇裏，兩岸是層層疊疊的山和松樹，在向陽的山坡上，遍山隱隱地點綴着一點一點的白花，並且彎彎曲曲的，在山坡上呈現一個之字形。偶然，白花緩緩地移動起來，這時候，我們才知道，山坡上的白點子不是花朵，而是放牧的羊群。帶頭的羊走在前面，橫越過山腰，隨後的羊都跟着那道白色的虛線朝更高的山頂攀登。羊們居然能夠爬上那麼高的山，彷彿牠們不是羊，是鷹。

對於天山的風景，我們感到失望，天池是一座水庫，但環境遭受污染的程度，令我們沮喪：到處是故意摔破的玻璃瓶，花襯衫的遊民提着聲浪襲人的收音機。或者，關於天山，我們其實又認識多少呢？我們不過到達天池旁邊的一個小角落，看見的也只是供遊客駐足一陣的名勝，我們可曾攀過雪線，自己去尋找天山冰潔的雪蓮？

為了尋求更豐盛的草原，羊們攀到了山的極高處，當我們抬頭仰望，山坡上的動物，竟是我們心目中柔弱的羊嗎？天池的水寒澈入骨，天池的風涼冷如冰，帶備衣衫來的人紛紛披上了風衣或毛線衣。山坡上的羊沒有加衣，在這充滿荊棘的世界上，牠們不必穿戴甲冑，不必練就一身銅皮鐵骨，但見牠們搖搖擺擺、晃晃蕩蕩，以一個個軟綿綿的身軀，在芒刺間悠然步行，安然度過。

一九八一年十月

看貓

朋友有許多年沒去旅行了。其他的朋友又到莫斯科，又到東歐去。朋友說：如果出門旅行，誰來照顧我的母親呢？朋友的母親年近八十，一直自己煮飯，打理家務；清早起床，下樓買早報回家，中午買菜，跑馬的日子，還到投注站買彩票。

菜市場多老鼠，馬路邊攤檔和街道兩旁的店舖，幾乎家家養貓。朋友的母親經過店舖，和每一隻貓打招呼，不見其中一隻，就逐家尋找、查問。她平日一人在家，十分寂靜，忽然說，養一隻貓好嗎？事實上，老鼠縱橫，雖居樓高十數層，老鼠依然為患，不但吃咬水果餅食，還成家立室，生下一窩窩兒女。

朋友上書店買書，經過樓下寵物店，進去逛逛，見一個籠內擁擠着四、五小貓，對牠們喵喵一下，其中一隻竟站起來回應：喵喵。朋友說：我買這隻貓。問明是公貓，才兩個月大。連同貓兒一起帶進

家門的既有籐籃、鐵籠、貓砂、膠盆、貓餅，還有梳子、刷子，眼、耳藥水等等。膠盆放進浴室，才注滿半盆砂，正為如何教導小貓用廁發愁，小貓已經跳進去小便，神情蕭穆。完畢，扒砂蓋上，乾乾淨淨，大家很是驚奇。

貓不肯住鐵籠，整夜喵個不停，只好放牠自由行動。牠卻跳上床，睡在朋友腳邊，三番四次抱牠下地，仍躍上床，床也不矮。用指點牠的額頭，叫牠知難而退，牠瞇上眼睛，硬是不退。睡時必定用背脊貼住主人身軀，害得朋友一夜不敢大意，怕轉身把牠壓扁。

貓餅乾堅硬，需用水浸透，小貓顯然吃得辛苦，於是給牠吃罐頭，水分多，較柔軟，牠吃得很開胃，一天一天長大，活動時活潑非凡，睡覺時四腳朝天，有趣得很。轉眼六個月大，已注射過三次防疫針。經高人指點，認為

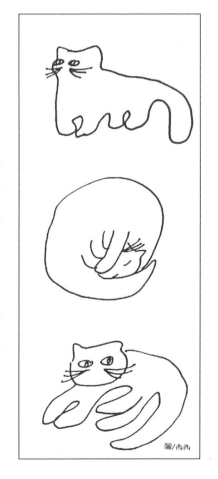

圖/西西

該接受絕育手術。在電話中和獸醫約好，帶貓去立刻可以辦妥。哪知洋醫生把貓一看說道：聰明、可愛，是頭女貓。女貓複雜些，得另約一天做手術。

給女貓做手術，要全身麻醉。醫生在牠背脊注射一針，牠立即閉上了眼，助手把貓四腳用繩縛住，牠仰臥手術台上，一動不動，只吐出舌頭。助手剃去牠腹部一些毛，用白布罩住貓，只剩一個四方孔。手術室的小窗隨即被關上，一切過程都看不見。帶貓回家時，牠還沒醒，在籃裏繼續睡了兩小時。麻醉藥稍過，見到主人，生氣極了，胡胡哼叫，然後蹣跚鑽到牠最愛躲的書櫥底下，久久不出來。城市中的家貓，既失去流浪貓的自由，也被剝奪了戀愛的生活。唯一的補償大概是不必偷偷覓食，不必生兒育女，飽受流離失所，以及病殘無助的痛苦。

最初，貓的名字是貓兒公，既是女貓，改為貓兒妹。一忽兒，長成一隻大貓。牠身長、手長、腳長、背毛平直，一大片黃色，腹毛卷曲白色，坐着時，胸前卷毛一層層像個法官，又像獅身人面像。牠不是波斯貓，是唐貓和波斯貓的混血兒，嘴邊有三道黃紋，好像印第安戰士的紋面。牠還有一大把蘆葦開花似的尾巴。整個身體呈四方形，如果站着不動，似乎可以當凳子坐。

誰能解讀一隻貓？如果健康正常，得好歹和牠相處十數年。朋友為

此翻看了一些飼養貓隻的書、錄影帶、買齊了八集《我為貓狂》的漫畫，留神一切有關貓的東西，但誰又真能夠明瞭牠小小的腦子裏想些什麼。牠對一切移動、飛舞、搖晃的事物非常專注，不看東西的時候，彷彿哲人沉思，眼睛充滿祕密。牠有獨立的性格，白天愛睡哪裏就到哪裏，不愛吃的食物一手打掉。偶然經過，還要再打。朋友喜歡把新寫的詩貼在書櫥的玻璃上，看看改改。牠看了也用手打，這是牠的詩評。又喜歡爬書櫥，爬到三四格高，攀下幾冊莊子來。

愛睡在電視機上，把尾巴垂在熒幕前，又愛坐在窗台上看雨。最愛吃雞，那可好，貓最需要的是蛋白質，罐頭食物的含量終究不多。牠與主人平起平坐，常常跳上櫥頂，憑高俯視，不像狗，老要仰頭看人。最不愛別人抱牠，主人也不例外，牠絕對不是寵物。但到了晚上，必定跳上床和主人分享一張闊床。冬天天冷，一有機會就潛進被窩。夏天選最佳的空調位置靜坐。不知道火的可怕，一日躍上廚房灶頭，看水龍頭滴水，用手去打，沒想到尾巴擺到背後剛燒沸了的水壺，結果燒焦一撮毛；用鼻子湊近水壺，又燒斷兩根鬍子。

我常常和牠玩壁球，把一隻乒乓球拋向牆，彈回來，牠會跳起來撲打，身手異常敏捷，若比賽足球，自然是首席守門員。牠懂遊戲規則，一撲到球就放下，甚至用手撥回來給我，自己跑去蹲在一邊，等我發球。即使遊戲，嚴肅認真。有時球滾入沙發底下，我問牠：

波波呢？牠就用手去掏。除了乒乓球，最愛紙盒，不管大小，見了
就爬進去，表演縮骨雜技。牠在紙盒上磨爪，從不抓家具。又特別
愛水，一般人說貓兒怕水，這是錯覺。牠自幼每周洗澡，雙手緊扶
水盆邊，乖乖不動；牠只怕嗚嗚作響的風筒。主人告訴我，一次牠
半夜跳上床，撫撫牠，大吃一驚，頭臉四肢皆濕，原來主人忘了倒
去浴室中一盆水，牠玩了一個痛快。

有位朋友成為牠的監護人，常在電話中指導一切。我則有時替牠拍
照。牠不怕強光，眼睛眨也不眨。牠只生過一次病，自小就會發出
奇異的咕咕聲，原來肚內生蟲，吃過藥完全好了。上過一次公園，
起初不敢下草地，像壁虎一般伏在主人胸前，稍後則在樹下探索，
跳下小渠喝泥水。我有時觀察牠，對貓認識略多。牠沒有眉毛，眼
睛上也長觸鬚，耳朵裏面也長許多毛。牠的生活習慣，和人並不一
樣。我想，人類如果能夠多和花鳥蟲魚及小動物接觸，大概可以免
於淪為萬物之霸。

水無有不下，貓無有不上。牠的族類不必熟讀孟子，天生懂得貓向
高處，水向低流。永遠奮力躍上最高的櫥頂，在門楣上耍走鋼索的
絕技，有一副超貓的神態，當然也不必讀尼采。試過攀上浴室的瓷
盆，直起身子照鏡子，看看並不驚訝。從二個月大離開貓群，不再
和別的貓一起生活，既無友伴，也不復記憶父母兄弟姊妹了吧。在
獸醫診所見過狗，這就是牠所知道的小動物的世界。

獨自一貓養在家裏並無問題。朋友早上上班，離家前準備好食物和清水。牠見主人穿衣穿鞋，就知道要出外，深情款款依依不捨地望着，直到門終於關上。家中沒有閉路電視，不知牠如何打發，想像中是到處巡遊一番，爬高跳低，吃點食物，喝點水，上上廁所，捉捉蟑螂、飛蟲，然後呼呼大睡。聽到鑰匙開門的聲音，牠是多麼高興呵，立刻跳到門口的茶几上，探頭張望，門一打開，主人回來，牠喵喵地歡迎，主人摸摸牠的頭，問牠：今天乖不乖呀，有沒有頑皮呀？彼此都充滿了歡樂。一貓在家，怕牠闖禍，廚房門要關好，窗子不能大開，小刀藏起，電器都熄掉。貓也不闖禍，最多把桌上的鉛筆打下地，把小膠匙或桌子底下的栗子、花生啣到床鋪上牠固定睡覺的地方。

有的貓吃植物，牠沒有興趣。種過貓草給牠，長到三吋長剪碎放在碗裏，根本不吃。種貓草給貓吃，是幫助牠清理腸胃，尤其是長毛貓，總會吞下一些毛進肚子，毛球在肚內打結，是要做手術取出來的，吃點草可以幫牠嘔出來。牠既不吃草，只好天天勤加梳理，把新陳代謝的毛梳落。用密齒梳梳理貓毛，同時可以捉到虱子，無論怎樣用梳子梳，用藥水洗，虱並不能絕跡，也許，將來的地球必然成為昆蟲世界。對於那些參加展覽的貓，不會遍體抓癢，也就不得不佩服主人的本領了。過年時家中插些劍蘭，牠也不去研究，打從花瓶旁經過，絕不會把花瓶打翻。平日打開大門，不敢出外。晚上主人提垃圾到梯間，牠可大模大樣出巡了，在走廊上豎起大尾巴散

步。起初聽到電梯響，立刻逃回家，稍後也不怕，竟在廊上蹓躂一小時不肯回家。

阿偉到朋友家喝啤酒聊天。半夜起來看電視，牠也起來，人看電視牠看人。對於不熟悉的陌生人，牠先是躲起來，然後遠遠保持適當的距離，兩眼專心注視，那雙眼睛隨着人的體態而移動，完全像美術館中那幅著名的微笑女子。世界盃開始，主人每天晚上半夜看球賽，牠也不睡啦。平日清晨五時，牠在家具之間跳躍做晨運，找到角落的乒乓球，運動一小時。到了七點，主人還不起床，就把臉湊到主人面前，鬍子先到，把主人喚醒。半夜陪着主人看世界盃，牠一睡睡到十一時起來，伸伸懶腰，不停打呵欠。

揮動一個發光的搖搖，牠歪斜着頭看，常常把頭轉一百八十度，幸好不是魔貓。在黑暗中看牠，眼睛是螢光綠，拍出來的照片也是綠眼睛，威勢懾人。朋友出門一天，考慮三日，該把牠託付貓酒店還是留在家中？結果決定由牠在生活慣了的環境走動，總比困在籠中好。第一次由朋友上門餵飼食物換清水、清潔廁所；第二次只遠行一天，則準備大量食物和水。旅途中牽腸掛肚，遠行歸來，連忙趕回家，別來無恙，牠也喵喵地叫得特別親密。

見到貓兒妹可愛，我就想養一隻貓，但還是放棄了，因為不知道能照顧牠多久，養貓是十年二十年的事，我沒有把握陪伴牠一生一

世。朋友的貓就當自己的貓好了，常常去看看牠，和牠交朋友。對於貓，我倒可以寬心放懷，相信友誼常存，貓既不嫌我窮、沒有學問、年紀漸老、一無所用，也不理我是黑是白。

八十歲的老人身體忽然衰弱下來，神智不清。打開大門下樓，呆坐在管理處。爐灶上燒水，掉頭忘記。進浴室跌傷膝蓋流血也不知道。不得不住進老人院去了。朋友天天探望她，有時帶她回家看貓。貓一直認識她，並不躲避。朋友可以去旅行了麼？報紙上有關美洲旅行團的廣告。朋友搖搖頭；誰天天去探望我的母親呢？還有，他加多了一句：誰來照顧我的貓呢？

一九九四年

石上

那天，當我經過一座花園，看見一座石雕的天使坐在一塊石上，我就想起你了。你才三歲。我只上過你家去一次，我也只見過你一次，你穿着一條短裙，坐在母親的膝上。你和別的三歲小女孩沒有什麼分別。從表面上看來，你簡直就和她們一模一樣，你說話說得很清晰，也會唱很簡單的歌。但你母親把一隻手按捺你右邊的腦側，那裏有一個暗鈕。

醫生把一條管裝置在你的腦內，把管通到你的心臟，因為你的腦裏，有很多水，水太多了，會影響你的健康。那條管，就是把水引到心臟去的。此後，每隔幾年，你會長大，醫生就要把那管取出來，換一條新的，因為當你長大，管就顯得短了。我對醫生的本領佩服得說不出話來。但我想，以後，你將怎樣呢？當你長大，你能上體育課麼，你能游泳麼，你能幸福地過一生麼？你的母親是那麼地愛你，但她實在不能一生一世照顧你。

然後，我知道你發高熱。我看見你母親哭。她是一位很好的母親。
而這你是不知道的，因為你的年紀實在小，你才只有三歲。你的母
親哭得那麼傷心。我看見的。那天，當我經過一座花園，看見一座
石雕的天使坐在石塊上，我就想起你了。我不過只見過你一次。但
我想起你。

外面

我是誰，我是誰？我到世界上來做什麼？我為什麼上學讀書，為什麼每晨醒來晚上睡眠，為什麼每天做那些看來相同，其實不同，好像不同，原來相同的事情？這些問題，真難答。這些問題，是很深的一種謎語，是一些砌來砌去缺少了一大半碎片的拼圖遊戲。把頭埋在一大堆哲學書本裏很多時也顯得沒有什麼用。這個人說，我思故我在；那個人說，騎驢去也。我們的腦也太辛苦了。啊啊，還是讓那個「我」，那個問「我是誰，我是誰」的「我」站在一面鏡子裏，且到外面去，看一個其實也有很多花的野外，及一片也有很多飛鳥的藍天。那個一天到晚耕着井田一角的農夫，他生活得其實真也不錯，每天就忙着打理一塊田。犁田，車水，除草，插秧，收割，打穀，又一年。那邊的一朵花綻放得真美麗。還有那邊，一個女孩子正在幫助盲人過馬路，她拖着那個人的手，小心翼翼地引領着。盲人持着一桿紅白相間的顏色棒。他們過了馬路。女孩子笑着，快樂地在一堆人中經過，消失了。啊啊，還是讓那個「我」，那個問「我

是誰，我是誰」的「我」站在一面鏡子裏，且到外面去，看一個其實也有很多花的野外，及一片也有很多飛鳥的藍天。

彩虹

昨天，我把那彩虹取下來，放在腳下狠狠地踩。我要它給我七色之外的顏色，又說它的形狀為什麼老是像一座橋。我把紅橙黃綠青藍紫踩成一片黑，拍拍手走開去。還有一些其他的吧，我說。難道就沒有了。想說一句話，原來別人也早已說過了。想對着一隻蘋果着色，難道又可以勝得過塞尚。事實也並非如此，有人不是仍能夠給我一幅完全與眾不同的圖畫。那個人描寫窗外樓下的一輛電車，特別準確細緻，乍看和別人說的沒有什麼分別，但看清楚了卻覺得的確和別的人實在不同。或者是更詳細，更別具隻眼。因此就知道，還是能夠的，還有其他的方法。忽然想，該把那道彩虹從地上拾起來，把它洗滌乾淨，把它縫起來，向它道歉。但一剎那間，彩虹早已消失得無影無蹤，它竟和空氣一起升走了。我曾經把它踩成一片黑，但它變成空氣的顏色，不再走進我的眼睛，彩虹原是一條變色龍。關於那道彩虹，今天早晨，我站在門外，看見它垂在白日旁邊，如一道天梯，我說不出它是什麼顏色，因為它是屬於七色之外

的，那種顏色，我從來沒有見過，也超越人類色彩的知識範圍，它炫目耀眼，對我微笑，我大吃一驚，來不及適應。於是，我就感冒了。我可不是在講故事。

鄰居

每天一早，他就響起他的摩托車。吵得很。還用說，所有有摩托車的青年人都喜歡把氣喉拆去，於是，車子飛在馬路上，鳴炮一般。也因為這樣，每天一早，他響起他的摩托車，我就醒了。這個人，忽然地就變了我的一個鬧鐘。只有星期天，我起得比他早。星期天是假期，他會很遲才走到門外來，穿着一件寫着一個「諾頓」字樣的布恤，披一件牛仔夾克在外面，衣身上滿是彩色的布貼，這邊縫了一個賽車會的大徽章，那邊又是個什麼「得吉利」的招牌。不過，倒也很有趣，像一幅牆，貼滿了海報。然後，他就慢吞吞地套上一雙滿是洞的手套，戴一頂白色太空人也似的頭盔，露出兩雙眼，坐在車上。他把着車，穿着一條滿是流蘇垂邊的牛仔褲，一雙黑靴，啊，怎麼好像看圓桌武士裏的羅拔泰萊一般的哩。於是，車就響了，他在轉彎上斜成一個弧，很有姿態，很快就失了蹤。每天早上，車響起來的時候，我就想，那也好，至少，他是平安無事的哪，至少，他仍活着哪。很多那樣的車，在路上飛馬一般，會衝下

懸崖去。今天早上，我並沒有再聽到那車的聲音，我忽然耽心起來，怎麼啦，不要是闖了什麼禍了吧，怎麼了無聲息？然後，我就笑起來了，啊啊，是我自己換了一處環境了。

好重

哎呀，哎呀，好重哪。拿不動了。這麼多的問題，七千噸重，壓死人啦。要不要發展原子能解決燃荒。問題。大家好不好騎腳踏車上學。問題。叫那些喜歡打仗的人去坐在聯合國大廈裏下棋怎麼樣。問題。這些問題，也不知忽然從哪裏跑出來的，冰雹一般，一起滾下來，漿糊一般，又一下子全黏在一起，扯不開，揮不掉。捧着它們，在街上一直走，分一點給這位先生吧。他嚇壞了，逃得無影無跡。分一點給這位小朋友吧。呃，不行，不能分給他，只能給他一團棉花糖。大家看見問題來了，都關上門。每個人把垃圾桶擺在門外。最好是把這堆問題扔進垃圾桶裏去了。不過，問題不肯走，拚命黏在手臂上，而且愈堆愈重。起先是雪花，還不覺得什麼，還以為很好看，甚新奇。然後，就不是那麼的一回事，雪花變了冰塊，又凍又重。怎麼辦。火箭最適當的用途是否該用來傳遞郵件。餐室是否一直應該用燭光來伴小提琴的音樂。問題。問題。如果兩手捧着的，是滿滿的聖誕禮物就好哪。但是運氣實在不好。十個瓶子九

個蓋。星期日的火車一定會很擠。如果飛機沒有飯吃會不會餓死。可不可以把一面鏡子放在陽光底下煑麵。哎呀，問題。實在是拿不動了。要舉行一個清除問題的運動了。

接異

在克里夫蘭的一間醫院裏，有一位惠特醫生，是專門研究腦子的醫生。小說裏的一段誌異如此說，有位陸判官，每天喜歡和一位朋友獸在一起喝酒。一九六三年，惠特醫生嘗試把腦孤立起來，看看腦能活多久。結果，他發現，一副孤立了的猴腦，在充足的人造血的供養下，可以持續十二小時的機能。陸判官的朋友，有一件並不稱心如意的事，因為，他的妻子，樣貌非常醜陋。數月前，惠特醫生在十八名不同的醫生協助下，花了六個小時，把一頭猴子的頭移植到另一頭猴子的脖子上。他們把頸割切開，把脊椎腔和神經系統都切斷，用生物學上用的泥封住腔管口。然後把血管一條條接電線一般移接好。移植後的頭，能看能發聲，有反應有嗅覺。陸判官去找來了一個美麗的頭顱，因為剛好有位年輕美貌的小姐死了。陸判官找來了頭，就替朋友把他妻子醜陋的頭換了。惠特醫生多次的試驗，證實了腦子並不像身體其他部分一般迅速拒斥其他的器官，因此移植起來會比較容易。頭部移植是惠特醫生十年來進行腦子研究

進入的第四階段。實驗又證實了，腦子即使得不到血液的供養，只
要保存在攝氏五至十度的溫度間，仍可活一小時。想請陸判官替妻
子換一個頭的人大概是很多的，問題在，換了頭的妻子，是否還認
得陸判官這位朋友。

快樂

我們稱他們為法國的畫家和詩人。其實，畢卡索從西班牙來，莫迪格里安尼從義大利，阿保里奈爾的父親是義大利人母親是波蘭的貴族自己誕生在羅馬。至於夏加爾，和馬蒂斯一樣畫裏充滿了快樂的夏加爾來自俄國。因為這樣，他的畫裏有很多北歐的風情，提琴手在屋脊上奏音樂，情人、朋友、家畜滿天飛。快樂是一種輕飄飄，浮在半空的感覺。夏加爾喜歡把朋友畫進自己的畫裏。因為阿保里奈爾是他的朋友，他（夏加爾）就把他（阿保里奈爾）畫在畫裏了。二十世紀的初期雖然攝影已經很發達，但我們所知道的一些畫家或詩人的模樣反而在畫裏得悉得最多。除了畫朋友，夏加爾也畫自己，描寫自己這個窮畫家在畫室裏工作。其中的一幅，他畫自己的一隻手有七隻手指（畢卡索畫過六隻）；其他的畫裏，他畫自己的妻子畫很多的花。喜歡詩的人總很喜歡夏加爾，因為他的畫和文學最接近，他描述兒童的幻想境界，神話的天地，還替果戈爾的《死靈魂》和拉封登的《寓言》畫插圖。夏加爾的畫是超現實的，但和

那些超現實的米羅或達里並不同，達里的超現實常常充滿壓力和不安，而且看上去可怕，夏加爾則給我們快樂，快樂的天地，音樂和詩。他的世界是溫馨而古典的波希米亞人的世界，他把憂傷留給他自己。

穀熟

有人上學，有人種田。他們種田，等着等着，忙着忙着。穀子一熟，就過年了。一頭牛可以舒服地休息好一陣，吃許多的草，睡午覺。歷史畫裏記載的「大有年」，就是豐盛的一年，有滿倉肥穀的叫人喜歡安樂的一年。年的名字又叫歲，一年又一年，即是一歲又一歲。周朝是這樣做的，稱歲曰年。有了年，就有了年號。所以漢武帝那個皇帝做皇帝的時候，稱為建元元年，他的年號，是創刊號。有了年，當然也有年表，史記裏面有十二諸侯年表，又有六國年表。有了年，當然也有年譜，宋朝洪興祖編訂韓愈年譜，元朝程復心編訂孟子年譜。記載一個人生平的事跡。各個人的生平不同，有人種田，有人上學。上學的讀書寫字，測驗考試，成績表放進書包帶回家，那麼，也又過年了。過年的假是年假。年這個字，牛不牛，羊不羊，查字典的時候，得去請教用毛筆硯台的祖父。查「干」字部首哪。他說。總是不明白年和干有什麼相干。那些廟裏修道的那些人，可不叫今年幾歲幾歲，而是幾多個年臘或年戒，落髮受戒

55

的那年是第一年。那位叫做年希堯的清朝工部右侍郎，是年羹堯的
兄長，做過一種美麗的潔白瑩素有青彩描銀暗花的瓷器，叫年窯，
又叫雍正窯，胭脂水釉當然是珍品了。

門神

那邊有一個人在走廊上走來走去，手持一幅門神的畫像。他把這邊那邊的門扇打量了半天。暗麻麻的門哪，方塊木方塊木方塊木哪，沒有什麼風景哪。他說。然後，他站在一扇門的前面自言自語起來。呃，左邊的門神叫「門丞」，右邊的門神叫「戶尉」。也不知道該是依照自己站立的方向計算還是依照門神們站立的方向計算。呃，漢書禮儀志裏邊是這麼說的哪。東海中有一座度朔山，山上有兩個神，一個叫神荼（辭海說該讀作伸舒。）一個叫鬱壘（辭海說該讀作鬱律。）兩個神專門捉拿兇惡害人的鬼，捉了去餵老虎。啊啊，明年可不就是虎年了麼。那個人在走廊上，朝東邊的門看看又朝西邊的門看看。兩邊的門並沒有什麼動靜。你你我我的門神如今都叫做「鐵閘」了哪，他說。呃，如果那個唐太宗那個皇帝，在寢門外也設一道鐵閘，會不會仍然門外鬼魅呼號，夜不安枕呢？而那本三教搜神大全又還記不記下「門神，唐，秦叔寶，胡敬德二將軍也」了呢？那個人，在走廊上把漿糊厚厚地塗在門神畫像的背面，

塗得滿滿地，「噠」的一聲貼在門上，令畫像四周跑出了很多漿糊來。他一面抹着剩餘的漿糊一面說，對不起哪門神，只能把你和你的朋友擠在一起了，因為我們這裏也是人擠人的，而我這門，是扇單扉的門哪。

上學記

一

老師很早就到了，大概是三點多吧。課程表上列出的時間是四點至六點，可你三點半進課室，朝門口斜線對望過去，就見到老師的背影了。我們都是遲來的張良哩。走廊那邊，教員室的門幾乎一直是敞開的，大家可以自由進出，去找書看，去沖一杯茶，或者，去見見老師，問候他老人家。當然，如果老師在閱讀雜誌，就不適宜打擾他。其實，大多數的時間，老師不在閱讀，而在下棋。當然是圍棋，這是大家都熟知的。所以，老師坐的那張書桌，並不面向牆壁，而是擺在房間的中間，靠近門口，老師總是面向窗子，背對門口；桌上放着圍棋的木格盤，嗯嗯，棋盤上已經佈下不少黑子白子，戰況正激烈呢。書桌的正中當然是圍棋格盤，兩邊是棋盒，四周是一疊疊隨意堆放的書本，還有一些空間，放的是老師喝的茶、餅乾罐子，還有碟子，盛着切好的梨子，有時是剝好的橘子或橙。

課室這邊人不多，第一個進來的人開了風扇和空調。即使是四點多一點，同學們才疏疏落落三三兩兩地進來，因為還沒講課，有的就到走廊的另一端看報紙去了。星期三下午四點鐘，人們在做什麼呢？上班的上班，上學的上學吧，來上課的人，主要是哲學系的學生，有的是老師以前的學生，有的則專程來聽課。不少的同學已經是教師，或者要上班，得等下了課下了班才能趕來，那麼，誰也不用心急，靜靜坐一會兒，看看書。老師有時也會進課室來看看，同學還不多，那麼再等等吧，又回到教員室去看雜誌。這個學期，老師開的課是《易傳》和《康德的第三批判》，前者星期三講，後者則在星期六。九月十六日第一天上課，才知道老師暫不講康德，兩天都講《易傳》。

四點鐘後，哲學系的同學就要做一點上課的準備了，先是從另一室推來一座錄音擴音的音響器材，沿着走廊匡朗匡朗移動，很是響亮。然後是二位同學把講台上的桌子搬下講台，端好椅子。黑板要擦乾淨，上一節課是日文，所以黑板上全是日本字。那邊的圍棋已經終局，不知道誰圍的地多。勝負打什麼緊呢，圍棋的趣味在圍戰的思考上，不像象棋，要把統帥將死。老師快來講課了，哲學系的同學把擴音器擱在桌上，然後端來茶，放好餅乾罐子、粉筆盒子，仍有一碟子水果。老師進來了，同學們也一陣忙亂，端茶的端茶，關門的關門，空調再調整一下，風扇可以熄掉。天氣還是很熱，老師穿着米白的中國衣裳，對襟扣子，四個大口袋，直領，長袖子。

室內有空調，長袖子正好。中國布衣非常好看，看着就舒服，既不用結領帶，又沒有硬墊肩，也不必把衫尾束在褲腰內，衣衫披在身上，飄飄逸逸，線條柔和流暢。一般的中國衣裳，褲腳較寬，老師所穿，是窄腳式，剛好垂蓋在皮鞋面，如果他穿一雙布鞋，整個模樣就是一位武林高手。

老師講課不用書本，不發講義，同學們自己做筆記。好幾位同學都帶備錄音機，老師開始說話，這邊那邊的錄音機開關都響起來。課室有兩扇門，本來大概是兩間普通課室，拆掉中間的牆，打通了，變成一間大課室。因此，近黑板的一邊和背面牆壁的一邊都有門可以進入。上課時關上門，遲來的同學悄悄地從牆背的門可以進入，面向黑板的同學見不到他們，老師卻見得清清楚楚。通常，老師面對的是二十名左右的學生，然後是對牆掛着的一幅大孔子像，以及六幅小孔門弟子像。黑板頂上正中端掛着玻璃框架的橫匾。粗黑的隸書寫着「誠明堂」三個字。一天，一位也來聽聽課的朋友告訴我，這匾本來掛在禮堂裏，如今改懸課室中。朋友是新亞哲學系畢業生，二十多年前上過老師的《易經》課。他說，那時曾問老師：卜辭可信麼？老師答曰：誠則明。二十多年了，他仍然認為老師沒有答他的問題。這使我想起一篇附錄在老師著作《理則學》書末的文章，是傅成綸寫的〈禪宗話頭之邏輯的解析〉。

有人問達摩東來意

曰：鎮州蘿蔔重八斤

達摩為什麼給出這麼有趣的答案呢？這就牽涉到對答的方式了。從邏輯的解析，這單純的對答形式，可從下列三類命題來想：

1. 有意義的命題

2. 含有絕對性的有意義的命題

3. 無意義的命題

若是第一類，答語斷之為是，問語之內涵即獲建立，反之，為否，不獲建立。問語和答語是要連結成一整體，成為完整落實的概念。如今達摩東來意既與鎮州蘿蔔重八斤不接連成一整體，即指這個對答不屬於有意義的命題。

若是第二類命題，答語可以擺脫與問語之間的牽連，自成為完整的落實概念。顯然，鎮州蘿蔔重八斤在涵義上解析不出達摩東來意的成分，故此，亦不屬第二類。

若是第三類命題，根本不承認問語之內涵可以成為一個落實的概念，於是，答語完全隨意性的。禪宗大師的答話反顯出所扣的問語

是站不住的糊塗話。求真理而來問一個全無價值問題，大師不屑以答。

卜辭可信麼？老師答曰誠則明，已經很客氣了。

二

老師不下棋、不看書雜誌的時候，會進課室來看看。人不多，那且等一會兒再講課好了，他就在課室中走走，瞧瞧，翻翻同學們書桌上的書本。都在看些什麼書呢？唐李鼎祚或清孫星衍的《周易集解》，還是清陳夢雷的《周易淺述》？又或者是晉王弼、韓康伯注的《周易》，唐孔穎達的《周易正義》，宋朱熹的《周易本義》？又或者，竟然是清焦循的《雕菰樓易學三種》？那麼多不同的書，同學們看的是什麼？坐在我旁邊的一位看的是《易經哲學史》；坐在我前面的一位卻在讀《心體與性體》；她告訴我：你要讀老師的《五十自述》。大概每個人帶進課室來的書本都不一樣，易經的版本也不同。遠遠一瞥，同學們翻開書本，有的是鉛字版，有的是木刻版，我帶進課室的是一個很普通的版本，作者並非易學專家，也沒有精闢獨到的地方。一直害怕老師會見到這麼糟的一個本子，而且書本的文字是橫排的，又是簡體字。幸好我坐近窗旁，離門口稍遠，老師只在近門的範圍走走，又出去了。

老師沒見到我那本糟版書，卻有人見了。那是班上的一位同學，辭了職，專程來上課的。她本是老師的學生，見到老師立即蕭立鞠躬，雙手合什。她每星期上課總有一次要遲到，因為上老師的課前另有一節課要上，下了課才趕來。所以，她常常要問同學借筆記影印。一次，我到走廊外去了，她卻在翻看我放在桌上的書本和筆記簿，稍後對我說：想看看你那本《易經》是什麼版本。難道我有什麼珍藏的絕版書？我覺得很有趣。我所以帶那本書上課，完全是因為自己視力弱，那書一切都不如意，卻有一個優點，字體特大，段落分明，在課堂上忙亂中容易查閱。至於我的筆記，她肯定不敢向我借閱了，因為所記的一切只有我自己讀得明白，旁人見到的不外是密碼。

老師數十年前開過易經課，這次再講易，和以往的要不同。老師說，以前講易，是往下講，即是講魏晉的人看易，宋明人看易，以及清人看易，這次卻是往上講，從易回溯連繫孟子孔子，縱貫儒家的大系統。老師既是往上講，不再往下講，那麼關於往下講的那些學問，就得讀讀老師年輕時的一部著作，也是他所寫的第一部書。民國二十一年，老師二十四歲，是北大哲學系三年級的學生。當時哲學系要出系刊，編輯向老師邀稿，老師交了一篇，事先聲明，如果文章太長不合用，望即退還。文稿一去年餘，石沉大海，去問編輯，說是稿件需先交師長審閱，老師之稿交去院長胡適之先生審閱，存胡先生處。老師到院長辦公室見胡先生，先生也很客氣，

說：你讀書很勤，但你的方法有危險，我看易經中沒有你講的那些道理；我可介紹一本書給你看看，你可先看歐陽修《易童子問》。老師答曰：易經我是當作中國的一種形而上學看，尤其順胡煦的講法講，那不能不是一種自然哲學。先生說：噢，你是講形而上學的。又說：你恭維我們那位本家（胡煦），很了不起，你可出一本專冊。這固然是一次很不愉快的經驗。這位年輕人從此和北大以至胡適所代表的新文化分道揚鑣，不過拿他後來沿此一路開出的治學方向來看，注定要分途。老師交給系刊的文章是述胡煦與易的一部分，後來把書稿全部完成，幾經轉折，終於能夠出版，原本的書名是《從周易方面研究中國之玄學及道德哲學》，後來重印，改名為《周易的自然哲學與道德函義》。文稿的波折，記在重印誌言裏。

在誌言中，老師認為這部少作並不成熟，價值只在整理漢易並論述胡煦與焦循的易學。漢易是通過卦爻象數之路以觀陰陽氣化之變。至清初胡煦仍走此路，不過講得更自然、妥貼、通貫。他們所展示的理境是卦爻象數下中國式的自然哲學，而兼示出人事方面種種道德涵義。至焦循則是直接由卦爻象數的關係而建立其道德哲學。對於易經，老師當年能夠理解以及感興趣的就是通過卦爻象數以觀氣化這種中國式的自然哲學。至於就經文而正視易傳，把易傳視作孔門義理，以形成儒家的道德形上學，是老師後來的工作。當時老師對這方面根本不了解，也無興趣。數十年過去，老師的學問博大精深，認定易傳其實是孔門義理，則可以往上講了。

65

老師寫《從周易方面研究中國之玄學及道德哲學》時，一方面讀易，一方面讀懷悌海、羅素、維根斯坦。從中發現胡煦和焦循的精妙，而胡煦的中國式自然哲學與懷悌海那一套可以相比論。如今我讀懷悌海，倒發現他與老師有許多地方驚人地相似，兩個人過的都是書齋式的生活，只是讀書、教書、著書、演講；兩個人都活到八十多歲的高齡；兩個人都著述等身，超過二十二部；兩個人一生的學術活動皆可分為三個階段，懷悌海是英國劍橋時期、英國倫敦時期及美國哈佛時期。老師則是大陸時期、台灣時期及香港時期。當然，懷悌海一生寧謐安逸，而老師則要離鄉背井，憂患重重。

一九一九年九月，英國物理學家艾廷頓率領考察隊去檢驗愛因斯坦廣義相對論的預言，觀察星光在經過日全蝕的太陽附近是否會發生彎曲情形，結果證實了愛因斯坦的預見，因此否定了牛頓力學應得的數據。這件事當然令全世界的人震驚，從這一年起，懷悌海一連出版了三部書，都是和相對論對話的專著，即《關於自然知識原理的研究》、《自然的概念》及《相對論原理及其他物理科學中的應用》。前兩本書，老師在課堂上也提到，叫我們去看看。其實，這二書老師年輕時已經譯了出來，可惜譯稿留在山東老家，後遭焚毀。如今我們想讀，只能找英文原著。

從十九世紀中葉開始，西方哲學與科學起了一場大革命，因為科學與哲學正式分家了。人們從認識論轉向知識論，從對觀念的研究走

向對語言的研究。古希臘時代，人們對整個宇宙現象，研究的是世界 1，自笛卡爾起，人們重視靈魂的內在現象，於是研究世界 2，當代科學哲學家波普就說，人們已從研究世界 2 轉向為研究世界 3。哲學家不再研究感性、知性、理性，而進入研究邏輯、語言和意義，於是我們就有了羅素、懷悌海和維根斯坦等等的哲學家。可另一方面，歐陸哲學也起了一股浪潮，與英美分析哲學不同，哲學家們重視人的價值，關心道德倫理、宗教人生和藝術，他們是祈克果、雅斯培、胡塞爾、海德格等。懷悌海很奇怪，他是研究數理邏輯出身的，屬於分析哲學陣營的主將，到了後來，卻成為形而上學大本營的重要哲學家。如果說胡煦和早期的懷悌海相通，那麼焦循就與後期的懷悌海相通了。

三

在課室裏，老師總是先坐着。他走到講台上，坐在椅子上，看看課室裏的同學，一位同學把擴音器移正，他輕輕咳一聲，然後就講課了。有時候，擴音器的效果不好，同學就把一個小小的擴音器扣在他的衣衫上，這樣效果更好，因為老師不用一直釘坐在椅上。老師坐着講了一回，因為要寫字，就站起來，從桌上的紙盒裏取一截粉筆，到黑板上寫字。有時候，他只坐在椅上轉身寫在黑板上，但這樣只能寫幾個字，大多數的時候，他都要站到黑板前面去，寫一陣子，回來再坐下。過了一個鐘頭之後，他乾脆就不坐了，並且從講

台上步下來,在課室前面、桌子之間走動,往往愈講愈精神,加上手勢,充滿身體語言。比如當他說「開出花來」,他就真的以雙手合成一朵蓓蕾的樣子,整個人向下曲膝,然後向上伸展,展開雙臂,盛放了那朵花蕾。

我進過師範,師範裏學習的是如何教書,什麼五段教學法、寫教案、課室管理、兒童心理學等等,老師何需入師範,他自自然然就具備了優良的教學法。五段教學法,他都齊全,有引起動機,又有發展、深究、複問和總括。引起動機常常是一聲輕輕的咳嗽,然後說上次講到什麼;發展是最核心的部分,複問則不少,隨時隨地要問些問題,至於總結,則是把所講的要點提一提,然後說:今天就講到這裏為止。有時候,他會說:下次就講乾卦。彷彿看電影,還有預告。我常常想,如果像中學、小學那樣,來了一位視學官,那麼他會給老師的教學法打個什麼分數?他也許會挑剔他沒有教案。但他需要教案麼?講述的內容當然是極精采的,可一個有學問的人不一定會講課,說不定是在施展催眠術哩。就聽說過有些名教授講課,坐在椅上喃喃自語二小時,學生既聽不見,也看不出所以然來。老師平素果然是個老人家,可一站在講壇就愈講愈年輕。師範學校裏讀過的一些維持課室秩序的書,其中有說是要善用目光。到研究所來上課的都是成年,當然不會在上課時談話、吵鬧、追逐,可老師還是運用了目光來控制全場。坐在課室內,只覺老師的目光無處不在,可不就是那個蒙娜麗莎,無論你在哪裏,那目光總是關

注着你。有時候，同學説不定要躲避老師的目光了，因為他忽然會發出問題，目光一接觸，他就問：你知不知道？

課室中通常很靜，但靜其實不是好現象。比如説，對一室桌子和椅子講課，那麼整個課室也是很靜的。課室裏應該有學習時發出的聲息，顯示出學習的反應，像答問題啦，或者驚訝、歡笑等等的情況。自己教書時碰上氣氛十分沉悶，就要想辦法講些有趣的事，使課室恢復生氣。老師是不是也這樣呢？所以他有時也會講一點生活上的事。一次，他説，我們家鄉有兩位出名姓孔的人，一位當然是孔子，另一位呢，你們知道是誰麼？大家想來想去，不知是誰，我則想，不知道是否寫《桃花扇》的孔尚任，因為他也是著名的，而且葬在孔林裏，我到曲阜進入孔林時還見過他的墓地。沒有人答出老師的問題，他笑着解謎：是孔明。大家「噢」了一聲。老師真會講笑話。不過，這笑話看來落空了，沒有人説，孔明既不姓孔，也不是山東人。我有點懊惱自己也沒有回應，不然，他也許會仿孔子那樣説：彥（偃）之言是也，前言戲之耳。

在香港，中小學教師用的是兩種語言，粵語和英語，也有個別學校用國語。老師是山東棲霞人，講的是山東話，香港的同學大多聽不明白，懂國語的人，近年來漸漸增多，但碰上鄉音，仍然叫苦。我起初也不習慣，一般人講國語，我能聽懂，但老師的鄉音，若是講些普通的事情，可以懂，但講課時有不少專門名詞、術語，就不易

一下子明白。我就試過在筆記簿子裏把「三德祕密藏」寫成「三德密密藏」，「無上正等正覺」寫成「無上淨等淨覺」，看看也大吃一驚。上課兩次後，研究所的趙先生進課室來，問道：聽不聽得懂？我見他面向窗子一邊，不知道問什麼人，後來才弄清楚是問我。但我還是不大明白他問話的意思，懂不懂，是指語言呢還是哲學的內涵？我想他大概是指語言。坐在我前面的一位同學也問過我懂不懂老師的鄉音。同學中當然大多懂國語，有的還只懂國語不懂粵語，所以交談時就用國語。一位出家人，還說得一口令大家羨慕的國語哩。因為語言的問題，在答問題時可能也出現了困難，有些字，聽了懂，可要自己講，會讀錯音，也許是這樣，老師發問之後，答題並不踴躍，即使答了也是怯生生的，不知道字音對不對。當然，這裏面也可能有哲學常識、文獻熟不熟的因素。

當學生的時候，黑板被禁止使用。進了師範，導師就叫我們多練習板書。試想想，老師的字寫得不好，總是慚愧的。我們這些師範生，空閒的時候就寫黑板字。事實上，實習時，導師來視學，板書和黑板的運用是否整齊有條理，都得打分數。當然，大學的教授又和中小學教師不同。比如老師吧，他其實坐在椅上講課就行，實在不用寫字，可是他仍在黑板上寫許多字，一來是怕他的鄉音我們聽不明白，二來是因為有些哲學名詞、文獻章句我們不熟。偌大的一塊黑板，一會兒就寫滿了，同學們總有好幾次要去擦黑板。老師說，在台灣演講，不用自己寫字，因為有兩名學生在旁把字詞寫在

黑板上，一個寫中文，一個寫英文。這二人自然是功力深厚的啦。老師在黑板上寫的行書，非常好看，每次同學擦黑板，我就覺可惜，如果黑板是頁宣紙什麼的豈不好，每人拿一頁回家留着。我們常常拿一本書請老師簽個名，他就端端正正寫下自己的名字。而黑板上一課下來，總有千百個字給抹掉了。

有時候，老師講到文獻中的章句時，他先背了一遍，怕我們跟不上，就請一位同學到黑板上寫出來。那些章句，並不偏僻，哲學系的同學應該都讀過，但經典既多，一忽兒老子、莊子，一忽兒論語、孟子，一忽兒大學、中庸，一字不錯寫出來，並不容易。第一天上課時，老師就講到宗教的問題，老師說，宗和教有別，宗是目標，教是達到宗的方法。有宗有教才是「教」。儒家重視教，教是什麼呢，老師就引中庸，請同學上黑板去寫出來：天命之謂性，率性之謂道，修道之謂教；自誠明謂之性，自明誠謂之教。儒教之教乃是把誠體顯明出來，那是從生命本體發出。老師每一課都會引文獻的章句，第二課時講到玄思，何謂玄思？他就引老子道德經：此兩者同出而異名，同謂之玄，玄之又玄，眾妙之門。哲學系的同學一上黑板也就寫出來了，並無困難。

老師起初完全不用書本，後來因講到易傳中的彖、象、繫辭等文字，同學就把一本周易放在桌上，讓他翻翻，這樣，老師不用背，而是指着書中的一段，請一位同學先寫在黑板上。一次寫的是乾卦

的象和象。象曰：大哉乾元，萬物資始，乃統天。雲行雨施，品物流形。大明終始，六位時成。時乘六龍以御天。乾道變化，各正性命。保合大和，乃利貞。首出庶物，萬國咸寧。象曰：天行健。那同學寫到天行健三字放下粉筆就座。老師對着黑板，一面讀一面加標點符號，象和象旁加一書名號，曰字下加冒號，這裏是逗點，這裏是句號。他讀到天行健，不見了底下的字，禁不住搖搖頭，指着書本的字，讓同學上去補了君子以自強不息。一次，他說：「人身難得，佛法難聞，生死難了⋯⋯。」同學卻寫成「人生難得」，好個人生難得。又一次，上課前老師請一位同學上黑板寫了密密麻麻的一段文字，然後開始講課，黑板上因為已有不少字，所以空隙不多，老師就把字寫在字行的中間，不久也寫滿了。通常，在這情況下，同學就會替老師擦黑板，這時，卻有一位剛進課室不久的同學，跑出去，嘩啦啦把一黑板的章句都抹掉，因為遲來，以為黑板上的字都已無用，哪知老師還沒講到，我真想大喊別擦掉、別擦掉，可老師正在講課，大叫總不禮貌。不久，老師站起來走到黑板前正想講那些文句，咦，全部不見了，他也沒說什麼，只好一面講一面斷斷續續再寫出來。老師對香港的學生是很失望的吧，他不止一次地說，他在港大、中大教了許多年，一個學生也沒教出來。

劉述先先生在一篇追述自己思考探索方向的文章裏提到牟先生，說是在台灣時，一次到東坡山莊去看他。牟先生聽說學生在大一國文課讀史記和孟子，劈頭就問一個問題：孟子的思想綱領是什麼？令

他不知所措。因為上課時只是逐章句講論，從來不知有整體的了解。牟先生說這樣讀孟子是不行的。孟子思想綱領不外「仁義內在、性由心顯」八個大字。上易傳時，老師也常常會問我們這類的問題，令許多同學答不上來。比如一次：老師問：春秋的大義是什麼？大家面面相覷。一名同學說，是不是辨別是非？老師當然搖頭，等了半天，幸而一位同學答道：興滅國，繼絕世。這才是老師追索的答案。同學們是不會講國語，還是沒有仔細多讀老師的著述？因為那「興滅國，繼絕世」也不是什麼艱深的道理，翻翻《政道與治道》就可以讀到。其實，老師在課上講的道理、問的問題，全在他的著作中一遍又一遍地寫得清清楚楚，用心細讀，自然明白。當然，許多問題，同學們立刻就能答出來，比如論語的主旨是什麼？踐仁知天；孟子的主旨是講什麼？心性；王陽明呢？致良知；易教呢？潔淨精微。遇上我們答不上一些經典文字，他就說：這些文獻你們是要讀的。一次他提問時，大家答不出，他說，你們不是都在讀《心體與性體》麼？

四

許多年前翻過《易經》，認為是占筮的書，我又不信風水占卦，所以興趣不大。可那乾卦倒是十分吸引我，因為初九至上九的爻辭說的都是龍，而這龍的不同形狀和動態，活像一組連環圖，這龍一忽兒潛在水中，一忽兒在田地上爬行，一忽兒在水中跳起來，一忽兒

又飛到天空，比起義大利西斯廷天頂的聖經故事連環圖，從故事上來說，是絕不遜色的。當年翻翻《易經》，也只是喜歡濃厚的神話色彩。對於整部書，只知道那是一種符號學。一劃代表陽，二小劃代表陰，而這兩種線條不斷變化重疊組成八卦，伸展為六十四卦。每一條連或斷的橫線叫爻，由最低的開始排列，分為六級，每一爻都有爻辭，占卜時就從六條辭中看看想知道的事情。說起來，書中的這些經，豈不是中國最古老的小說？因為每一個卦其實都在講故事，內容無所不包：山川地理，天空海洋，動物靜物，而且有起承轉合，有開頭有結尾，更會矛盾轉化。那些吉卜賽人不是用紙牌來替人占卦麼，那位義大利的小說家卡爾維諾不是用紙牌講故事麼？中國的小說，也許該上溯到易經哩。〈繫辭傳〉說「作易者，其有憂患乎？」我當時是讀不出這種危機感的。

老師開的課是《易傳》，不是《易經》，要講的是和經文有關的傳，即象、彖、文言、繫辭、說卦、序卦、雜卦，共七篇十翼，都是解釋和引伸卦意的。對於易經本身，他只舉了乾卦為例講講卦爻的結構。卦當然是占卜出來的，世上有什麼是有問必答的？那就是占卜了。無論你有什麼疑問，想為一件事找動向，都可以占卜，卦象就告訴你那事在宇宙間的地位和關係。六條爻，顯示的是事物過程中的三個階段。漢代經學家已有始、壯、究的說法，那是一個過程，彷彿拋物線，有一個起始，然後壯大，最後消失。易經用的是圖象的語言，比如乾卦中的龍，那是漫畫化了的寓言。占卦是從「幾」

來回答問卜者的疑問的。什麼是幾呢？幾者動之微，開始發動就叫幾，那是剛動未動的時刻，如果已經發動，也就不用占了。每一爻都是變動的，整個卦就是動的過程，各有不同的位相。

乾卦的卦辭是元亨利貞，那也是代表過程。卦象既是動態的，有始有壯有究，即是有開始有終結。元，是乾元，是創生，是開始，經過亨通的階段，再到達利的階段，利是利刃。利者及也，導向終成的貞。所以，元亨利貞是一個生長的過程，創生是從元、亨看；終成是從利、貞看。儒家不是虛無的，因為有終成。生長的過程並非只由始至終，宇宙中的萬物都處於不斷的變化之中，終又變化成始，就才是易，那是生生不息的形態。

周易真像一部中國古代的百科全書，古代中國人的心態，想知道的事物，和人相處的道理，都寫在裏面了。我一面上課，一面回家再讀書，對它的認識似乎也多了些。六十四卦雖多，其實是從八卦衍生出來，八卦又可以歸納在乾坤兩卦中，乾坤是什麼呢？是陰和陽兩種不同的氣，萬物就由這不同的氣生成，錯綜變化，變出許多東西。這是屬於物理方面的。宇宙間既有萬事萬物，物與物之間就有時、空的關係，人們占卦，看卦爻的變化，決定進還是退，行或者止，於是就產生了倫理和道德的基礎。書中又包括五行、天文、律歷，因此它又是一部數學的書。整部書既是物理的，又是數理的，更加是倫理的。讀周易的於是分為兩支，一支重視科學、物理、象

數;一支重視玄學和倫理。胡煦屬於前者,焦循屬於後者,但焦循是以數理物理為基礎來闡發倫理的象徵。讀了老師所著關於周易的書,聽老師的課自然會明白多些,而老師所講也以倫理道德方面為主。

古人和我們現在的語言不同,我們讀古典作品,首先要遇到的就是文字障,文字上常常感到障礙。近年來雖有許多古典名著的譯注,可甲有甲解,乙有乙注,而且偏重的角度不同,讀起來不一定明白。老師當然以儒家的立場解釋,對於一些關鍵性的字眼,很詳細地解說,有時花許多時間就為解說一、二個字。而我聽了,不禁驚嘆:原來是這樣呵。

老師講課,遇到關鍵性的文字,也特別用英文來解釋,比如咸卦,象曰:咸,感也。老師就用英文解釋一次,感就是 feeling。繫辭中的「原始反終」的反即是 return。卦象的每一劃叫爻,一即指一個動向,即是 moment。陰陽以氣言。乾坤以德言,天地以位言,德並非道德,不是 virtue ,而是 attribute。乾者健也,天行健,這個健,不是體格 physical 的。維天之命,於穆不已,於穆,深遠貌,是 profound mystery。雲行雨施,品物流形,流形是流動變更其形態 forms。保合大和,大和則是 great harmony。

五

暑期裏的一天，我們先去見見老師，看看能不能讓我們旁聽他的課。我們帶了《素葉文學》去，並不敢花老師的時間，不過是讓他知道一下我們喜歡文學，才做些出版文學刊物的小工作。老師一面翻翻雜誌，一面就和我們聊起天來，一聊個多小時，談到許多二十世紀的中國人物，都有他自己獨特的看法。別以為老師專心研究哲學，尤其是儒學，可對各種各樣的人和事，他都瞭如指掌，知識豐富。就以文學為例吧，他問我們：誰是中國近代最好的散文家？嗯，是誰呢，我們也想起一列名字：魯迅、沈從文……然而，數來數去，還是要數周作人吧。但周作人的品格有點問題，不知老師怎麼看。老師認為，近代散文寫得最好的確是周作人。

上課的時候，老師也會提到文學上的事，比如他說到易和春秋，代表了儒家道德的莊嚴，那是理智的俊逸。說到「俊逸」二字，他就問，俊逸是誰最早說的呢？源於著名的詩句：俊逸鮑參軍。同學們自然知道，那是杜甫的詩句。一次老師背誦了一首詩，而且把整首詩寫在黑板上：

新豐美酒斗十千　洛陽遊俠多少年
相逢意氣為君飲　繫馬高樓垂柳邊

是誰的詩呢？這麼灑脫豪情，有人猜是李白，其實是王維。老師看看黑板，說，不知道是洛陽還是長安，記不起了。下了課，大家可能把那首七絕忘掉了，可老師沒有，下一次上課，他講着講着，忽然又提到少年遊俠，並且說，上次提到的詩，地點不是洛陽，也不是長安，而是咸陽，所以應該是「咸陽遊俠多少年」。我聽了一驚，老師真是一絲不苟，不清楚、不明確的事物，絕不含糊了事，他回家一定查過書本，或者再仔細想想，然後改正自己的錯誤。

唐代多遊俠，魏晉多名士。南北朝時荀彧的兒子荀粲，是一風流人物，絕頂聰明。周易繫辭上傳有「書不盡言，言不盡意」句。對於言意的辨說，初有歐陽建的言盡意，而荀粲認為六籍為聖人之糠粕，「象外之意，繫表之言，固蘊而不出」，是言不盡意。到了王弼，才有盡而不盡之辨說。荀粲娶了驃騎將軍曹洪的女兒為妻，她是個絕色美女，婚後不久即死去，荀粲不哭而神傷，過了一年也死了，才二十九歲。關於荀粲與言意之辨，讀讀老師的《才性與玄理》就能了解多些。因為荀粲，老師聯想到納蘭性德，因為二人在婚姻上十分相似，納蘭性德在妻子死後也極哀傷，寫了著名的葬花詞。老師認為，中國文化具強韌的包容性，能把外來的文化融匯，唐代的佛教內傳，反而激發中國文化開出更燦爛的花朵；至於清代，由女真入主中原，兩種文化相激盪，就開出兩朵花來，其一為曹雪芹的《紅樓夢》，另一則是納蘭性德的詞。

老師對我們說：唐宋八大家不用理會。對於老師這一句話，不可以斷章取義，因為老師還有意思和理由：非經典也。因為老師認為唐宋八大家講聖人之道，根本講不出一個所以然來，大概是不「相應」的意思。就像王弼吧，注釋老莊就極好，可注釋周易就是不相應，發揮不出儒家的精神。老師在《中國哲學十九講》第一講裏就提過唐宋八大家，他說，蘇東坡論史的那些文章就專門說如果，假定怎麼樣怎麼樣，你哪來那麼多的假定呢？歷史是不能用「如果」之擬義來辯的。莊子說：「六合之外，聖人存而不論。六合之內，聖人論而不議。春秋徑世先王之誌，聖人議而不辯。」蘇東坡論史不精，但他的文章可是老師熟讀欣賞的，因為老師在課上就背誦過他的《前赤壁賦》，而且整段寫在黑板上：惟江上之清風，與山間之明月，耳得之而為聲，目遇之而成色，取之無禁，用之不竭，是造物者之無盡藏也。

老師引蘇東坡的文章，是因為講到美。對於道德和知識，美是多餘的。知識講真，道德講善，美沒有地位。美是什麼呢？康德認為，有理性的動物才有美感。他的第一批判說的是真，第二批判說的是善，第三批判則說美。關於美，應該讀讀老師譯的《康德的第三批判》。從易的角度談美，美是什麼呢？那是氣化之多餘的光彩，要靠審美的品味才能顯示出來，透過主觀能力、自由聯想。詩文描述的多數是美的景色，潺潺溪流正是美的景色，物體組合成美。老師說，《紅樓夢》裏不是有香菱學詩？她看那個「渡頭餘落日，墟里

上孤煙」就有美感。老師説，詩有別才，非關學問。氣化之多餘光彩，得有審美的能力，一碰就顯現出來。

哲學家和文學家讀小説的感受是不同的吧，那麼寫出來的評論自然也不一樣。老師的著作幾乎都與哲學有關，不過，他也寫過一篇批評小説的文章〈水滸世界〉，評的是《水滸傳》，從境界着眼，寫得瀟灑空靈，令人氣清神明。近年我們飽饜西方理論，似已不能再寫這種評論文字。老師認為《紅樓夢》是小乘，《金瓶梅》是大乘，《水滸傳》是禪宗。他説，水滸的文字很特別，一是充沛，二是從容，隨充沛來者如火如荼，隨從容而來者遊戲三昧。不從容，不能沖淡其緊張；遊戲所以顯輕鬆，三昧所以顯靜定。文章又説，水滸的世界是如是如是之境界，不覺有來有往，只覺步步當下，如是如是即「當下即是」之境界。水滸中的人物都是「漢子」，這漢子二字頗美，有氣有勢，又嫵媚。比起英雄，又是一格。禪家常説：出家人須是硬漢子方得。水滸人物在積極消極方面都講個義字，義之所在，生死以之，性命赴之。天下有許多顛連無告者，弱者，殘廢者，哀號宛轉無可告訴者。此種人若無人替他作主，真是湮沒無聞，含恨而去。大聖大賢於此起悲憫心，伊尹之任亦於此處着眼，水滸人物則在此必須打上去。然而文人社會就是有曲屈的，像他們這種無曲的人物，自然不能生在社會圈內。水滸即社會圈外，山巔水涯之意也。孔聖人不能用拳打足踢來維持仁義，他有春秋之筆，有忠恕之道，從委曲中求一個「至是」。灑脱一切，而遊戲三昧，是水滸嫵

媚境界，沒有生命洋溢，氣力充沛的人，不能到此一境界。只是他
們好為一往之行，乃是不學的野人，沒有經過理性的自覺而建立。
這個境界，出世不能為神，入世不能為聖人。他們飄忽而來，飄忽
而去，語不驚人也便休。

〈水滸世界〉，收集在老師的著作《生命的學問》中。老師曾說：我
五十歲前的著作你們不用看。那大概是對只想讀讀老師一、二部作
品的人而言吧。事實上，老師二十多部著作，都值得一讀，而且是
要再讀、三讀的。老師八十四歲，還到研究所去講課，除了「誨人
不倦」之外，難道不就像水滸漢子一樣，也只為一個義字麼，而他
又多一重自覺。

六

一位朋友來聽課，驚嘆道：老師的精神竟那麼充沛，一講就是兩小
時。不過，和數十年前相比，當然有些不同。老師以前講課，非常
嚴謹，內容緊湊綿密，一層一層推進，條析清楚，黑板上也是很有
秩序地一一寫來，數學一般精確；現在呢，雖然也有主旨，但講
來自由些，高興講什麼就加插什麼，常常天馬行空，四海縱橫，
別看這種漁翁撒網式的手式，好像跑遠了，其實，他總能回到原旨
總結，他的漁網裏總得會網得些漁穫給你，而我則覺得，網裏還有
魔瓶哩。那些師範學校的導師如果看見我們講些偏離課文稍遠的內

容，怕要扣掉大半的分數吧，因為一堂課教什麼，如何教，每一分鐘如何安排、分配，一早就寫好教案，哪容得你講別的東西。但我常常覺得，老師的職責豈止是傳遞知識而已？老師可以隨時隨地啟發學生的思考，引導他們品格上的修養，在課堂上加插即興的指導，實在很是有用。記得讀中學時，老師也常常講些自己的生活和童年的回憶，這樣，對老師的認識也加深了，很有親切感，不覺得老師是教書機器。

老師如今講課，真像和我們談話似的，我特別喜歡。其實呢，老師要講的是中國哲學、儒釋道的傳統，以及中西文化的匯通等等，他在著述中講得又詳盡又精細了，反而是他自己的生活、興趣，對時事的看法，更有書本以外的精采處。況且，那時候，我簡直是在聽故事，也不用記筆記了。比如一次老師講起和師母逛街，師母見到大減價的貨物攤就愛翻看，老師等得很不耐煩。他說，喜歡什麼衣服，幹嘛不好好地去買一件，偏愛在大減價的貨攤上翻撿。於是，老師自己一個人回家去了。哲學家對大減價自然沒有興趣，哲學家都是理性派。一般人呢，自然是感性動物，受到外界無數物質的誘惑。老師對時事、香港的學生也不時發表自己的意見。建造新機場的事變成僵局，他就說，不是說一國兩制麼？怎麼又不能容忍另一種制度了？至於香港大學的學生，他說他們英語流利，可卻被訓練成當買辦的，並非用來紮紮實實研究學問。老師說自己的英語並不好，他是指對談的英語而非閱讀的英文吧，懷悌海的《自然的概念》

雖然不是極深的書，如果要翻譯，當然不會説是一個不懂英文的人
能竟全功。一次，老師説，有個學生去見他，説是要研究孟子，請
老師指導。老師説，研究孟子，我才不去指導他；這個道理，説給
你們聽也不明白。老師為什麼不肯指導學生研究孟子呢？因為他相
信儒家的道理是要你明白了去實踐的，主要是內聖的工夫，是一種
生命哲學，而你拿去研究，把它當作一件客觀的對象，一個「他
者」，然後換取證書、學位，老師當然不會「指導」，由願意指導的
人指導好了。

在課上，老師叫我們看書，比如諾瑟普的《科學宇宙原則》、勃特的
《現代物理的形而上學之基礎》，懷悌海的《自然的概念》以及《自
然哲學的原則》。讀過這些入門書，才對西方哲學的發展有一個概
念。老師當年在北大讀書，一年只有二百元零用，每月約二十元，
用得非常節省，常常走很遠的路，捨不得花錢乘車，可他會買上述
的書看，書很貴，要三元美金一本，是二十二個大頭。老師認為香
港的學生經濟情況較好，書都該買來看。論語、孟子、中庸、易經
是必讀的。老師説一般人以為孟子很淺易，其實是很深的，他要我
們好好讀〈告子篇〉。一般人解釋孟子不夠透徹，老師就把告子篇
一章一章譯注，收在《圓善論》裏。讀孟子的話，這篇文章必須讀
通它。老師説，少年比才氣，中年比學力，老年比境界。不用功讀
書哪來學力呢。

老師常引莊子，他說人民的生活靠相濡以沫是很慘的。你看，這些可憐的魚，沒有水了，你吐一些沫出來，我吐一些沫出來，互相協助，這樣的處境何等悲哀，能維持多久呢，不久就都要乾死了。所以，一個社會，能做到「魚相忘於江湖，人相忘於道術」才是理想，每個人都自由自在，不必靠人搭救，也不必去救人。

電視台要給老師做一個專輯，所以工作人員到學校來了，他們拍攝他在學校中的情形，還到他家中去拍他的生活。拍攝隊在學校中拍攝了二次，但工作上還有許多細節要做，這些都得老師在場。那陣子，老師可忙碌了。比如這天，回到學校，只見許多人擠在一個小房間裏，人多得連門口也擠滿了，都在看試放的錄影專輯。這時候，老師坐在電視機前面，這邊一位電視台的工作人員，那邊一位幫助翻譯的同學，是要把老師的話更準確地寫成文字，播放時配上字幕，因為老師講的當然是山東話，而電視節目則播粵語。小房間裏人太多，我擠不進去，只好等正式播放時再看，看看老師居家的生活。

老師租住的地方，依香港一般的環境來說，倒也寬敞，有一個客廳，好像有三個房間。客廳裏有一套沙發，並沒有掛什麼大幅字畫，就是很簡單的牆壁和窗子。客廳裏有個紮實古典的書櫥，原來是唐君毅先生送的，可裏面並沒有書，放的是一盒盒一罐罐的食物，既有人參，又有燕窩。還有一盒貓餅乾。不知老師有沒有養

貓，卻沒有看見。我見了那櫥就想，不放書不可惜了麼，但想想，精神的食糧和皮囊的食糧其實都是重要的。老師的書房是我羨慕的，貼牆的櫥裏放滿了書，窗前是一張大的木頭寫字桌，這種有許多抽屜的大寫字桌，現在不易找到了。老師正坐在那裏工作哩，他在校《判斷力之批判》的書稿，文字原來是橫排。咦，老師要脫下眼鏡來校對，看字很辛苦麼？還是眼鏡的度數不適合？平日，老師在學校時，無論下棋、閱讀、寫黑板，都只戴一副眼鏡，是不是那種「漸進式眼鏡」？許多人都戴那種眼鏡，因為近視遠視都不必換眼鏡那麼麻煩。老師的弟子都想替老師分期付款供一個單位，但老師不要，寧願自己交租，而且，他不喜歡電梯。

七

新亞研究所的校址在九龍土瓜灣農圃道，每次在這條路上走，就覺得像是見了老朋友。因為這麼一條普普通通很短很短的路，我居然可以在上面走來走去，走了四十年之久。農圃道最初的時候不叫這個名字，而是叫作教會道，是不是由於有一座教堂還是有一間教會，不得而知，只知道這一帶地方都是農田，田中間有幾座茅舍，然後是一段斜坡，通向斜坡中間的一間學校，這學校倒是教會學校，也沒有教堂。建一間小教堂，是許多年後的事情，稍後又建了游泳池。四十年前的一天，父母帶我從上海來到香港，親戚告訴我，家附近有間學校招生，我於是自己穿過田間小路，攀上斜坡，

去報名投考。結果取錄，因為大陸的英文程度較低，我在五年級時才學 ABC，所以是備取生。後來有老師告訴我，本來不錄取，但我的中文和數學分很高，才列入備取。終於進入中學，一讀六年，每天穿過田間小徑，時時走的不是斜坡路，而是由一條巨大的下水管，耍雜技般踏步上山。

六年之間，一條路的變化可大了，漸漸，農田不見了，下水管給填平了，鋪成寬闊的斜坡路，鋪上柏油，學校對面，本是農田茅舍的所在，建了一座新房子，正是新亞書院。過一些日子，新亞旁邊又起了座房子，仍是一間學校，卻是官立小學。我放學時在斜路上站站，看見裏面的老師教書，心想，如果自己成為那教師就好了，這正是我喜歡的職業。哪知兩年後，我中學畢業，真的進入師範，給派到這間學校來，一教教了十七年。這段日子裏，小學旁邊又建了一座房子，竟是兒童羈留所，學校和監牢相鄰，不知算不算諷刺。新亞的另一邊，也建了一所學校，是一個同鄉會辦的中學。路的這一邊就是這四座建築物，而對面呢，母校的山腳下則建了一所政府合署，臨近馬路還是路政局的大本營。而教會道也改了名字，叫作農圃道，這才是道路最初的模樣吧，這就有點剝必有復的周易味道。一條農圃道，每天就有多少老師在農圃裏栽育樹木呵。

中學畢業後，進入師範，新亞書院是大專，我經過時只能望門興歎。當我在旁邊的小學裏教書時，牟老師正在書院裏講授道家哲

學、中國哲學史、逍遙遊、齊物論。朋友告訴我，老師的莊子講得非常好，如果那時候我也能去旁聽，該多好呢，竟錯過了。其實，我也在新亞當過旁聽生，有一陣子是跟鍾期榮女士學法文，一次是聽徐復觀先生的《後漢書》。對於新亞書院，我印象最深的是那座圓亭，從正門進入，垂直走就到了。不過，如今大家上新亞研究所，大都走側門。而新亞書院也改為新亞中學，書院則合併成中文大學，搬到沙田去了。

家裏離開農圃道很近，走走不過十分鐘，我常常還在那條路上走，因為一年裏總有一二次，我上政府的牙科診所檢查牙齒。此外，那裏有一間小小的郵政局，人不多，工作人員和氣有禮，我總到那裏寄信買郵票。哪知這一陣到那裏去，竟是寄雜誌給牟老師哩。至於能上研究院聽老師的課，只能說是緣了，一來是自己的身體漸漸好轉，二來是一位朋友帶我先去見過老師。老師說不用繳學費，所以我一直是免費的旁聽生。試過替一位從台灣每週乘搭飛機來上課的朋友繳學費，月費一千四百元，這數目，超過我一個月所得的退休金。幾位老朋友勸我不要太辛苦，如果身體真的支持不住，不要上學，但我覺得上學非常快樂，好像前面有一盞明燈在十字路口指示方向，使你覺得在這個世界上，你可以無畏無懼無憂無愁，向前走。

我上學帶的東西可多了，一個書包，裏面是筆袋、筆記簿、書本，還帶一壺水。上學時在路上買兩個麵包，另外要帶一件薄毛衣，因

為課室裏有空調。我特別選了兩部冷氣機中間空隙一行的座位，避過了冷風。同學們有的也帶一盒冷飲回校喝，大多數喝茶，因為教員室中有茶水，暖暖的一杯茶，比什麼很甜的果汁好多了。最初幾次，到超級市場買礦泉水帶回校喝，後來就帶清水，用一個旅行用的水壺盛載。為什麼要帶麵包回校呢，為什麼不在家裏吃完食物才上學呢？這只能怪我的胃了，如果我三點鐘在家裏吃過一個麵包，那是無法捱到七點的，到了五點我又肚子餓了，可能是血糖低吧，忽然就有暈眩的感覺，人會冒汗、發熱。老師下棋時，我正好慢慢地吃麵包，雖然這樣，事實上，到了六點多，我常常又餓起來，只好趁老師在黑板上寫字時，趕忙塞一口麵包進嘴巴。一位朋友來聽課，他是菸民，戒不掉，上課時就悄悄的吃糖。老師下棋時也吃餅乾，一次，他沒有下棋，一面吃梳打餅，一面看雜誌，還走到課室來瞧瞧，我正巧在吃麵包哩，老師說，你吃麵包，要喝點水才好，那邊有茶水。我一直不敢進教員室，只說自己帶了冷開水。

十月裏的一天，我走上學校四樓，遠遠看見走廊那端擠滿了人，說不出的熱鬧，平日不過三幾個人在看報紙吧了。我走向誠明堂，咦，課室裏一個人也沒有，非但沒人，連桌子也都沒有了。只見許多椅子一行一行排得整整齊齊，講台的桌上還擺了鮮花，黑板上貼着金色的剪字，原來這天是校慶。回到走廊來，看見大家圍着桌子吃東西，老師手持紙碟、叉子，也在吃東西。遇見一位經過的同學，才知道今天是校慶，剛才老師已經演講了一個小時，待會兒不

上課了。她説，過來吃些點心。我又不敢，因為畢竟不熟。我其實很想看看老師吃些什麼，碟子裏是蛋糕，還是甜餅？看樣子似乎是茶樓買回來的中式點心，那大概是蝦餃、山竹牛肉這些。老師吃的是什麼呢？

老師身體健康，上課以來，已經見過他許多次，只見他精神奕奕，目光清澈，除了上下樓梯，並不用拐杖，説起話來中氣充足。相比起來，我就差透了，上樓梯得很慢很慢，每轉一層樓，得休息一回。上課將近六點，漸漸支持不住，整個人虛晃晃的，注意力也無法集中，一直怕自己會暈倒，幸而都捱過去了，一面用手撐着頭，多次變換姿勢。本來全神貫注老師，這時只得低下頭看看書本，寫幾個字。老師卻是愈講愈精神，常常講到七點過後，面不改容，還在課室裏走來走去。我很羨慕老師的健康，心想不知道老師打不打拳，做不做運動，飲食習慣又怎樣。後來，據朋友告訴我，他也不吃素，什麼都吃，最愛吃山東的包子，常常上一家京菜館吃山東包子。至於平日的飯菜，由一名鐘點女傭到家裏做飯，這當然省卻師母的操勞，可惜女傭煮的菜略鹹，這對老人家的心臟是不適宜的。早餐麼，好像也常喝豆漿，就到寓所樓下附近買回來。老師以前吸菸，如今戒掉了。毛病還是有的，心臟有些小毛病，所以要吃藥。

下課時，從樓梯走下來，偶然也會和同學一起隨便談談，一位同學問，你怎麼會來上課，為什麼選易傳？我為什麼來上課，那簡單得

很，只是兩個理由。一是學校離家很近，二是因為講課的是牟先生。老實說，如果老師是在港大或者中大講課，我就不可能去聽了，因為路途太遠，恐怕還沒到學校，已經氣喘不已。雖說學校離家近，但我實在沒有把握能聽多少課，只對自己說，支持多久就多久吧，真的支持不住，也就算數。結果很意外，竟一直聽完整個課程，一共是二十四課，我缺席三次，兩次是因為電視台到研究所拍專輯，一次是感冒。冬天的時候，好幾個人都感冒，老師卻什麼事也沒有，身體看來比我們強。為什麼選聽易傳？根本不是選，老師開什麼課我就聽什麼，他講什麼，我都想聽。我身旁的朋友說得好：五十以學易。

一次，老師下棋，下了很久，課室裏的人漸多，天色也晚了，室內早亮了燈。依平時的習慣，五時左右老師就會講課，可這天，老師的棋還沒下完，同學們看書呀、聊天呀、上洗手間呀、整理筆記呀、聽以前課上的錄音帶呀，時間一分一秒過去，咦，竟六點了。平日遲到一小時的同學也到了，見到老師還沒講課，一定驚喜萬分吧。一位同學說，看來今天老師不講課了。幾位同學又遇上困難，因為六點鐘正好碰上另一課，於是，幾人端了茶，到另一課室上課去了。一位同學自告奮勇，說是到老師面前亮亮相，來回走走，說不定有效。果然不久老師進課室來了，坐下後就說：一下棋，就欲罷不能了。

起初老師上課不用書，重要的章句寫在黑板上，後來講到易傳內容，既然幾乎人人手上有書，老師也就打開書來講，他會跳幾段、幾頁，把中心點連在一起，於是大家颼颼颼翻書找尋，一時不易找到，總有些同學輕輕提示是第幾章。有沒有人在開課前把整本《易經》從頭到尾看過一遍？

天氣暖和的時候，老師穿米白色長袖子唐裝，捲起一點兒袖管。天氣涼一點，他在外面披一件銀灰色的長毛線衣，衣衫剛好和裏邊的上衣同樣長。毛衣的袖子長，他就捲上兩圈。天氣再涼些，他換上深灰褐色的唐裝，看似嗶嘰的料子，質地厚厚的，很紮實的樣子。仍是披一件長毛衣在外，這次卻是棗紅色的，有時又換一件炭灰或灰黑的毛衣，款式都一模一樣，杏領，有兩個口袋。常常在黑板上寫字，老師並沒有被粉筆弄得灰頭灰臉，上完一課還是整整齊齊乾乾淨淨。他有時把手伸進衣袋裏，卻沒有掏過什麼出來，沒見過有手帕或紙巾。老師的頭髮短短的，全梳在腦後，頭髮並不白，只是灰灰的。他的眼睛明亮，看來有點嚴肅，其實和藹可親，笑起來像個孩童般天真，講課時進入狀態簡直光輝燦爛。

一次，老師沒刮鬍子，嘴巴四周留下一圈鬍鬚渣子，這是從來沒有的事。今天老師太匆忙了，要趕着上研究所，還是太疲倦了，精神不大好？最後的一課易傳上，將近下課時，老師坐在講台的椅子上，把兩隻腳也放在椅上了。我母親在家中偶然也這樣子坐，說是

舒服。老師下棋或講課，長時期坐着，椅子底下又沒小矮凳擱腳，兩隻腳吊着，血液不斷往下肢走，也許會不舒服吧。可好了，他把腳擱在椅子上，姿態十分有趣，仍興高采烈地講課。而我呢，雙腳本來踏在地上，過沒多久，踏在書桌底下橫欄上，過一陣又踏在椅子底下的鐵架上，換來換去，已經換了不少次。

又有一次，老師講課到六時一刻就停了，這是最早下課的一次，原來有人請老師吃晚飯。六點多下課，對許多同學來說是意外，因為他們可以出外吃飯，然後回來再上另一課。若是七點多下課，同學們只好連上兩課，到八、九點才能進晚餐。平日下課，我就趕回家吃飯，因為肚子餓極了。六點多下課，我不必趕，於是慢吞吞步行，一路上見到兩位同學送老師回家。每次放學，同學們都送老師回家，陪他下樓，過一條車輛異常繁忙的彎曲馬路。靠背壟道離學校很近，但老師還得上沒有電梯的房子，走四層樓梯。

八

有一天上學校，和平日一般，老師早到了，在教員室內坐着。四點鐘左右，課室內並沒有同學。我放下書包，到走廊上看佈告板上有什麼新聞。經過教員室門外，一位同學問我：有沒有《中西哲學之會通十四講》。我說，有呀，早看過了。他說，有位同學說沒有，老師帶了兩本來送給同學，如今還有一本。我立刻說，是老師自己

的書麼，那我也要一本。於是我就有一本老師送我的書了。得到這本書，我非常高興，因為老師還簽了名，寫上日子，還寫上我的名字。因為老師不知道我的名字，我就寫在黑板上。老師一面寫一面自言自語地說：唔，劉緦。老師說的是劉緦，若是別人，一定會說：喔，文彥博。回家再讀一遍老師送的書，才知道珍貴之處不是一冊普通的贈書，因為書中有老師親筆的校正，用紅筆把錯字圈出來，一一更正了，共有五處。

第六十五頁第十三行，「概念是普通性的」，應該是「概念是普遍性的」。錯一字。

第一○三頁第四行，「識共有八識，前五識即五官」，應該是「識共有八識，前五識即五官感覺」。漏二字。

第一三三頁第六行，「formal geing」。應是「formal being」。錯一英文字母。

第一七四頁第十四行，「而知識的對象是現象意義的對象到此。」應是「而知識的對象是現象意義的對象。到此，」錯二標點符號。

第一九○頁第十三行，「但不家不一定了解。」應是「但大家不一定了解。」錯一字。

從這些校正中，可見老師著書校正嚴謹，文稿先仔細看，付印前校對，出書後再細閱一遍。我自己也出版過書，雖然集稿時校過，排字後再校，出版後多數沒有仔細再校一遍，常常被朋友揪出錯別字來。比如我把張愛玲的一篇文章〈談餅與畫餅充飢〉寫成了〈談吃餅與畫餅充飢〉，的確非常慚愧。最近的《畫／話本》金縷衣竟寫作金鏤衣，更是無地自容了。以後得學牟老師那樣，仔細校正才好。

近年，老師的著作除了《佛性與般若》，因為我對佛經一無所知，讀不下去，其他的大略看過了。其中一、二本還反覆細看，我覺得他最好的書是《心體與性體》，梳理出宋明儒三系，伊川朱子與陸王之外，另有明道五峰一支；他以朱子「道學問」的系統為孔孟的橫攝新說，反而陸王「尊德性」的系統為縱貫繼承。這看來是儒學內部的釐清，可是從此而凸顯出孔孟在西方哲學的觀照下獨有的貢獻，細緻謹嚴，自成一家之言。不要小看這一家之言，世上多少著名的思想家都不見得能臻此境。他說：「何必人人都做同樣工作？道學問亦不必定在某一形態。」我想，此後治儒學的人，無論同意老師與否，都不能無視他的論點。此外，我也很喜歡他的兩本演講集《中國哲學十九講》和《中國哲學的特質》，這些演講化去太繁瑣的論證，而以通透清爽的語言，呈現中國哲學的神貌，處處流露即興的智慧，是很精采的入門書。

如今每天讀讀的還有二本書，一本是《理則學》，我想，要讀哲學

的話，懂點邏輯很重要，雖然我並不喜歡分析哲學；另一本書則是
《圍棋入門》，拿個棋盤出來，對着書擺下棋局也能下一陣子，我自
忖有三十五級的圍棋級數，我寫信給老師時說：我在讀有關圍棋的
書，如果老師回港，讓我二十五子，才敢坐下來先發一黑子。

易傳課完，就是假期，哲學系的同學還要考試，下學期開的課是康
德的第三批判。一位同學早就幫同學們購書，重甸甸的，帶回一大
疊《判斷力之批判》，甚至有人已經在讀了。有位同學問我還來不
來上課，我說來，只要老師准我旁聽就好。走廊的佈告板上老早貼
着一張海報，是儒學的學術會議，老師也會參加。耶誕節的假期，
他會到台灣去。將近下學期的上課日子，朋友告訴我老師病了，進
了醫院。老人家舟車勞頓，開會演講，太辛勞了吧，我覺得老師暫
時還是不要接受什麼訪問、演講這些事，見到學生也不要一講二、
三小時不停，好好休養，身體好了也不要再開課，就和學生隨便談
談，下下棋吧。

後記

我不是哲學系的學生，也不是哲學家的弟子，不敢稱教授為老師，
只可尊稱他為牟先生。不過，新亞研究所有個傳統，門人弟子學生
都稱錢穆為「錢先生」，唐君毅為「唐先生」，牟宗三為「牟先生」。
於是，又不敢稱他為「牟先生」了，只好稱他牟老師。

那天清晨，朋友撥電話來問：你知道了嗎？我心裏哎呀了一聲。她繼續説：以後你不用再寄雜誌去了。我哎呀一聲叫了出來。朋友在電話中哭了，只補允了一句：去買份報紙看吧。

〈上學記〉的初稿寫於一九九三年初，斷斷續續地，其實還有許多讀書感想要寫，暫時也沒有心情和精神補充修訂，就當是對老師的紀念。

一九九五年五月

卡納克之聲

一

夏日的一個黃昏，你抵達上埃及的古城底比斯。夕陽彈指沉沒，綴星麗天，你趕到一處空闊的廣場，看見眾多的旅人比你先一步齊集，他們有的三五聚立，有的沿着兩列矮牆蹲坐。於是，你也找一個位置坐下來，你找到一方大石的切角，撥去石面的細沙，靜靜等待。

一片莊嚴蕭穆的樂音，使你感覺身處劇場，這麼廣闊的露天劇院，你從來沒有見過。隨着雄渾的樂音，舞台的探射燈亮起來了，燈光投射在你面前聳立的高牆上。現在你才看見，在你的前面，眾人仰望的地方，出現了一座巍峨的梯形城樓，由一塊一塊大石依工字形圖案砌成，就像今天早上，你在吉薩見過的金字塔。這牆比金字塔要矮許多，但那厚重堅實的程度並無差異，只是構造不同：由左右

兩幅巨牆合成一座雄偉的塔門。城壁已經殘塌，原來四十多米高的對稱牆壁，顯得一高一低，壁上的沙岩大半剝落，牆身高處仍留着幾個陷洞，如同窗了。這座塔門不是佈景，是實物，古埃及通向永恆的大門。這裏，並沒有人為你演戲，因為歷史自己是一座舞台。

你聽見聲音，人的聲音。有人在你附近或稍遠的地方說話，他們站在不同的地方，用輕柔或激昂的聲音。你四周找尋，沒有任何人的蹤影，他們，他們也許是站在城樓的頂上，也許遠在河的另一邊。他們對你說：

——讓黃昏撫慰你、歡迎你，噢，來自上埃及的旅人。

——你不必再繼續前行，因為你已經到達，這裏就是時間的起始。

——這裏，就是孕育聖週、天地創造的地方，分隔水陸的所在，你，是在你父神的家裏。

——在父神的家，每一位法老都是神的兒子，希望留下自己的印記。

——二千年來，他們增添、延伸、擴展，結果，建起這座驚世的迷宮：滿布庭院、殿堂、台階、長廊和甬道，既迂迴又深邃，只有法

老和祭司曾經進入。

——父神的形象有如一名年長的牧者，他的右手握持牧人的拐杖，左手輕撫一頭與他同行的公羊。他是最初之神，名叫阿蒙。（雄壯的音樂響起來了）一提起他的名字，祭司垂首，子民俯伏於地。有時，公羊與神疊為一體，人們看見一頭蜷角的史芬克斯在羊群前端引路，就像這一頭，和其他的一起，蹲在這裏，守衛阿蒙的神廟。

照射在塔門上的燈光都熄滅了，一道新的光線直射在一頭獅身人首雕像上。不，你看見的不是獅身人首雕像，今天早上，你在吉薩參觀過胡夫們的金字塔，塔旁有一座氣勢磅礡的塌鼻子大獅身人首像：獅子的身體，法老的顏面。但如今在你身邊，你看見兩行蹲伏的石雕，（燈光正在緩緩地擴散）都有獅子的身軀，頭面卻是彎角羊，在它們的前爪間，站着一位法老。三千多年來，是這一群獅身羊首神獸，（應該有一百二十四頭嗎，如今只剩下四十了）護守着阿蒙的神廟卡納克。

卡納克，所有的燈光都亮起來了，照着史芬克斯們，照着塔門的城樓，照着通向神廟的進口。卡納克。你聽見一陣清脆的短笛，敘說的聲音接着在你耳邊響起來：是在這裏，在卡納克，名叫阿蒙的神坐在山丘上，當七月的氾濫季，孕育世界成形。這裏是從原始的水上升起來最初的土地，洪水漲發時，野鴨群唯一棲息的地方，壯觀

的大廟就在這裏屹立，人們為阿蒙建立他的大城，榮耀他的創造。（輕輕的笛聲，柔柔的水聲）全盛期的卡納克，若要到神廟來，只能打道王族的運河，經過一條聖徑，那時候，法老的船停泊岸邊，持着儀仗羽扇的僧侶們，站在碼頭上的橡樹蔭下夾道相迎。

你或者會問，你是誰呢，阿蒙？答案就會從這些牆壁、甬道、祕室、廢石中滲漏出來，因為答案早就遍寫在每一個角落，以上千不同的象形文字。你聽，阿蒙自己來回答了：我是眾父之父，眾母之子，七層天上的牛。（錚）在沉寂中，我張口說話。（錚）人們因為我走應走的路。（錚）我張開所有的眼睛，使他們可以觀看。（錚。錚，是一種沉重的金屬敲擊的聲音）我的右眼是日，我的左眼是夜，尼羅河水自我的涼鞋湧出。

阿蒙，古埃及中王國十二王朝的時候，他還是一個寂寂的神祇，居住在尼羅河畔，一個叫作卡納克小村落的地方。公元前十六世紀，法老阿謨斯擊敗外敵希索克人，一統上下埃及，定都底比斯，尊奉阿蒙為底比斯守護神，並把阿蒙與拉伊合為總神。泛神的埃及，既有天地日月之神，也有魚鳥蟲蛇諸神，拉伊是古傳說中的太陽神，為正午的燦爛神；阿蒙屬於子夜，他是隱蔽的神。阿蒙，就是隱蔽的意思。從此，底比斯的天空上，無論白晝與黑夜，都有一個太陽照耀着，人們看見阿蒙，手持權杖，頭戴長長的雙羽毛，羽毛中間呈顯一個太陽。法老們因為阿蒙，命名阿蒙霍特、阿克阿蒙、圖坦

卡蒙；因為拉伊，取號拉美西斯。眾法老頭戴下埃及的紅冠，上埃及的白冠，蛇神與鷹是他們的守衛；蜜蜂、百合花是他們的王徽，他們是太陽神之子，掌握大河的命脈。

小小村落中一座佔地五十平方米的殿堂，經過二十個世紀，擴展為廣闊的阿蒙領土，如今的卡納克神廟為一龐大建築群的遺址，由三個部分合成，阿蒙神廟居中，佔地三十公頃，左鄰為戰神蒙杜神廟，佔地兩公頃半，右連媟特女神神廟，佔地九公頃，三組建築均有獨立泥磚邊界圍牆相隔，自成體系，然而彼此相通，人們到卡納克神廟來，其實，只是到阿蒙的神廟來吧了。

古埃及神廟的典型結構為前庭、中堂和後殿三合一式。前庭之中，兩邊列有圍柱走廊，單行石柱沿着外牆排列，庭院露天，一般的神職人員只能在前庭工作，不能進入中堂與內殿；普通的人民，偶然可以在節日中進來，平日只能站在塔門外，甚至神獸的甬道，也常常是他們禁足的地方。神廟的中堂，是古埃及獨有的繁柱堂建築，整座殿堂由高大的石柱滿佈其中，彷彿棋盤上分佈的棋子。繁柱堂為有頂蓋的中殿，古埃及人沒有拱頂建築，只用巨柱支撐屋頂，「繁柱式建築」，乃是用柱支撐屋頂的意思。一般的繁柱堂，內有巨柱四、五十不等。柱有方、圓之別，舊王國時，石柱以方形居多，平直高拔；到了中王國之後，圓柱盛行，而且柱身呈植物形狀，彷彿水草，後期的石柱，柱頂的花紋依棕櫚葉模製。殿柱由一方一方鼓

形大石疊砌而成，高柱可能疊砌十石，稍矮的也有六石，另接柱座與柱頂，繁柱堂的柱頂上，長方形的石塊縱橫交錯，搭成過樑。柱堂建築之特色為聯窗假樓，可以漏光，所以殿柱以中央兩行最高，兩邊低矮，靠近高柱的一行矮柱，頂上再立矮柱，成為雙層的立柱，柱間中空，欄以石柵，成為天窗，其他的柱頂加上大石頂蓋，成為一座空氣流通，光線柔和的巍峨大殿。神廟的後殿，才是神祇真正的居所，內有壁龕，安放神的肖像。古埃及的神祇都是尼羅河的神，各神備舟，大神出遊，端坐舟中，四周落下幃帳，舟置抬撬，由僧侶抬於肩上。神的聖舟，也安放在後殿神龕之中。神龕為內殿至聖之所，佔後殿中間主要位置，其左、右、後方建有無數小室，有的用以供奉別的神像，有的只是神的儲物室，分門別類：有的儲液體的酒、油、水、香膏，有的儲藏固體的糧食，有的只藏神的衣飾、珠串、冠冕、頸圈。整座神廟，由一座塔門鎮衛，四周以圍牆環繞，牆上刻滿祭儀的圖畫與禮讚的文字，同時記載建造它們的法老顯赫的武功。

埃及神廟雖為三合一式建築，但並非眾廟一貌，尼羅河中游千哩，沿岸的神廟沒有一座相同，有的神廟有兩座前庭，有的有兩座繁柱堂，規範最大的，還有糧倉、宿舍、屠房、儲藏室、工場、書記學校、聖池與龐大的果園、耕地，比如：卡納克神廟。卡納克神廟的建構複雜，是時間的因素。最初的法老只建造三座小小的神廟，但後繼的帝王一代連接一代，在原地擴建，於神廟外延伸一個前院，

添置一座塔門,不久,在已增建的範圍外,又再另建前院,再添塔門,因此,經過二十個世紀,神廟竟變成一座有十一座塔門、無數庭院的建築群,除了依縱線為軸心的殿堂外,還展伸了橫向的建築,彷彿一座神廟的小城。

前庭、中堂、後殿三合一的建築結構其實是尼羅河神話世界的創造原型:前庭象徵尼羅河,中堂象徵河邊的水草,後殿象徵河岸的陸地,埃及的神就在陸地山丘上居住。神廟的塔門,是尼羅河的護牆,可抵禦外敵,保衛神國的領土。

卡納克是一座神廟的小城。你摸摸自己的口袋,你是一個沒有帶地圖到上埃及來的旅者,在那些石柱中間,曲折的甬道上,誰將作你的指引?啊,來了,有一個人來了,且聽他自己為你介紹:請聽我說,我,只是這座廢墟的勘察者,但我曾丈量過每一個庭院、踏遍傾塌的小路、探測過倒臥的石階廊柱,細察過深隱的內殿。我發現過古埃及洪水冒升留在石上的印記,那石碑堪稱得上是尼羅河的洪水計。這座建築對稱的梯形塔門,好像蜂巢,是中空的,裏面有樓梯,直通天國的壁壘。塔門外牆附有插扣,節日來臨,可遍插彩旗。請別點數那些石柱、巨像、神獸與方尖碑,且試試,一面在這經歷了二十個世紀的古跡上逐步踏勘,一面傾聽永存的神耳語的回音。

明燈俱滅,眾聲沉寂。你不知道剛才說話的勘察者在哪裏,他好像站在獅身羊首的中間說話,又像隱身塔門的背後。但你知道,他將成為你的嚮導,引領你進入阿蒙的神廟。真的,人們開始移動了,站者開步,坐者起行,你也跟着他們向前走,這時,你才發現你會坐在一頭獅身羊首的石座上。原來蹲伏在座上的那頭神獸在哪裏?你來不及思量,緊隨眾人前行,雙腳踩在沙地上索索作響,你們一起進入塔門中間的通道,彷彿過渡一程兩峰對峙的峽谷。

二

你走進阿蒙神廟的庭院,你同時進入了古埃及的世界。塔門把你和外面分開,門外,是現代的埃及;門內,是古代通過時間的隧道,你站在古埃及第十九王朝建築的院落裏。你跟着其他人,穿過塔門,走進來,站在塔門右邊的牆下。人很多,你想再走到前面一點,但是有一條繩子把你阻攔,你只好站在繩子的前面。巍峨的塔門如今在你背後,埃及生命之源的尼羅河,也在你背後,在神獸甬道的末端,還有一座聖舟碼頭,船來船往,彩旗獵獵,只能在圖畫裏見了。

——自從第十二王朝以來,阿蒙一直堅守這座壁壘,神廟只遭遇過一次日蝕,因為有一位法老改變了信仰,但他的王治短暫,二十多年後,阿蒙又成為底比斯眾神之神,阿蒙與妻子女神媄特,兒子康

蘇，再次成為卡納克的聖三一。為了他們，歷代法老連續不斷，為他們在這裏建造富麗堂皇的宮殿，你聽，他們從不放過向你宣揚的機會，因為為阿蒙建造殿堂，是他們畢生的榮耀。

——我，塞蒂，（一個柔弱的聲音對你陳述。你還聽見悠揚的琴聲），在這裏建立了聖舟的居所，由三間連接的小神龕組成，阿蒙的聖舟居中，嫫特女神在左，康蘇在右，我相信這座建築配得上作阿蒙的居所，直到他成為塞蒂二世榮耀的見證。

說話的人一定是塞蒂一世了，他的父親拉美西斯一世，是十八王朝的一位將領，十八王朝末期的法老荷列赫布沒有子嗣，將帝位傳給拉美西斯，那時候，將軍已經年老，做了兩年國王，由塞蒂一世繼位。拉美西斯家族，原來生活在尼羅河畔阿比多斯，塞蒂老是念念不忘他的家鄉，在那裏，人們侍奉沙漠與風暴的神塞思，所以，塞蒂的名字，源自家鄉的神祇。成為底比斯的王，僧侶的勢力，又那麼強，塞蒂不得不尊奉阿蒙為主神吧，卡納克終於留下他輝煌的印記。

燈光亮起來了，是一組燈光，只照亮你左邊的建築，你看見一行列柱，有十多支，背後是圍牆，前面是一行獅身羊首雕像。靠近塔門這邊，有一座矮矮的四方形建築，敞開的門道，隱約可見三個黑暗的壁龕。這樣子的小神龕，只是阿蒙出巡時中途停息的地方，一個

小小的驛站，塞蒂一世在它身上寄托的願望後來果然實現了，因為他的兒子就是著名的拉美西斯大帝。至於真正的塞蒂二世，卻是拉美西斯大帝的孫兒，不過當了六年法老，竟把家族的王座不知傳到什麼人的手上了。

——我，拉美西斯三世，（一陣嘹亮的號角聲）認為神家的聖舟需要多於一個休憩的地方，因此，在這裏建了一座名副其實、五臟俱全的神廟，外有巨像鎮守的塔門，護衛裏面的前庭、柱堂和聖殿。自此，五人一行的八排削髮僧侶，將在這裏歇息，高抬神的聖舟直到河邊，好讓大神乘河水漲升，上樂蜀渡奧珮節去。我建的神廟，並且記錄了我如何征服亞洲和非洲。

拉美西斯三世，已經不是位美西斯家族的後嗣了，政權轉折，不過，他倒是一個像拉美西斯大帝一般的軍人，登上王座之後，着着實實為保家衛國打了好幾場硬戰，鞏固了十九王朝的疆土，顯示一片中興氣象。可惜古埃及的黃金時代一去不返，黃金貿易低落，海外鐵器勃興，國內通貨膨脹，石匠罷工、盜墓群起，最後，古埃及僅餘的中興法老也被刺身亡。

燈光如今照在你的右邊，你看見同樣的一行列柱、圍牆和獅身羊首雕像，所不同的是，在對面的一幅大牆下，列柱的末端，你看見一座很小的門，門前站了兩個破碎的石像，其中一個，臉上有道深深

的裂痕。這門，是拉美西斯三世所建神廟的塔門，塔的形象一點也沒有了。拉美西斯三世說，這是一座名副其實的神廟。其實，在卡納克，它也不過是一個小小的驛站，只不過比一般的小神龕要堂皇整齊，較具規模。每一位法老都以為，神廟的建造，到了他們的手中已經全部完成，可是，新的法老來臨，把上一任的榮耀棄置在陰暗中。

直至有一天，即使是拉美西斯三世建的神廟，不外是今天晚上你看見的，庭院裏一座殘破的建築。法老來了又去了。只有記憶留存：新年在七月重臨，與洪水一起抵達，豐沃的奧珮節就在氾濫季的第二個月。於是，像每一個夏天，我們將目擊神家的三艘聖舟經過，肩抬在人們強健的臂上。阿蒙的聖舟首尾均刻羊頭，嬡特圍着項鍊，頭上是飛鷹的髮式，康蘇梳着兒童的左垂束辮，額前飾一彎新月。聖舟，是世界運行的象徵，是法老的王座、也是作戰與建築上不可或缺的運輸工具。卡納克建築的文明原是河流的文明。依賴船隻，玫瑰花崗岩和雪花石膏才能運到這裏來，每一次洪水都帶來上噸的石塊，在永無休止的建築工場上模塑成形。

——我，圖坦卡蒙，（年輕的聲音，號角又起）是我，從我兄長的手中，重顯阿蒙的光輝。在這座庭院中，我只留下一頭方解石的史芬克斯。

107

史芬克斯呢？你看不見，它並不像其他法老們的建築，龐大壯觀，反映了帝國的燦爛。年輕與早夭的國王，他們的名字在這裏就寂寂無聞了。不過，圖特摩斯與拉美西斯們都意料不到，圖坦卡蒙的名字，經過了三千多年，比他們任何一個都響亮。你看不見圖坦卡蒙留下的史芬克斯，因為燈光移轉，照到庭院中間一支巨大的石柱上。這石柱，彷彿你見過的現代焚化爐的煙囪，但柱頂像一朵盛開的喇叭花，展放起圓闊的口徑。你抬頭仰望，燈光都集中在它身上，這柱，足足有二十米高吧，它比塔門更像一道天梯。

——我，塔哈卡，來自努比亞，身處埃及王朝衰落期的統治者，建立了庭院中間的柱亭，如今可什麼都不剩囉，只有這一支水草形的巨柱，和一方聖舟祭壇的基石。

算起來，努比亞人已經不算是外族人了，他們居住在尼羅河上游第四瀑布的地方，古埃及全盛時代，他們臣服在法老的統治下，成為埃及的一個轄區，供給上埃及大量的黃金和礦石，經過許多年的薰陶，他們也幾乎變成埃及人，信仰埃及的神了。塔哈拉當法老的時候，是新王國的第二十五王朝，他在阿蒙神廟前庭的正中建了一座柱亭，十支巨大的石柱，分列兩行排列，柱間有低矮的幕牆，二、三柱之間中空，可左右相通，成為一座十字形的柱亭，亭中放一方雪花石膏祭壇，也許供聖舟到前庭來時休憩，也許供節日時臣民安放祭品。

柱亭只剩下一支柱了。你可以想像十支柱原來聳立的樣子。這座柱亭是露天的，每一條柱上還站着神祇的雕像。燈光稍微挪移了一下，你看見巨柱的前面有一座石像，只比石柱矮一些，那是一個法老的雕像，頭戴法老的假髮和假鬍子，交叉的雙手握着節杖與鏈枷。他是誰呢？

——我，名字遺失了的法老，那麼多的人在我的腳座上爭辯。我留下這座象徵所有法老的巨像，就站在第二道塔門入口的右邊，腳間站立寵愛的皇后。

石像建立的時候，法老的名字就刻在石像上。法老的名字，是象形文字，圍在一個圓圈裏。圓圈，是太陽的意思。後來，圓圈變了橢圓形，而且，法老自己的名字和他王位的名字並排出現。古埃及法老們的建築，沒有一座不刻滿他們自己的名字。不過，刻了又有什麼用？政見相峙的法老就把敵對的名字刮去；偷懶的法老，就把自己的名字添上去，也許，這就是石刻的好處，人們總能把石頭的表面磨蝕。但法老大概忘記了石塊更美好的品格，修改過的石面永遠不能復原，它們呈現破損的痕跡，從不隱瞞事實，人們只能把石塊磨碎，無法堵塞它的傷口。遺失了名字的法老，他的名字被後來的法老刮去，換上一個，但那名字又被後來的法老削去了，像不斷篡改的歷史。有人說，巨像是拉美西斯大帝。

——我，拉美西斯二世，（老年人的聲音，號角聲更加響亮了）拉美西斯家族的元老，十九王朝的火焰。三千多年前，我建立了第二道你們將進入的塔門，在門牆上，我刻述了我在卡疊石戰役中戰勝赫梯軍的豐功偉蹟。我的兩個雕像護守我所建的殿堂的塔門，南面的那個尚算完好，已經足夠使我的權勢在你們的記憶中栩栩如生。六十七年來，我頭戴上、下埃及的聯冠，三名皇后分享過我的睡床，第三個皇后，是赫梯王的女兒，赫梯王可是當時小亞細亞的霸主。你可以丈量我國境的幅員，至於我的一生，我後來娶過自己的四個女兒，我共有兒子九十三名，女兒一百零六個。

公元前十三世紀，拉美西斯二世帶兵遠征，攻打中亞細亞赫梯國，在卡疊石城大破赫軍，戰事後來持續了十六年，赫梯國王穆瓦塔逝世，其弟哈土西爾繼位，疲於久戰，與埃及講和，派一使團，帶了用銀板製成的和約到埃及，上刻楔形文字的十八條條文，約定互相信任，永不交戰，一國有難，盟國相助，為歷史上最早的條約文獻。法老把「銀板條約」全文譯成埃及象形文字，刻於柱堂外南牆正中，昭信於世。互相信任，互相幫助，也許還靠通婚的維繫，赫梯國後來災荒嚴重，拉美西斯二世之子謨尼普曾經運糧相助，至於一國有戰爭，盟國拔兵相助，則謨尼普繼位後，國力衰退，也無能為力了。

拉美西斯二世二十歲登基，在位六十七年，他的十二個兒子等不到

王位空缺，先其父而死，第十三子謨尼普繼位，已經五十多歲，海民又入侵了。據說，為了抵禦外敵，他遠征異鄉，在紅海中淹死了。

你現在才看清楚自己站立的地方。你是站在一座寬廣的院落裏，左右兩邊是圍牆，沿着圍牆是一排列柱，柱前是一行獅身羊首雕像。北面的圍牆前是塞蒂一世建的小神龕，南面圍牆那邊是拉美西斯三世建的規模不算小的神廟，庭院的中間，是一支巨柱，庭院的前後是兩座塔門。你的背後是你剛進來的第一座塔門，那是努比亞，塔哈卡建的；在你的對面，是第二座塔門，裏面就是阿蒙神廟的柱堂。燈光那麼明亮，整座庭院都散發出隱隱的光芒，號角的聲音又響起來了，原來還有一位法老有話要說，他的聲音那麼陰柔，可能是一個外鄉人吧。

——我，古埃及黃昏期的國王，托勒密‧猶發知提三世，我建造了這扇通往殿堂的奇異大門，門板是來自黎巴嫩真正的杉木，鑲以亞洲的黃銅。但願今夜它們為你敞開，讓你進入卡納克迷宮最神祕感人的部分。

三

你沒有看見托勒密‧猶發知提三世所建華麗的門，並不是因為石都蝕盡，何況木材，即使是來自黎巴嫩珍貴的杉木，而是因為，你的

111

視線被一群巨柱吸引。燈光早在裏面照明，引領你仔細踏步，因為這裏的建設實在像一個八陣圖。從拉美西斯二世建的塔門進來，你果然走進一座石林裏了，無論你朝哪一個方向走，走不了四、五步，就會碰到一條柱上。你一面走，一面抬頭仰望，你舉頭的仰度幾乎和你的身體成為直角。那麼高大圓闊的石柱，剛才你在前院裏看見一支，現在卻是一群，整座柱堂裏面什麼也沒有，只有柱。柱腳牢牢地站在柱座上，然後是一塊一塊巨大的圓石，像一個一個鼓，疊砌上去，一共要疊十個；柱頂上承着另外一塊方石，方石上面連着過樑，那麼高，那麼重的石塊，有些已經折斷，彷彿應該掉下來了，但卻沒有掉下來；有些石塊還是結結實實地留在柱頂上，枝幹從一支柱延伸到另一支柱上，縱縱橫橫，好像一座纏綿的樹林。三千多年前，這是一座有頂蓋的柱堂，正中的天花上畫着飛翔的鷹隼，那是法老的表記，天花的其餘部分畫的是暗藍的天空和金色的星星。三千多年過去，柱頂上大部分的石塊已經傾塌，人們抬頭看見更高更遼闊的天空，你覺得這樣子另有一番莊嚴的面目，隱蔽的子夜太陽就在夜空的至深處。

卡納克阿蒙神廟的柱堂，是一座規模龐大的繁柱堂，殿堂寬一百零三米，深五十二米，左右對稱，密密麻麻地排滿了一百三十四根巨大的石柱。中央的兩行十二條對柱，高二十一米，直徑三點五七，上面架設九點二一米的大樑，重達六十五噸。旁邊的十四行柱，柱高十二點八米，直徑二點七四，靠近中央大柱的第一行柱，是雙層

建構，柱頂上還有列柱，柱間有石欄，成為通風透光的聯窗假樓，殿堂的剖切面，成一個凸字。

神廟建成的時候，書記官記下了法老的頌讚：看啊，法老陛下對建造這樣一座偉大的廟宇很滿意，從古到今還沒有出現過這樣的奇蹟。他把這座廟宇作為他的父王阿蒙神的紀念碑，在底比斯以西為阿蒙神建立一座雄偉的廟宇，一座永久的，永遠存在的，上好白沙岩造的堡壘，到處都用黃金打成；它的地板用白銀裝飾，所有正門都用金銀熔合做成，還豎立偉大的石碑。整座廟宇就像太陽神拉伊升起時天際的地平線，它的湖裏注滿尼羅河的河水，偉大的尼羅河是魚類和禽鳥的主宰。

你在柱堂內漫遊，圍着石柱繞圈，點數你踏過的步伐，你左右觀看，整齊的柱排成一行一行，你每走一步，它們彷彿也隨着你移動。你看見光線投射在它們身上，它們的影子落在地上、落在別的柱上，成為美麗的圖案：像古埃及的長蛇陣，像大鳥展翔的翅膀，像三桅船邊的排槳，像橫放的天梯。柱的盡頭，有些圍牆倒塌了，看得見柱堂外面的空地；有些牆仍堅定地站立，牆上繪滿圖畫。頭上戴着上埃及白王冠、插着雙羽毛的神，是奧塞里斯嗎？他被他的兄弟塞思殺害，肢解軀體，棄在尼羅河兩岸的土地。他那哀傷的姊姊愛息斯把它們一一尋回，配砌還原，使他復活，成為彼岸之神。每一位法老在世界上是阿蒙的化身，到了彼岸，就和奧塞里

113

斯合為一神。這邊這一個長着鷹頭的神，該是浩瑞斯了，他是奧塞里斯與愛息斯的兒子，長大之後，為父復仇，是埃及的英雄。埃及的法老，每一位都是浩瑞斯。那些後世的建築家如何批評古埃及的建築呢？他們說：埃及人永遠不懂得處理戶內的空間。繁柱堂如此擁擠，使他們對建築金字塔的後繼者感到失望。唉，在美學中打轉的人哪，人們在烈日、風沙、簡陋的工具條件下，如何建造神的殿堂呢？奧塞里斯被殺，愛息斯在水草叢中產下浩瑞斯，濃密的水草叢，是神的誕生地。柱堂的建造，原是依照神話的結構。

你現在才聽見有人在對你說話。他說：神祕而且高大，彷彿一片木化石的綠洲，這裏是阿蒙的居所。這些支柱，是卡納克巨大的石琴管。巨柱的靈感源自尼羅河畔的水草，又名紙莎草，尼羅河，是帶給埃及優雅與智慧的河流。這裏的石柱，有的是開放的，那是指，柱頭是開放的，有些則封密，好像花朵，含蕾或者盛放。繁柱堂先由塞蒂一世建造，位於第二、三座塔門之間，柱身和牆上刻滿浮雕，到拉美西斯二世時才完成，也由他把陽浮雕改為陰浮雕。

你回到殿堂的中央，走到一條巨柱下，你用手緊按腳座的圓石，用力一撐，跳起來，才能坐到石上面。如今，你的背脊靠在石柱上；這柱又堅固又實在，那些石塊的接合處，嚴絲密縫，一根針、一張紙也插不進去。柱上佈滿了象形文字和圖畫，你把柱頭的花朵形狀分別出來了：中央那十二條巨柱，柱頂作傘形的花序，蘑菇一般的

散發出花瓣，其他的十四行石柱，柱頂都是聚合的花蕾。散放的花
朵，人們說，上面可以站五十個人。如果你想試試，怎樣爬上去
呢？當年建柱堂，地基底下掘了溝渠，把沙和石塊填在地下，然後
安放柱石，放好一層就在整幅工地上鋪沙土，再建第二層。每安放
一層石，就要堆砌一層沙石，直堆到二十多米高，放置過樑，交疊
頂蓋，才把沙石一層一層減退，工匠們也順着次序在巨柱面由上至
下繪畫和刻字。

象形文字你看不懂，你只知道，法老的名字是幾個圖象，圍在一個
橢圓形的名圈裏。你尋找那些名圈，名圈真多，這邊一個是：一個
太陽、一位神祇、一座燃燒的祭壇，也許這就是塞蒂一世的名字。
那邊的一個是：一個太陽、一頭胡狼、一名法老、一枚扁斧、一條
水線，這可能就是拉美西斯大帝了，繁柱堂就是他們父子的成績。
你喜歡陽浮雕多些，一個一個的人都自然地從石頭裏面走出來，側
着臉和兩隻右手，搭着肩，彼此傾談，肌膚豐盈，顏面清麗，頭髮
刻得非常仔細，彷彿河裏的一束漣漪，或編紮精緻的繩段，掛在那
裏。陰浮雕像蝕刻，從石頭裏跑出來的人又都走進石頭裏去，成為
一個一個影子，線條也簡略起來，豐富的細節都不見了。人們說，
拉美西斯大帝，武功蓋世，是個好大喜功、虛飾浮跨的人，古埃
及的優雅藝術風格到了他的手上都遭了殃。世界上到底有多少帝王
是藝術家呢，拉美西斯二世是軍人，他只重視威嚴與氣魄，所以，
一直在他身邊蹲伏的不是一頭波斯貓，而是獅子，他建造殿堂也是

這樣，叫你仰望，震撼你心。他的建築師哈提並沒有使他失望，他知道怎樣的建築可以達到君王要求的效果，壓抑是崇拜的起始，而壓抑，來自狹窄的空間。他建的巨柱，集中在柱的一與四點六六細長比上，柱間的淨空小於柱徑，如此密集粗壯的柱堂，怎不令人敬畏。古王國時期的石柱，細長比例常常是一比七，柱間的淨空是二點五柱徑的闊度，顯得莊嚴但不沉重，和諧而且輕盈。

把背脊靠在石柱上，能夠染一幅圖畫回去嗎？柱上的圖畫雖然顏色已經黯淡，並不褪色，數千年前，埃及人把他們的石柱繪上顏色，黑的是木炭，白的是石膏，綠的是孔雀石粉，棕、紅、黃是赭石，它們依然分明，只不過是黯淡吧了。顏色都有它們獨特的語言，告訴你法老對神的傾讚，告訴你，節日的歡樂。你只要仔細看，你甚至應該聽，整座柱堂充滿了聲音，那邊的牆告訴你拉美西斯二世加冕的故事，神們正為他扶正頭上的王冠；這邊的牆講的是塞蒂一世坐在聖樹下，眾神的書記圖特把他的名字寫在樹葉上。還有其他的牆，陳述着阿蒙神如何上樂蜀度奧珮節，法老王怎樣舉行每天崇拜的儀式。在眾多的聲譽中，你聽到一個特別的聲音，你把他辨認出來了，他是剛才引領你進入阿蒙神廟的勘察者。他說：阿蒙神廟的柱堂，概是神的殿堂，也是法老的靜思殿，阿蒙神的形象端坐在內殿的三桅船上，法老則前來潔淨自己的靈魂。每天，他還來侍奉他的父神。

天剛發白，（你聽見活潑的笛子聲嗎？埃及人很早就吹奏一種蘆葦做的笛子，有的是單管，有的是雙管）埃及，一如平日，醒來了，那些象形文字們，好像也從睡夢中輕輕移挪身體。這是清晨，在聖殿的深處，阿蒙神居住在他的聖像裏，還在酣睡。僧侶們為他準備好各種侍奉的用品，好為他開眼、開口。今天早上，法老像平日一般，一早就進神廟來，他已在聖湖中潔淨自己，隨從們為他理過髮，修過面，塗上香水，戴上假髮和束髮的蛇冠，（法老的假髮是眾人中最長的）穿上獸皮腰裙，豹的尾巴在裙邊垂下來，隨着法老的步調，一步一搖擺。法老還戴上戒指、手鐲、足環，寬闊的頸圈，掛着護身符，但他赤足步行，繡金的涼鞋由身後的扈從握在手裏，穿着素白細亞麻布褶裙的僧侶跟在後面。法老說：醒來吧，卡納克，眾神居住的地方。眾神醒來，迎接這美好的新日子。平靜地醒來吧，阿蒙，卡納克的主人。於是僧侶們一起合誦：繩結解散，封印除下，天國的重扉敞張，大地的門扇打開。法老進入聖殿，舉手屈臂致敬，他們把聖像從祭壇上抬下來，為他潔淨，法老為聖像換上新衣，用食指蘸上香油塗在神的額上，用一把扁斧為神開口，用一枝羊頭短棒為神開眼；他一手持着長柄的熏香爐，一手持着生命匙，對神禮讚：大哉阿蒙，底比斯的主人，眾王之王，天國之君，星辰的創造者，你賜萬物生命，注歡樂於民心。阿蒙大神，賜我力量，賜我歡樂。我今向你奉獻，你必賜健康、權力給你的法老兒子，因為他是南北的君主，你所創造的萬物的主宰。

117

僧侶説：這裏是一條白色的彩帶。

法老説：你的光芒將永遠照耀。

僧侶説：這裏是一條綠色的彩帶。

法老説：孕育生命的水必帶來花朵，綠化大地。

僧侶説：這裏是一條紅色的彩帶。

法老説：大地勢將肥沃，血液必定強壯。

於是，法老的典儀完成。僧侶繼續整日的典儀，為聖像熏香，塗抹油膏，奉獻酒與肉，祭壇上擺滿了燒鴨、牛肉、葡萄、蜂蜜、石榴、蓮花和麵包，阿蒙的聖像掛滿了珠飾。直到傍晚，經過潔淨的儀式，聖像回返自己深隱的壁龕，祭司把沙撒在地上，退出內殿，用掃帚抹去沙上的腳印，關上內殿的閘門，繫上新的繩結，封上新的泥封印。（隆隆隆隆，你聽到閘門掩閉的聲音嗎？）現在大神休息了，讓我們離開這裏吧，太陽已經在底比斯山脈的另一邊沉沉。而阿蒙，他將在黑夜裏繼續航行，那是另外的一個世界。

四

你從繁柱堂出來，穿過第三座塔門。經過塔門的時間用不上三分鐘，但你在歷史的時間上卻穿過三個世紀，因為你已經把古埃及拉美西斯家族的第十九王朝留在背後，面對圖特摩斯家族的第十八王朝——古埃及疆土與財富的真正奠基王朝，埃及史上的黃金時代。

卡納克阿蒙神廟的興建，本來由一個中心點逐漸向外擴展延伸，所以，從大門進來，是一次回溯歷史的旅程，愈向內進，年代愈古。

繁柱堂的背後，是阿蒙神廟建築群的十字路口，阿蒙神的主殿則位於東西向的縱軸線上。十八王朝時，你如今站立的地方，才是神廟的大門口，所以，你又面對塔門了。因為這裏本來是正門，所以你將會再進入庭院，再看見塔門。十八王朝時，圖特摩斯一世在這裏建了一座塔門，門前豎了兩支方尖碑，高二十三米，重一百四十三噸，方尖碑和一般的石柱不同，石柱是由一塊一塊大圓石疊砌而成，叫人驚訝的是沒有水泥的時代，石塊和石塊如何可以黏合得這樣牢固嚴密，而方尖碑，則是整整的一塊花崗岩的長石頭，那麼長，不偏不倚地立在腳座上，可以紋風不動，不過，這第四座塔門前的方尖碑，只剩下一支了。其實，這裏豎立過的方尖碑一共有四支，圖特摩斯一世建了兩支，他的孫兒圖特摩斯三世也豎了兩支，俱倒矣，只留下一支，碑上四面本來各刻一行文字，後來被拉美西斯家族塗了許多名字上去，顯得複雜起來。方尖碑的倒塌，當然是年代湮遠的緣故，但它們和柱堂的石柱一樣，由於地基不固，加上尼羅河氾濫時河水的淹浸，腳座鬆移，碑就倒了下來。塔門也沒有例外。你站的地方，是第三、四座塔門的中間，說是塔門，都倒塌了一大半，你其實是站在兩幅破牆中間吧了。沒有了塔門的掩護，你可以看見塔門裏面的建築，這一邊，是繁柱堂的一群巨柱，一八九九年十月三日，有十一根柱被河水浸蝕而墜毀，整座柱堂所

以能夠留存，不是靠堅實的基礎，而是靠柱頂的巨樑把石柱壓鎮，只要頂樑塌下來，所有的巨柱都會一一傾倒。名聞世界的這座天下第一繁柱堂，它的命運，也許就和比薩傾側的斜塔、日漸下沉的水城威尼斯一樣，叫人無可奈何吧。

方尖碑的命運又是另一個樣子，圖特摩斯三世在這裏豎立的兩支方尖碑都倒下了，但他在另一個城鎮希里奧波里斯太陽神廟前豎立的兩支碑，現在，一支豎立在倫敦的泰晤士河畔，一支豎立在紐約的中央公園，它們的名字都叫「克里奧佩特拉之針」。

世界上現存最完美的一支方尖碑，倒還留在卡納克，它就在你的面前，和你的距離，只隔着一幅破爛的塔門牆。圖特摩斯一世一共建了第四、五兩座塔門，塔門之間是一個庭院，院內沿着第四座塔門，安放了一列奧塞里斯的木雕像，這些雕像，你一個也看不見了；庭院的中心，則是密集的石柱，從建築的架構來說，當年，這個地方也是一座繁柱堂。奇怪得很，他的女兒哈茲浦蘇女王卻在這裏豎立了兩支方尖碑，南端的一支倒塌了，因為高，碑的上半截倒出圍牆外，躺在外面的通道上，尖塔指着外面的聖湖。因為倒在地上，人們反而可以看清楚塔頂的圖畫，女王戴着藍冠跪在地上，接受太陽神的祝福。另外一支方尖碑，別來無恙，仍然屹立，二十七米的高度，二百五十噸的重量，上半段刻滿圖畫，下半段只有中間一行直寫的文字，當時，這碑的頂尖鋪上金箔，在太陽底下閃閃生

光，真不愧是太陽神的標誌。也許，這支方尖碑能夠保存得這麼完好，還得感謝圖特摩斯三世吧，是他把碑石整個在外面砌了高牆圍起來，表示他對女王的抗議。這真是女王始料不及的事。女王心裏本來想些什麼呢？由她自己來告訴你好了。

——當我坐在宮中思索創造我的神靈時，我心向我述說，該建兩支純金的方尖碑向他奉獻。我的靈魂如火焚燒，想像人們日後見了方尖碑會怎麼說。他們一定會說，為什麼堆建如山的黃金呢？但我的夢想在我能力之外，我建成的兩支方尖碑不是金的，只是石，堅固的花崗岩，沒有駁口，採石隊一共花了七個月的時間才運回來。（守塔的更衛在塔門樓上歡呼：我看見有史以來最大的木筏，沿着尼羅河，順着洪水流下來，由一隊船隻護航，躺在木板上的，是兩塊玫瑰花崗岩，它們不就是女王的方尖碑嗎？）如今，兩支方尖碑都豎立起來了，將來的人看不見我夢中的黃金碑柱，我希望他們會這樣説，我出言如金，即使是花崗岩，我的話語絕不收回。女王真令人驚訝，她還有一支沒完成的方尖碑，四十一米高，重一千二百六十七噸，還留在礦石場上。

方尖碑，如今別井離鄉，屹立在現代世界的首都：羅馬、巴黎、倫敦、伊斯坦堡、紐約。在城市的上空，這些石碑仿若豎起無聲的手指，仍保存古埃及傳統的緘默。再見吧，女王哈茲浦蘇，你的記憶彌漫清夜，像你的芳香，為了向阿蒙奉獻，你曾派遣探險採集隊，

遠赴紅海，找尋珍貴的樹木，點綴卡納克的果園，你終於從亞洲移植了三十一株活的沒藥樹。只有建築家在那裏嘆息，把兩支方尖碑擠在這麼狹窄的地方，把偉大建築師塞姆特的才華都浪費了。

埃及的法老並非每一個都是拉美西斯大帝，有許多兒子，相反，他們常常沒有繼承帝位的長子嫡孫，像阿蒙霍特一世，唯一的兒子早夭，只好把帝位傳給妹夫圖特摩斯一世，圖特摩斯一世沒有嫡子，就把帝位傳給女兒，但女子不能稱王，只可與王室近親通婚，她的丈夫才成為合法的君主。圖特摩斯二世就是這樣登位的，他是一個體弱的人，做了十年皇帝，就逝世了。他也沒有嫡子，選了王妃愛息絲所生的兒子繼承，是為圖特摩斯三世。那時候，小帝王只有十歲，由母后攝政，而母后，是個女中豪傑，掌握了大權後，穿上法老的服飾王冠，還戴上法老的假鬍子，打扮一如男子，自立為王。埃及文字中根本沒有「女王」的字樣，所以，一切文件都以「國王」稱呼她。女王在位二十二年，同樣江山太平，國富民強。她並不好戰，只喜奇珍異物，所以派遣大批探險隊，到處搜集，帶回來不少埃及人從來沒見過的東西，比如猴子、豹皮、象牙、烏木、駝鳥毛。女王又喜好興建祀廟，於是大興木石，由塞姆特設計了不少優雅精美的殿堂，名震一時。在卡納克阿蒙神廟裏，她除了豎立了兩支方尖碑外，還建過一座塔門，以及兩座被後人稱為「女王密室」的廳堂。密室，是指許多密集的小室，位於神廟內殿的深處。後來「女王密室」由圖特摩斯三世全部改成他自己的記功堂。

二十二年的時間，把圖特摩斯三世鍛鍊成雄才偉略的軍人，善騎
射，精用兵，也鞏固了自己的勢力。年輕時，他曾在神廟裏當小僧
侶，祖父的影子一直活在他心中。這位身材只有五呎高的古埃及第
一英雄人物，登基之後，把埃及這條大船，回歸他祖父圖特摩斯
一世的航道上，南征北討，戰功彪炳，出征十六次，揚起阿蒙神的
羊旗，把巴勒斯坦與敘利亞也納入埃及的版圖。埃及財富暴增，疆
土倍展，圖特摩斯三世回到底比斯來，首先，把所有女王建築上的
名字削去，刻上祖父的名字，並且在卡納克阿蒙神廟興建自己的殿
堂。他在祖父建的兩座塔門後建了一座小塔門，把另外兩座庭院連
接起來，前面的一座是對柱的庭院，後面的一座，庭院分佈兩側，
中間是一座殿堂，阿蒙神的聖殿，就由殿堂前廳進入，這前廳也是
圖特摩斯三世的第十個記功堂。面對阿蒙神的聖像，圖特摩斯選了
最有意義的建築，建了兩支方形的花崗岩巨柱，一支刻上象徵下埃
及的蓮花，另一支刻了象徵上埃及的水草，表示上下埃及一統，法
老是南北的君王。在這廳堂外，北面，如今留存了阿蒙與媜特的
石像，是後來圖坦卡蒙建的；南面，貼牆建了一列小聖殿，一間一
間，供奉的是列代留在卡納克的法老的石像，其東面有一幅牆，牆
上有一道假門，裏面收藏了祖先聖像，都用珍貴的珠寶裝飾。

埃及的庭院，以石柱為主要的裝飾，也以石柱支撐過樑。石柱的形
式，有沿牆而建的圍柱，有建在庭院中心成為一條通道的對柱走
廊，至於柱的形式，自十八王朝始，均仿照植物的形象，以水草為

主。拉美西斯大帝建的繁柱堂，柱的形狀是一枝水草式，柱頭有的
呈開花狀，有的呈含蕾狀，在圖特摩斯的庭院中，圍柱沿牆遍佈，
有的成曲尺形走廊，有的甚至圍着三面牆排列，成凹字形。這些
柱，是一束水草式，整條柱是依一束水草紮在一起的形象雕成，柱
身顯凹槽花紋，柱腳還刻上葉片的樣子，這種石柱為十六枝水草一
紮，所以橫切面如一朵花。不少倒塌的柱，只留下一截石腳，成為
廢墟中奇異的花朵。圖特摩斯三世所建石柱，線條優雅美麗，是埃
及雕刻的名作。

面對上下埃及柱廳堂的內殿，就是阿蒙神的聖殿，本來只有一個入
口，後來為了搬移聖舟，開了一個後門，並且分為兩室，前室安放
神像，後室安放聖舟。女王哈茲浦蘇曾建一座紅黑花崗岩神龕，被
圖特摩斯三世換過，後來留在裏面的花崗岩神龕，卻是菲力．阿
希狄亞斯所建，他是阿歷山大大帝的兄弟，一度統治埃及。阿蒙
內殿位於大堂中央，整座大堂面積，是內殿七倍，內殿外三面，是
密密麻麻的大室，就是「女王密室」的所在，是儲藏阿蒙神的食物
與用品的地方。以前，這些密室的牆上繪滿敬神的典儀，圖特摩斯
三世則在一組密室的牆上滿滿刻上他遠征異域的事蹟，成為一部石
壁上的編年史。壁畫不但記錄了戰爭的情況，俘虜的人數，還列出
三百五十名投降將領，及二百四十八座城邑的名字，另有戰利品一
覽表，奉獻阿蒙神貢品的目錄。密室與內殿的外牆上，則繪滿圖
畫，描寫圖特摩斯三世向阿蒙神奉獻的情形，包括他怎樣向神奉獻

兩支方尖碑。圖特摩斯三世的名字，本是「圖特所生」的意思，圖特神是月亮與智慧的神，是眾神的書記。名字叫作月亮的皇帝，侍奉的卻是太陽，而圖特摩斯三世，倒真像書記神圖特，用筆刀在牆上記下了那麼多歷史。

阿蒙神廟聖殿的背後，如今是一片荒蕪的空地，只有建築物的殘跡，依稀可以辨認的是迂迴曲折的小路，顯示這裏原來有過一群建築，此外，就是三道花崗岩破敗的門楣，引領你進入裏面的，雪花石膏壇座，上面曾經安放過阿蒙的聖舟。這裏是阿蒙神廟的發源地，也是神廟最初寂寂存在的村落。遠在埃及中王國第十二王朝時，這裏只是一塊佔地五十平方米的廟宇，規模還不及附近那座孟斐斯城所尊崇的戰神蒙杜神廟。在中王國這塊廢墟上，可以找到的最古遺跡是塞蘇斯特里斯一世建的雪花石膏小神殿，模樣像一座抬轎，另外一座是阿蒙霍特一世留下的雪花石膏聖舟龕，這兩件文物淹沒了許多年代，後來在阿蒙霍特三世所建的第三座塔門裏面發掘出來。法老們都是這樣子，把前代的建築拆卸，用作新建築的材料，如他們在塵世的權力，最後都變作碎片了。

神廟裏的每一室，每一殿，每一堂都有圍牆，圍牆外面再設圍牆，如今，圍牆都倒了，站在中王國廢墟上，你可以一眼看見著名的圖特摩斯三世慶功堂，紀念他畢生的戰功，入口本來只有一處，但圍牆都倒塌了，路路可通，紀念堂也清楚地展示出來。這是十八王朝

時代最精美的繁柱堂建築，中間是二十條圓形的對柱，廳堂的邊沿是二十二條方形的石柱，圓柱的柱頭像一個個倒懸的鈴，這種柱的模樣，是古埃及帳幕支柱的形式。睡床上掛帳子的柱，君王出獵遠征時的行帳，都用這種柱。一般的繁柱堂象徵尼羅河畔的水草，圖特摩斯三世則把他的營幕變成石雕搬進神廟。遠征的時候，多少異族人到圖特摩斯三世的軍帳來獻禮啊，帳內滿是奇珍異寶，帳外滿是俘虜。武功蓋世的法老可沒想到他一手建立的黃金帝國會敗在被他征服的海民之手，連拉美西斯家族也只能支撐幾百年。後來，亞述人來了，外族人不斷入侵，他們在底比斯興建起清真寺，這座紀念堂，公元六世紀時，竟變成了基督徒的禮拜堂。

慶功堂的一角，有一間小室，是「祖先室」，牆上畫着列代的祖先，圖特摩斯一一向他們獻禮。堂外南面是無數的儲物室，紀念堂背後，也密室重重，分四處入口。一組套室，（包括小繁柱堂，聖殿與儲物室）供奉的是冥神蘇加，相隔三間小室外，則是阿蒙神的一組套室，裏面的庭院名叫「植物園」，因為牆上畫滿了各種珍禽異獸、奇花罕草，都是圖特摩斯三世遠征外地時所見和所帶回來的品種。他說；這些動植物都是真的活的，所以要把牠們呈現在阿蒙的面前。牆上的一頭鵝給後來的阿頓派塗花了。紀念堂北面的建築是兩層的，有樓梯可以上去，可什麼都不再存在。

慶功堂自己的牆倒了，附屬建築群的牆倒了，整座阿蒙神廟聖殿的

外牆都塌了，後門也失去了門的作用，門外只有圖特摩斯三世建的
小廟，遠一些，拉美西斯二世，塔哈卡也建過一些小廟，它們都是
「傾耳聽」神廟。阿蒙神廟並不是平民百姓可以進入的地方，人們只
可以在廟外的小廟裏敬神，那些「耳廟」裏的神傾聽了人們的禱告，
由他們轉告給大廟中的阿蒙。拉美西斯二世建的小廟前有一支方尖
碑，恐怕就是如今豎立在羅馬聖約翰教堂前廣場上的了。

無需門道，你可以從任何一道牆的缺口走出來，你看見新的神廟入
侵者，滾滾而來，彷彿急於攻佔阿蒙的內殿，它們是：野草。十八
王朝的末期，入侵的是阿頓。圖特摩斯三世在阿蒙神廟興建了那麼
多殿堂，他的兒孫幾乎沒有什麼可以補充了。所以他的兒子阿蒙霍
特二世在聖湖邊建了一座小神廟，曾孫阿蒙霍特三世建了巍峩的第
三座塔門，（把中王國的雪花石膏神殿、神龕毀作廢料填在塔門內）
以為阿蒙在卡納克的神廟已經全部完工，就到三哩外樂蜀的地方另
外建一座阿蒙的神殿，成為阿蒙神南方的後宮，神廟前的一支方尖
碑，被拿破崙掠去，如今豎立在巴黎協和廣場。

為阿蒙神建了一座優雅後宮的阿蒙霍特三世，怎知他的兒子連阿蒙
的名字也從廟宇中一一削去呢。阿蒙霍特四世是宗教改革者，登基
後不久，即宣揚改信阿頓一神，把自己的名字「阿蒙所喜愛的」，改
為「阿頓的光輝」，阿蒙喜愛他，他不喜愛阿蒙，並把首都從底比斯
北遷至尼羅河下游的泰爾‧阿爾‧阿曼那。阿克納頓是詩人，喜好

文學藝術，宗教改革之時，他用新的藝術來迎接新神，要求繪畫、雕刻創造活潑寫實生活化的形象，自己還寫了不少詩頌讚阿頓神。阿曼那藝術是古埃及藝壇上的奇葩，阿頓神沒有聖像，只有圖像，乃是一個太陽伸出無數的光芒，每一條光芒的末端都是一隻手。阿克納頓所建的神廟，也沒有內殿，只有庭院，祭壇設在庭院中心，露天獻祭。沒有神話、顏面與軀體的神，而且是唯一的神，似乎失敗了。阿克納頓沒有兒子，只有七個女兒，大女早喪，由二女的丈夫蘇門卡勒繼位，兩個人不久都失蹤了；於是，再由第三個女兒的丈夫繼位，他是蘇門卡勒的弟弟，一九二二年後舉世聞名的圖坦卡蒙。

十八歲離奇死亡的圖坦卡蒙，九歲時登基，還是個小孩，根本不認識阿蒙，他的名字本來叫「活生生的阿頓」，後來，在僧侶的壓力下被改為「活生生的阿蒙」，而阿蒙，又成為埃及的主神，首都也回到底比斯來。於是，阿蒙一直無恙，神廟在拉美西斯家族的手中擴展到輝煌無比，也雜亂無比的程度。神廟的日蝕，誰說不是圖特摩斯三世造成的呢，他一面興建，其實也在破壞。神廟愈來愈富有，僧侶們的勢力愈來愈大，甚至連法老也控制不住，為了削弱日益強權的阿蒙僧侶，阿蒙霍特四世才變了阿克納頓，但他已經無能為力，既無法戰勝僧侶，也抑壓不住軍人的崛起。邊擾漸近，國政荒廢，圖坦卡蒙之後，大權落在軍人之手，十九王朝就由將領荷列赫布奠基，他掌握兵權，得到僧侶的支持，總算成為兩個王朝之間和平過

渡的橋樑，沒有引起內戰。流血的，恐怕只是幾名法老而已。

荷列赫布在卡納克神廟內建了兩座塔門，成為排序第九、第十的兩座。興建新塔門，他同樣作了破壞，也許是為了節省人力，更主要的原因還在拆卸所有阿克納頓的建築。他把前法老建的阿頓廟推倒，把整幅牆用作填塞的材料，堆在塔門內，他可沒有想到，他把阿曼那最優秀的美術品肢解並埋葬了，一片一片的殘骸，再也不能回復原來的樣子。第九座塔門傾塌時，考古學家找到數以千計的碎片，其中許多都是「三手石」，即三隻手距那麼大的石頭，上面刻滿了圖畫。三千年後的今日，經過科學的方法配砌，考古學家把二百八十三塊石拼湊起來，掛在樂蜀博物館裏，本來是十八米長的一幅牆，那麼大的壁畫，只剩下小小的碎片，顯示當年人們生活的圖景。石頭並不沉默，埃及是一個為永恆而創作的民族，他們的文化留存下來，每一塊石頭上都有一段歷史。王權短暫，藝術長青。

五

嗒，篤，篤，篤。嗒，篤，篤，篤。沉鬱的梆子聲。一下一下，彷彿有一個人在阿蒙神廟這個角落繞到另一個角落，提着更鼓，清晰地敲打更次，穿過迂迴曲折的柱廊，進出內殿的密室。更鼓告訴你，夜已沉深。你跟着更鼓聲的指引，沿着阿蒙神廟聖殿的南方外牆走，左邊是長長的傾塌的外牆，牆上刻滿了你看不懂的象形文

字，在你的右邊，是神廟的聖湖。你登上石梯，走到露天的平台上，和其他人一樣，選擇一個位置坐下來。平台的底下，三千多年前，是僧侶們的宿舍，有的僧侶是祭司，專職侍奉阿蒙與眾神；有的是占星者、書記、歌手、樂師，誦讀經文的人，他們每四個月一次，輪流到神廟裏來當一個月僧侶，輪流當值的還有端持聖物的人、解夢的人和廟宇工匠的監工。當他們到神廟來，都得過修道士式的清淨生活，把全身的毛髮剃淨，時常沐浴，穿上素潔的新衣。如今僧侶的居所都倒塌了，它們不過是些泥磚的屋子。在這裏，管理神廟的現代人築了一座看台，讓到卡納克來的新朝聖者，晚上來參加聲光晚會。

你坐在天空底下，平台的高處，俯瞰卡納克廢墟，燈光在你的對面亮起來，你看見一片空敞的土地，中間是一個湖，對面的一列矮牆，和它們中間的塔門，都映在湖裏。你剛才從第一座塔門進入阿蒙神廟建築群，沿着東西向的縱軸線走，現在，你看見的一組建築，是繁柱堂外向南伸展的庭院和塔門。十八王朝時，女王哈茲浦蘇在空地上建了一座塔門，面向南方，一直朝南走，就是女神嬺特的神廟。女王建的塔門獨自屹立空地上，彷彿象徵的凱旋門，門前本來有六座巨像，只剩一座還可以辨認，他是女王的祖父。這座塔門，在阿蒙神廟塔門序中排第八。也許是因為塔門的鎮守巨像是阿蒙霍特一世和圖特摩斯一世、二世，所以，女王的繼位者圖特摩斯三世才沒有把它拆卸，但他不會放過女王，就在這塔門和繁柱堂側

的空地上，另外建一座塔門，成為阿蒙神廟的第七座塔門。(塔門的次序與興建的年代無關) 這座塔門與繁柱堂所圍的空地本來只是寂寂無名的後院，可是經一九〇二年發現，卻成為考古學者的寶藏，因為後院的行人道下埋藏了無數文物。法老的獻禮那麼多，一代又一代，新的巨像站立，舊的替換下來，堆在一處，其中有七百五十一座石像，一萬七千座銅像，還有無數木雕，由於受不住時間的磨蝕，已經化為塵土。國王、王后、祭司、顯貴，坐或立或跪，黑或紅的花崗石，雪花石膏或雲石，都被胡亂埋在一起，堆積如山，而其中，圖特摩斯三世的石像，更使你感慨卡納克的盛衰興亡。這些出土文物，有的進了別的博物館，有的仍留存在阿蒙神廟內。在第一、二座塔門間的前院北面空地上，新闢了露天博物館，地上發掘出來的石像就展放在那裏，還放了女王建的阿蒙神花崗石小聖殿，以及從第三塔門找到的中王國遺跡，雪花石膏轎式神龕和聖舟龕。因為夜深，露天博物館不再開放，上埃及的旅人啊，白天再來吧，你既在阿蒙統轄的時刻來，也該在拉伊統轄的時刻再來。到了白天，你可以更仔細地看清楚神廟牆上的浮雕。繁柱堂的外牆上，這邊是塞蒂一世的戰爭圖，佈滿了異鄉人各別的形象：比杜寧人骨瘦如柴，巴勒斯坦人富裕華麗，赫梯人鬍子刮得潔淨光亮。你可以看見巴勒斯坦牧者驅趕牛群；有一場戰爭，充滿超現實的景象，國王把俘虜們紮綁戰車上，彷彿一個一個枕頭。法老曾經用活人獻祭，牆上就有祭儀的情景。繁柱堂另一邊的牆上，當然就是拉美西斯大帝的戰功圖了，卡疊石的「銀板條約」刻在牆中心，旁邊

還有謨尼普出征以色列的浮雕。戰功圖在阿蒙神廟的牆上出現，還是圖特摩斯四世開始的，以前，即使是圖特摩斯三世，也只用文字記功。塔門的牆上，庭院的牆上，也都有浮雕，到了白天，你就能看清楚。國王謨尼普還是小孩子時由阿蒙的公羊守護，這樣的浮雕使你感到溫暖；而將領把敵人的手與陽具割下來，像小山一般獻在法老的面前，使你觸目驚心，但歷史往往就是一頁頁血的實錄，應為未來世界的明鏡。

晚上的聖湖是一面鏡子，在裏面，你看見第七、八塔門的倒影，隱隱約約還有一些破敗的磚石。阿蒙霍特一世和圖特摩斯三世建的小神殿，全倒塌了，在水中留下一座虛幻的影子。第八座塔門前面，湖水捕捉不到的地方，是第九、第十座塔門，它們太遠了，燈光照在那裏，只有一堆亂石，不可辨識。那兩座塔門為荷列赫布所建，第九座塔門裏面的填料，就是埃及人珍貴的三手石浮雕。從第十座塔門的門口出來，是阿蒙神廟領域圍城的外界，朝前面一直走，約一哩外是女神媟特的神廟，本來由獅身羊首像直通，如今都成歷史。

三千多年前，阿蒙神廟是七彩斑斕的地方：殿堂的天花上有藍的天空，金的星星，地板是黑色或者銀色，牆是白的，上面刻滿了黑、紅、藍、綠的圖畫。石柱灰白色、方尖碑玫瑰色，如今的神廟，只是一片白，到處是石塊的骨頭。不過，夜既降臨，泛燈照明，你又看見一個彩色的卡納克。你看見藍色的燈光、紅色的燈光，黃色，

白色，甚至綠色。對面的建築群映在湖中，那些光晃晃蕩蕩，彷彿散碎的星群。在你的右邊，總長三六六米，寬一一〇米的阿蒙神廟像一艘巨大的船，前面的塔門是船頭，後面的紀念堂是船尾，繁柱堂、女王密室，是熱鬧的船艙，兩支高聳的方尖碑是船桅。這船，亮着燈，仍在黑夜中航行，法老們都在船上，不管是圖特摩斯們，拉美西斯們，都在船上。站在船首的年輕法老，可是阿蒙霍特二世？他是所有法老中長得最高大的人，當年率軍進攻亞洲，回國時帶了七名亞洲的酋長，進入底比斯時，把他們都倒懸船首，並且在阿蒙神的面前，殺了其中六人獻祭，那第七個，被送到蘇丹南部的那培塔，掛在城門上吊死。圖特摩斯三世從不做這樣的事，他會把異國王族的子孫帶回底比斯，留在宮中讀書和學習埃及的文化，過幾年送他們回國，成為留學的王侯。這一邊的一位年輕法老，站在獅身羊首像前，應該是圖特摩斯四世，當年在吉薩的史芬克斯面前做過夢，神獸説：把我爪間的泥沙除去吧，將來你就會成為埃及的君王。史芬克斯真會説笑話，圖特摩斯四世本來就是王位的必然承繼者，他的父親是阿蒙霍特二世，祖父是圖特摩斯三世。然而清除了神獸爪間的泥沙又怎樣，他不過當了短短九年的皇帝，娶過一名密坦尼的公主。

底比斯的法老們，都乘在阿蒙的大船上，由阿蒙領引，直向前航。前面是尼羅河，尼羅河的對岸，就是帝王谷；只有阿克納頓，他乘的是另外一艘船，駛向阿曼那。阿克納頓死後葬在他自己建設的新

都，帝王谷的木乃伊被人們一一搬移盜取，只有阿克納頓，沒有人
知道他到底在什麼地方。他的纖細的四肢，梨子形的身軀，巨大的
後腦，一直是考古學家心中的謎語。只有阿頓神知道他如今怎樣，
而阿蒙，他的大船直航帝王谷。

湖邊的牆一片光亮，你可以看見兩支光亮的方尖碑，和牆內幾株棕
櫚樹，「女王密室」的牆外，塔哈卡建過一座小神殿，地下室的牆上
記載了太陽神每天早上的再生，告訴你太陽每天在夜中航行，到了
清早，變作一隻甲蟲，從泥土中鑽出來。在湖的角落上，你可以看
見女王建的方尖碑倒在地上，旁邊有一座石碑，碑上伏着一隻石雕
的聖甲蟲。你的眼睛看得見那麼遠嗎？如果你有一雙千里眼，你還
可以看見第七、八座塔門之間空地上的泥堆，當年這裏有兩支方尖
碑，其中一支，公元四世紀時搬到君士坦丁堡去了，如今站在伊士
坦堡藍廟面前的賽馬廣場。你的眼睛還能看多遠？前面還有一座康
蘇神廟，右邊是普達神廟，它們都在阿蒙神廟地界範圍之內，至於
外面，戰神蒙杜神廟，媒特女神神廟，太遠了，甚至阿克納頓的露
天神廟，都在底比斯的星空下。你真的應該白天再來。你的眼睛追
逐不到那些古跡了，但你聽，勘察者的聲音又響起來了。

——這座聖湖，是卡納克石林中的鏡子，反映過最燦爛的煙花，
閃爍的光芒，一直持續二十個世紀。一顆星滅了，另一個法老王又
點燃起另一組星，它們都是底比斯的光輝。在北方，當金字塔的光

芒黯淡下去，卻在這裏，阿蒙統治的河谷上的衛城中，重新明亮起來。底比斯，一統上下埃及，伸展它強健的手臂，遠至鄰國，締結聯盟，通商貿易，從拜布羅斯、尼尼薇、巴比倫，把獻祭帶回，貢奉阿蒙。曾經有人說過，底比斯是最初的城市，是眾城之城。希臘詩人荷馬在伊里亞特第九章聲稱底比斯為「百門之城」，有上百的喇叭吹響它的名聲。（你聽，一片輕快的號角聲）那位埃及學的創始者商博良又如何說呢？底比斯是任何語文中最偉大的字眼。

——底比斯沿着尼羅河伸展，一個富庶的首都，在東岸，只要你極目眺望，從上游的樂蜀，到下游棕櫚飄搖的卡納克，到處聚滿王宮、民居、使館、別墅與官邸。如今，只有神的居所留存，其他脆弱的泥屋，沒有一點痕跡，彷彿它們只是海市蜃樓。（風鈴聲起）但那些都是愉快的屋子，天花板上畫着蓮花，牆上畫着成群的野鴨，屋子附近有倉庫、馬房、畜圈、小室、花園，少女們穿着透明的衣裳。你聽，她們的唇邊還呢喃着詩句：你的愛在我心中好像風臂中的蘆葦。

（豎琴的聲音。希臘豎琴、鈴鼓、七弦琴已經從國外傳進來了）卡納克寂靜嗎？無邊的沉默，只是現代的姿態。卡納克原是豎琴，拍板與歌舞的城市。一卷紙草書告訴我們，在拉美西斯三世的時候，阿蒙神廟的職工共有八萬一千三百二十二人，分為一百二十五組，管理四十二萬一千二百六十二頭家禽，四百三十一座花園，

二千三百九十五平方公里田地、八十三艘船、四十六座工廠、六十五個村落，普天之下，莫非神土。卡納克的神，並非寂靜個體，神的城市，是日夜工作的都會。在神的指引下，城市充滿活力，到處是農田，畜欄，人們製紙、製皮革、做木紡織、養蜂、理髮、雕刻、繪畫、鑄金、冶銀、建造碑柱、設計沙磚。站在平台上，天文祭司仰觀星象，看日升月蝕，天狼星升起的時候，就是河水氾濫的日子。智者伏案，繪製帝國最新的版圖，包括更複雜的永生王國的地圖。其他的人，守護爐火，看金屬如何奇異地結合，製成金箔，鋪貼光亮的方尖碑。

一年分為十二個月，每個月三十日，每月分為三旬，剩下五天，留給大家忘記時間。於是新年到來，收穫季後，葡萄成熟，新酒醡足，阿蒙度假了。他將乘船，和妻子上樂蜀去度蜜月，這就是肥沃的奧珮節。（串鈴聲、喧鬧的人聲一起在牆的那邊響起來，你還聽見人們奔走，人們愈聚愈多）你看，牆那邊一片光亮。

男子：又是奧珮節了，底比斯的人都聚集在卡納克的門口，因為這是阿蒙的節日。

婦人：只要聽聽那些歡呼聲，就可以知道糧倉已溢滿，葡萄已發酵。

男子：靜一靜，開道的彩旗儀式出現了。

兒童：抬聖舟的人從他們休息的地方又再起程。

老者：是羊頭哩，在聖舟的前端。

婦人：嫫特和康蘇的聖舟隨後。

婦人：還有滿籃的果子和花朵，羽毛的扇。

兒童：隊伍的前鋒已經到了河邊。

男子：阿蒙的船在波濤中搖擺。

老者：潮水洶湧，赤身的男子用力划槳。

男子：如果岸上的人不拉纜相助，他們就划不動了。

婦人：聽聽那些划槳的人的吟唱，聽聽祭司們的禱告。

兒童：濃霧散了。

男子：一艘接着一艘，你可以看見神的船，像太陽一般耀眼（一片
　　　歡呼聲）。

眾人：聖船隊抵達樂蜀了。

男子：樂蜀，阿蒙神南方的後宮。

婦人：該怎麽說呢，溫柔神祕的力量將統治樂蜀十日十夜，於是世
　　　界重生，牛群倍增，大地豐沃。

神廟外牆的燈火暗下來了，只有遙遠的燈亮着，照着幾座塔門，映
在水裏。現在你能夠聽到什麽聲音？鴨子和水鳥？湖的南岸有一座
水禽的巢屋，每天早上，鴨子從屋子裏出來，經過石路，走到聖湖
裏游泳，不，你聽不到水鳥的聲音，你聽到的是馬蹄在石子上馳騁
的聲響。黃昏降臨阿蒙的城市，就像降落在任何事物上一樣，征服
者的步音在石林中踏響：敘利亞人阿蘇斑比柏闖入底比斯的大門，
推倒了古建築；馬其頓的阿歷山大，想把法老的名銜作為自己的榮

耀；羅馬的凱撒一手握住了地中海，又再伸過來征服埃及。像一顆長得太老的樹，阿蒙自己知道，春天必不再來。

還有什麼可以告訴你呢？就說說僧侶奧那蒙上黎巴嫩乞討木材為阿蒙建聖舟的事吧，那時候，阿蒙的神廟荒蕪了，聖舟漏水了。奧那蒙在異域嘆息：憂愁的奧那蒙呀，怎麼辦呢，阿蒙對我寄予厚望，但他們由得我在拜布羅斯的海港自生自滅。我等了三十天，卑躬屈膝，才見到一位王子，以前，他們一聽到阿蒙的名字就會打顫。如今，他們認為我的禮物一錢不值。後來，我想，是我感動了他吧，終於安排了斬下樹木讓我帶到河邊。可我哪裏有船，木材怎樣運返？候鳥再次回埃及去，飛向沼澤，飛向尼羅河的小洲，而我流落在這裏，不知道什麼時候才可以起程。

這是另外的一件事：許多年後，佐曼尼古克斯大帝乘船上尼羅河來看古蹟，到了底比斯，驚訝地站在神廟中，面對無數象形文字。史學家泰西特斯告訴我們，大帝看見一名年老的漫遊者，在倒塌的石叢中。佐曼尼克斯問他，這些圖畫是什麼意思，牆上奇異的符號是什麼？底比斯的老人笑了，他說：你真幸運，佐曼尼克斯，我是最後一個能夠閱讀古埃及文字的人了。於是，他把牆上的文字讀給帝王聽，彷彿誦讀一本書。老人告訴了他，底比斯昔日的光輝，遠勝羅馬。

再見吧，上埃及的新朝聖者，讓這些文字和石柱活在你的心中。卡
納克，豈僅是一座神廟而已。

一九八五年一月

下　編

五峰園

蘇州最小的園林是殘粒園，目前寓居一名畫家，不對外開放。開放的最小園林，是五峰園。園內只有一廳、一軒、一亭、一走廊、一假山、一小池水。園門在下塘街小巷盡處，夾於兩道舊牆中間。因為是新修葺，潔白亮朗，石庫小門，磚匾楷書園名，黑白分明。石庫門開在高大白粉牆中間，牆上有瓦簷，上築一道迴紋脊向兩邊伸出（如手指畫上迴紋）。入門是一障屏，上半做成方窗，中間是圓洞，四周布冰裂紋，圓洞框內已見園中假山樹景。

入門後是走廊，短短一二折，到達「柱石軒」，旱船的模樣，稱為軒船。這船倒真旱，因為離水甚遠，而船頭面對的水不過是小池，只能放放小紙船。軒旁走幾步，是園中主廳「五峰山房」，也是唯一的廳堂，已闢為茶室，擺滿桌椅，只見三兩茶客。一個角落上，有位老人家低頭寫字。這裏讀書寫作的確不錯，環境幽靜，遊人極少。

廳堂面南，一丈開外就是假山，山腳一池水，也砌了石磯和小橋。假山由湖石疊砌、不高，略成之字形，有蹬道上山，迂迴盤旋。山下是石洞，也甚曲折，山石不多，卻有峽谷，還有飛樑；整個結構，佈局簡潔明朗，是明代疊山的風格。假山的景焦是五塊太湖石，形狀古趣，洞孔多，高高低低，錯落有致，都是頭大腳細的章法。從側面看，中有二石就似站立的貓鼬，彷彿四周若有甚麼風吹草動，就會立刻躲到地洞中去。這幾峰石據說是花石綱遺物，園林也因此命名。

假山西面有一六角形「柳毅亭」，建於土阜上。相傳這裏本是柳毅墓。以前的亭裏有柳毅像。五峰園雖小，但歷史悠久，始建於明代。當年園主是文徵明的姪兒文伯仁，有園如此，所以自稱「五峰老人」。五老峰原是江西廬山名勝，李白曾在峰下九疊屏讀書，寫下「廬山東南五老峰，青天秀出金芙蓉」的詩句。但也有一說，認為昔年的園主是嘉靖間尚書楊成。柳毅的傳說，園主的不明確、五塊峰石輾轉的身世，都是過去的事了。園雖小，但山水亭軒俱全，仍使人欣喜。蘇州近年把許多舊園逐漸修復開放。城中的頹敗民居拆卸後，重新建搭竟也採取古典型式，白牆青瓦，屋脊伸出各式清水脊。可見整體上有一明確的設計。將來的蘇州，必定成為美麗的園林城。

一九九九年

半園

名叫半園，因為園內好幾類建築物都是半邊的。譬如一個長方形的水池，兩岸是長廊，廊較窄，屋頂是一落坡，所以，東面的廊叫東半廊，西面的叫西半廊。譬如有幾條蹬道步上假山的那個懷雲亭，貼牆而建，雖然是造型別致的五脊攢尖頂，卻只有半邊。譬如園北的重檐高閣的藏書樓，我一層一層地跑上去，明明是三層，但在樓外數，卻只有兩層半。譬如園南角的旱船，叫做半波舫。園西一個方形的水榭。榭前一棵二百年的廣玉蘭，臨水而立，岸上、水中，各有一半樹蔭，故亭名「雙蔭」。

園不大，中央的水池卻寬闊，正門朝街，入口所見粉牆，是半波舫的背脊。園南除半波舫外，有一書齋，名「至樂齋」，意思是「至樂莫如讀書」。園北除藏書樓外，有一四面廳「知足軒」，意思是知足不求全。園中最漂亮的是東半廊盡頭的小月洞石拱橋，橋孔偏斜，和網師園的小橋一樣玲瓏，三步就過橋了。橋上有鐵架，攀滿百年

古藤，成為綠廊，春夏間紫藤開花最美麗，有如珠串的簾子。如今這紫藤架上竟飄起一幅極大的藍底白字幌子，中間一個大圓圈，圍了個「茶」字，四周寫着唐煎、宋點、明瀹、清功夫。可見半園也闢為茶室了。不但是茶室，正門牆上還貼了一個名牌，上書「北半園商務休閒俱樂部」，中英文並列，還附平面示意圖。園內的至樂齋是書畫室，知足軒是茶藝室，藏書樓樓下是棋藝室、琴藝室；樓上都是茶室，分層為明式清式，還在佈置中，日後來喝茶大抵另有一番情趣。此外，另一側的樓房內有餐廳、酒吧、健身房、桑那浴室，果然是個俱樂部。

晚上一定很熱鬧，白天卻清靜。園內大樹多，黃楊、梧桐、枇杷、桂花、虎刺、廣玉蘭；年代又久，很有氣派。懷雲亭體大，有點霸道。不過，牆外竟有鄰家的疊落式風火山牆陪襯，又好看了，這是借景的妙處。

見一老人蹲在草地上，用手撿拾茶花的落瓣，放在身旁的小箕中；又一株一株拔起卵石縫隙中的雜草。整齊潔淨的園林，打理起來，都是極瑣碎的。我第一次到半園時，正門和售票窗口都已關上。旁邊是工廠單位的空地，見到粉牆中一個半月洞門，徵得守門大將同意讓我去拍照。月洞門側又有柵欄門，我一推門就溜了進去。小徑一邊的高樓似是賓館，我轉向圍牆的缺口入去，正好站在藏書樓下。幾位蘇州姑娘笑嘻嘻談天。不久，一名男子兇巴巴地走來下驅

逐令，不能久留。

第二次進園，是堂堂正正買了入園券，從半波舫後正門入。門前幾位姑娘都穿藍花布中國衣褲，一如十全街陸文夫的老蘇州茶酒樓服務員的服飾。這次，終於可以跑上藏書樓，又可以在東廊上照對岸西廊亭內的鏡子，看八角洞窗，在小橋上走來走去。

蘇州共有兩個半園。南半園在人民路倉米巷，現為工廠佔用。北半園的門券上又說些甚麼？背面介紹園林，先來一聯道：為名忙，為利忙，忙中偷閒，暫且喝杯茶去；因公苦，因私苦，苦中有樂，快些飲口酒來。然後入正題：園在白塔東路保吉利橋東。清乾隆間沈世奕始築，初名「止園」，後歸太守周熏齊，拓修後改名「樸園」。清咸豐年間歸陸解眉，經改建，取「知足不求全」之意，易名「半園」。正面則是廣告，寫着蘇州茶藝中心，有六項名目：明代文士茶室、清代官衙茶廳、知足大眾茶軒、半波鄉紳茶舫（包廂）、至樂茶齋（包廂）、當代茶藝小館（包廂）。上有二行字：面值 2 元（此票可作茶資使用）。應該坐下來喝半杯茶？

何園

本來是明代的園林，據説是石濤的設計，當時叫片石山房，又名呼嘯山莊。清末由何姓鹽商購得，建了許多有趣的樓房。首先是園林中獨一無二的複道迴廊。名園中漂亮的迴廊，拙政園、滄浪亭都出眾，可何園的迴廊是兩層的，迴環往復，由住宅和花園曲曲折折連接起來，大抵就是阿房宮的複道行空，不霽而虹了。一眾女子可以在樓上漫步，俯視樓下的花園、水池、水心亭，以及一座體積龐大面闊七間的蝴蝶廳。

複道引向後宅的兩座二層高的玉綉樓，彷彿學校似的，一字排開整齊的門窗和走道欄杆。樓房中西合璧，清水磨磚牆壁、燈芯灰縫、白石基座，一派嶺南園林韻味，又有西洋百葉門扇，室內在瓷磚鑲嵌的壁爐，也和南方園林相似。玉綉樓間有四方庭院，植了一棵大樹，長滿大白花，非常美麗。片石山房在另一角，為園中園，則仍為古典園林模樣，山水映照，湖石縱橫，卻接近蘇州園藝了。

曲園

曲園是晚清學者俞樾在蘇州寓居時的住宅。他曾撰對聯寫道：諸子群經平議兩，吳門浙水寓廬三。「平議兩」是指老人主要的兩部著作：《群經平議》及《諸子平議》；「寓廬三」是指老人在蘇州及杭州的三處寓所。杭州孤山腳下，西泠橋邊的俞樓，現仍留存。蘇堤西裏西湖南山石台山畔的右台仙館，在民國初年已經拆掉了。蘇州曲園，在馬醫科巷四十三號。老人逝世後，後人遷離，園宅漸荒廢。又曾散為民居、做過學校、評彈習所。幸而如今已把所屬的單位遷出，又收回了部份民居，回復了許多舊貌。經過許多年，由葉聖陶、陳從周、顧頡剛、鄧雲鄉諸人努力上書政府，呼籲奔走，除了部分廳堂仍為民居外，主體部份已整修竣工，對外開放。一九八六年時，開放了三處廳堂，一九九〇年時，還開放了宅園。

曲園與其他園林不同，本來不是園林，只是民居，和周瘦鵑的《紫蘭小築》一樣，都屬於民居小花園。雖是民居，曲園又與一般民居

稍有分別。民居大都是一落，俞宅共兩落，東西落相連，中有夾道。俞樾最初住的是東落，後來因母親也搬來蘇州，房舍不夠用，恰巧西側廢地出售，於是由朋友資助，購下來。連同本宅，共建三十餘楹屋，並且把尚餘的廢地闢為小園，山石、花木，亦為友人資助。這園只是一個曲尺形空間，故名《曲園》，並取老子「曲則全」的意思。

與蘇州許多園門相同，一片白粉牆間，忽然冒出個石庫門，上有磚刻浮雕園名。我們首先見到的正是這樣的園門，「曲園」二字是園主隸書。可見到了又感到驚詫，因為園門四周竟遭一四方格紋樣木架框住，左右還如對聯搬掛了「景觀茶道」、「景觀奇石」的木板。兩邊牆上又開了九宮格式方窗，一邊寫「茶」，一邊寫「觀」。探頭內望，只見有些棚架、日式隔屏，並有燈籠、石幢、湖石疏竹等物。正狐疑，卻有一女子出來問是否喝茶。答曰為參觀來。伊指指隔鄰。於是朝右走幾步，才見曲園的新闢入口。想來，剛才那門內當是西落的庭院，經過院子即是小竹里館。新闢入口不是石庫門，而是有前簷與檐牆構成的大門，六扇黑漆木門內，有一幅障屏。這是俞宅的正落，門外本有的照壁，現已不見，只見一列民房，都是小店舖。大門簷下懸一黃底石綠匾額，上書：俞曲園故居，是謝孝思的書法。

俞宅正落有門廳、轎廳、大廳、住房，共五進。住房仍未開放。曲

園先生之孫俞陛雲因中探花而懸掛的「探花及第」豎匾，並不見。
俞宅最初開放時，老人的生平事蹟及遺物等，都放在小竹里館展
出，現已移至正落二進的轎廳。廳堂懸有「德清俞太史著書之廬」
匾，李鴻章題。正中為俞樾坐像，由照片放大，老人頭戴圓形軟
帽，手持木杖。旁為清代肅親王贈俞樾聯：太史有書能著錄；子雲
於世不邀名。廳堂兩側設有貼牆平面玻璃櫃，內掛對聯並放展品。
進曲園，其實也是進入俞樾書法展覽館。西牆有二聯，一為：秦刻
巖石以視後代；漢啟宅壁而求古文。一聯為：得意應同棋占局；養
心聊學筆藏鋒。聯旁掛俞樾用過的手杖，東牆亦有二聯，一為：家
無長物琴書自樂；天生高人風雅之宗。一為：濁醪雅稱看山醉；冷
句遍宜選竹題。四聯均為隸書。

櫥內平面台櫃陳列了老人的詩作、家書、年譜、照片等物，值得注
意的是其中一頁族譜，為「俞樾先生直系九代世系表」，讀後可知
俞家以金木水火土排輩，老人是木字輩，木生火，子為火字輩，老
人之子早卒。火生土，俞陛雲是老人之孫，土字輩，因高中探花，
入翰林院授編修，故離開曲園上京，住在東城老君堂胡同。院中有
老槐樹，書齋取名老槐書屋。俞陛雲之子是金字輩、土生金、長子
名銘衡，衡即是平，故字平伯，伯是長子。所以，俞平伯是俞樾的
曾孫。他是在曲園誕生的，時維一九〇〇年。後隨父赴京。

俞樾是浙江德清人，道光三十年庚戌科進士，放為河南學政，只當

了兩年官，被御史曹登庸劾奏他「試題割裂經義」而罷官。於是潛心學術，主講蘇州紫陽書院、杭州詁經精舍、德清清溪書院、菱湖龍湖書院及上海求志書院。章太炎、吳昌碩都是他的學生。

曲園第三進大廳為「樂知堂」，掛有「俞樾先生故居」匾額。這是宅內的主廳，當年舉行喜慶大典之處，所以，面南的磚雕門樓平日並不打開。從門廳入大廳，需由夾道北行。「樂知堂」取周易「樂天知命」意，廳堂三字匾額為顧廷龍篆書。庭中栽有金桂、玉蘭各一株，以喻金玉滿堂。雕刻門樓上有「金榦玉楨」四字，可見老人對子孫的期望，以及對功名的重視。

俞樾是國學大師，也是書法家。蘇州多處園林不乏他的筆跡。許多園主造園後，匾額對聯無不由名家題撰或饋贈，曲園則到處是園主自己作品，有如書法對聯展。「樂知堂」的入門楹聯，就是老人自撰：且住為佳，何必園林窮勝事；集思廣益，豈惟歲月助清談。廳堂掛一松月老人圖，旁聯為：惜食惜衣不但惜財尤惜福；求名求利只須求己不求人。兩旁朱地黑字抱柱自撰壽聯為：三多以外有三多，多德多才多覺悟；四美之先標四美，美名美壽美兒孫。大好廳堂，可惜正中入門放了共七張首尾相接的長方桌，趕走了原來的傢具擺設。茶几和椅子只好排列在兩邊次間的素白槅扇前面。這廳堂共有槅屏十八幅。在書籍圖片見過的雲石掛屏和對聯，不再出現。天然几上也只有一件石屏和一個自鳴鐘，少了一件擺設，空為缺

口。花架上的盆內無花無草,顯得空洞冷落。

從「樂知堂」向西,過夾道,抵達旁落的「春在堂」。如果從「曲園」石庫門入,則需經庭院、小竹里館、以及一間對照廳,穿過另一庭院,才是「春在堂」的位置。小竹里館本是俞樾當年讀書的地方。庭院中的方竹為彭玉麟所贈,館因竹名。如今,小竹里館已闢為茶室,連「春在堂」的對照廳中也坐滿了茶客,插足不入了。道光三十年,俞樾進京會試,複試於保和殿,考試中有「澹煙疏雨落花天」詩題,他依題作詩,中有「花落春仍在」的句子,為以禮部侍郎充閱卷官的曾國藩特別賞識,擢為進士第一,後來還親題「春在堂」匾額贈送。俞樾將平生著述編成集,亦定名為《春在堂全書》。如今的匾是新製,仍是曾國藩字跡,並附跋文,詳記緣起。廳堂正中為雲石圍屏式大榻,曲園老人當年就常坐在榻上扶几講學。榻後屏門上為板刻石綠色《春在堂記》,老人自撰,清代兵部尚書吳大徵親篆。抱柱聯為老人所撰自挽聯:生無補乎時,死無關乎數,辛辛苦苦,著二百五十餘卷書,流播四方,是亦足矣;仰不愧於天,俯不怍於人,浩浩蕩蕩,數半生三十多年事,放懷一笑,吾其歸歟。堂內除大榻、花几、茶几、靠背椅這些典型的廳堂傢具外,西側另有一寫字桌和一方杌,旁為一個櫃,內放黑黝黝一列列似書非書之物,原來是一疊疊板架,為老人平生著述及《春在堂全書》的部份木刻原版。廳堂兩側,東為一大幅兩米高的大雲石屏,窗下為一几,几上置一琴磚,但磚上無琴;西側站一大穿衣鏡,窗下卻是

一座西洋鋼琴，為賽金花之物。玻璃櫥內亦掛有對聯。

「春在堂」後是三面開敞的「認春軒」，軒外才是真正的「曲園」。小園的闊度比廳堂約闊一步廊位，進深大約五個廳堂模樣，由南至北為一狹長四方形，然後曲向東，成一扁形四方。或可分稱為前曲園和後曲園。前曲園中部鑿了一個凹形的水池，剛好和曲尺形的園反方向連接。水池圍有石欄，邊上建了一座連廊的「曲水亭」，壁上有彭玉麟繪的石刻紅梅圖，當然是黑白的了。亭的對景是飛簷四起的「回峰閣」，掛了老人罕見的草書匾。閣身與正落的粉牆相連，旁邊是湖石的疊石小山，中有通道，可以穿行。園內植有蒔花樹木，並有紫薇，但不見銀杏。亭、閣與園中隙地都散置籐椅方桌，被三三兩兩的茶客所佔。沿西牆是長廊，牆上有石刻，最為人熟悉的張繼「楓橋夜泊」詩碑也列於牆上，是新刻的。原石碑則在寒山寺。一九〇六年，江蘇巡撫陳夔龍重修寒山寺時，因明文徵明所書詩碑已破損模糊，特請俞樾重書，當時老人已八十六歲，三月後，逝世。

廊盡處是面南寬敞的「達齋」，掛老人顏體書法匾額。室內靠窗闢為茶室，北牆除了一個擺置青花瓷器的博古櫥外，另有六個高木櫃，三個並肩一組，每個三格，下有二小抽斗，原來是書箱。箱密封式，面板上有石綠刻字，寫着：廿四史、全唐詩、百子全書、文苑英華、太平廣記、十三經，等。並不常見。另有兩個矮展覽櫥，

內放老人印章等物。牆上也掛有老人書法。「達齋」的窗也呈曲尺形，西北兩面為牆，東南兩面開窗。這東南角上，屋頂建成起翹的簷角，整個屋頂及飛簷都被爬牆虎藤攀滿，垂下十數條葉串，如一大幅綠色的瀑布，漂亮極了。書齋外的園中新植十八株牡丹，果然美麗。由齋東行，沿遊廊不遠，就是園的盡處，建了一間小室，當年是琴室，名「艮宦」，「艮」是易卦，止的意思，「宦」是東北之隅。其實小室南有一牆門，可通內宅。如從內宅出園，又是始的意思。這邊的廊壁也有石刻，為《曲園記》，又有《秦會稽刻石殘字》帖，有二十七個篆體殘字。另有新刻的老人遺言、遺詩、信札，及《竹杖桂蘭圖》。窗外一叢翠竹高過屋簷，兩支石筍也比人高。

周作人在《蘇州的回憶》裏寫他一九四四年曾到曲園一行，那時的宅園雖舊，似乎一切尚未荒廢。他說南方式的廳堂結構原與北方不同。他在曲園前面的堂屋裏徘徊良久，又特地再去俞先生著書的兩間小屋。他對同行的友人說：平伯有這樣好的老屋在此，何必留滯北方，我回去應當勸他南歸才對。然後，卻想起那所大房子只點燈，裝電燈固然了不得，石油沒有，植物油又太貴，都無辦法，故即欲為點一盞讀書燈計，亦自只好仍舊蟄居於北京之古槐書屋矣。房子舊固然難修理，三十檻屋，點燈也是難。也許這是俞平伯沒有回曲園住的原因。

周作人又曾去拜謁章太炎的墓，章氏晚年亦居住蘇州，在錦帆路，

那裏又是國學講習會，帶一座西式樓房。章太炎本是愈樾的學生，二十二歲時進入杭州俞樾所辦的「詁經精舍」求學，很得老人看重。甲午戰爭後，西學東漸，章太炎與許多年輕知識分子一樣想從西方學術中尋求救國良方，又投入革命運動，推翻滿清。俞樾則要求學生做經學大師，不必去通「時變」。一九〇一年，章太炎從日本回國，任蘇州東吳大學教職，特去拜訪老師，遭老人大罵：今入異域，背父母陵墓，不孝，訟言當虜之禍，毒敷諸夏；與人書，指斥乘輿，不忠；不忠不孝，小子鳴鼓而攻之可也。章太炎並不退讓，説：今日的經學，淵源出於顧寧人（炎武），顧「已欲使人推尋國性，讓漢虜之別耳」。後寫《謝本師》一文，在「民報」發表，宣佈和俞樾脱離師生關係。許多年後，章太炎竟也被弟子魯迅贈他一篇《謝本師》。

章太炎在自述書中提到俞樾時，頗知老師的長處，但説他「不能忘名位。既博覽典籍，下至稗官歌謠，以筆札泛愛人，其文辭瑕適並見，雜流亦時時至門下，此其所短也。」其實，這「下至稗官歌謠」、「雜流亦時時至門下」，也許正是老人的優點呢。書箱中藏《太平廣記》，老人又把《三俠五義》改編為《七俠五義》，有哪位國學大師兼為小説家？《三俠五義》署名為石玉昆述，寫宋真宗狸貓換太子一案。俞樾讀後，覺得「事跡新奇，筆意酣恣，描寫既細入毫芒，點染又曲中筋節」，但認為開篇的狸貓換太子不好，於是由自己親撰第一回「援據史傳，訂正俗説」。又因書中南、北、雙俠已是

四人，就加上小俠及小諸葛和黑妖狐智化，合共七俠。改名《七俠七義》。周作人說得好：俞章兩先生是清末民初的國學大師，卻都有一種特色，俞先生以經師而留心輕文學，為新文學運動之先河；章先生以儒家而兼治佛學，倡導革命，又承先啟後，對於中國之學術與政治的改革至有影響，但是在晚年卻不約而同的定住蘇州，這可以說是非偶然的偶然。他覺得這裏很有意義，也很有意思。

一九五六年，俞平伯曾到蘇州，並沒有住在曲園，為甚麼呢？他在《赴蘇州日記》中說：遂至舊居，雜居破爛，不堪寓目。回峰間（閣）已倒塌，曲水亭甚殘破，且聞其間曾出巨蛇。樂知堂匾額無存。小竹里館一帶，則為合作社。那日，他又想去參觀網師園，因為駐了兵，未帶文件，未得入。俞平伯在蘇州出生，卻原來沒有吃過蘇州著名的「船點」。那次赴蘇，至觀前街松鶴樓吃飯，買船式花點十件，以其名甚佳，原來俱是五彩的糯米糰子，頻呼上當。

鄧雲鄉是俞平伯的學生，也曾探訪過曲園，那是文革之後。據他所見，當時的春在堂、樂知堂部份，是一個供銷社之類的單位佔着，好像也沒有人辦公，只有一位看門的人。徵得人家同意，進去看了看，甚麼也沒有。樂知堂房架已歪斜，十分破舊。北面一排房子，都裝了門窗，住了人家。曲池已填沒，在上蓋了一座很小的三層簡易陋居民樓，住了十來戶人家。原有的春在堂匾據傳在一個糧店裏墊了米包。後來，政府修復曲園，鄧雲鄉親自跑到北京，到俞老家

‧

中，按曾國藩寫的春在堂匾的原件描了字，回蘇後重新做了。曲園
於一九五三年由俞平伯捐給政府，修復不易，因為裏面住着人家，
牽連到拆遷、經費問題，困難重重，直到如今，正落兩進內宅上房
及東側配房還是民居。曲園修復時，曾把模型、圖紙都送去給俞平
伯看過，由他根據童年記憶，一一指點，一切傢具也依舊樣擺設。
可惜俞平伯已經沒法在舊宅修復後回去一看就去世了。

國內有搜集門券的熱潮，一如集郵。各公園花園都有多姿多彩的門
券式樣。曲園門券如一小書籤，綠底黑字，印有金色春在堂圖，庭
院一株梧桐、一株臘梅，幾片湖石。票價壹元伍角。門券背後有俞
樾簡介三行。最有趣的是附地址一行，用括號括着「風光商場旁進
去」。未到曲園，不會見到這行字，見到這行字時，應該身在曲園
了。其實，曲園不難找。由人民路入馬醫科巷即可。這條街以前還
有樓園（建在山丘上）和荊園，都消失了。街頭倒有一個石庫門，
磚刻浮雕有「繡園」二字。本是一個甚麼園呢？蘇州真是充滿了園
林的精靈。

聽楓園

從曲園出來，朝東走，幾十步，是一條小巷，名慶元坊，走到十二號，就是聽楓園。和曲園相距這麼近，俞樾當時常來。近，不是主要的原因，即使住在隔鄰，也可老死不相往來。但聽楓園的園主是金石鑒賞家，又是書法家的吳雲。他的園內廳堂，左圖右史，鐘鼎羅列，收藏的精品極多，園林也精緻，俞樾的評價是曲園微，聽楓園精。

對於這座園林，我的書本知識是園林分南北兩處，共有一館，一齋，一閣，二廳，三亭。南園花草茂密，北園有水池假山。園門為石庫門，如今，門的兩邊都掛了木牌，左邊是蘇州國畫院，右邊是樂茶軒茶藝館。那麼，這座園也闢為茶室了，同時，是由蘇州國畫院管理。和蘇州其他的園林一樣，這座園自園主卒後，漸漸衰微。輾轉易手，再經過戰亂，後來曾為第二中學、教師進修學校，還安置過十餘戶下放回城的評彈演員。八十年代，園中單位遷出，慢慢

修復。

進門不用購門券，大概不準備有人來看園，只開放喝茶。入門後見一幅玻璃屏，上面刻有花紋，其中有一陸羽畫像。門屋一側是個精緻小店，玻璃飾櫥內陳列了許多茶壺，價錢也不便宜，不知甚麼人來買茶具。轉入屏門後，是一座假山。這是典型的入門見山園藝，不讓人一眼看穿園景。山前兩側有遊廊和小徑，山腳有磴道上行。這是個土包石山，土多石少，所以長滿了鬱鬱蔥蔥的樹木，翠綠叢中披散一抹紅葉。可不是楓樹，夏天也紅葉亭亭的是槭樹。磴道用條石砌，曲折迂迴，山腳的石砌成低矮自然的花壇，種了些灌木，長滿書帶草，一蓬一蓬，像啦啦隊揮舞的彩帶球。石上爬滿薜荔，點染青苔，果然比曲園光禿禿的假山石精緻。假山下也不是一個大水池，而是彎彎曲曲的小水溪，忽然聚到一處，水位很低，看去深沉幽暗像個水潭。這樣的水景，園林中不易得。假山範圍不大，但水石、花草都有大氣象。

沿山前右邊小徑走，繞道西行，廊間堆滿了石塊和雜物，很荒蕪的樣子，這是乏人打理的局面。再前行，見到一個圓洞門，上有書卷式磚匾，寫着「適然」二字，旁邊掛一牌「畫廊」。裏面是畫廊？不過月洞門卻有門扇緊緊閉上。聽楓園有一個漂亮的「適然亭」，是不是在這門背後？我知道那是個暖亭，因為亭子四周有長窗，並不像一般亭子四面敞開。過了月洞門見到一個半亭，和廊道相連、

挑出水面，亭前就是假山下的淵潭。亭旁有一大叢漂亮的八角金盤。

園的正中應該是當年的「聽楓山館」，但找不到。遇見的幾處廳堂，都變了茶室。檐前既沒有匾額，楹柱也無對聯。其中一間茶室還是日式席地而坐的，而且一小間一小間全隔開。又見到一間廳堂，裏面是沙發，像會客室。依我的書本印象，這廳堂似是園主當年讀書的「平齋」，齋後可進南面的園子，又有石徑可上「墨香閣」。始終不知道怎樣進南園，見到許多人坐在一廳堂內喝茶，也進去了，恰巧牆角窗下有位子，那麼也喝茶吧。

茶餐單印在白紙上釘成一冊，一般的茶十五元，碧螺春二十五元。原來這茶館不但供茶，還供點心，竟然不是蘇式點心，而是粵式，甜點多，鹹點少。點了烏龍茶，一籠粉果，一客春卷。茶端上來，共有茶盅、茶壺、小茶杯。另有一個鋁茶壺盛開水。一般的茶用宜興紫砂茶具，碧螺春則用玻璃水杯。茶廳內有許多大圓桌，都團團圍坐十數人，桌上全是玻璃水杯，還有些蒸籠和碟子，看來，蘇州人的消費能力很強。

比起曲園來，這裏是高消費的茶館。曲園門口就有一個招牌，寫着「曲園茶室裝修開放」幾個大字。另有小字數行：高綠二元、毛尖三元，花園雅座五元（每杯），認春軒包廂。又有「內可停車，請轉入內」字樣。園林闢為茶室，當然頗令愛園人失望，但這些小園，

遊人少，曲園門券才一元五角，如何維持生計？一座園需要專業花王、又要木匠、石匠、瓦匠不時維修，平日天天需要人掃落葉，打撈水池枯枝雜物。我在盤門伍相祠，清早就見一女工在抹隔扇門的花飾木欞，這些上百細雕的門扇，清潔起來可不是玩的。園林撥給某些單位遷入，好像是被單位佔據，其實，也是讓那單位負責照顧園子，花草有人澆水剪輯，廳堂有些人氣。否則，也許會漸漸荒蕪了。

茶廳座側，牆上掛了一幅匾，寫着「兩罍軒」，竟是極熟悉的石鼓文。聽楓園內本有一個軒，園主藏有兩件齊侯罍（腹大口小的酒瓶），所以名其軒為兩罍。另一個則是「二百蘭亭齋」，因為園主藏有二百蘭亭帖。這齋卻沒有見到。匾上的字太像吳昌碩的筆跡。吳昌碩的確在園中住過，當時他當小孩子的老師。因為這個緣故，吳昌碩得以觀摩吳雲精藏的書畫金石，從此藝事大進。牆上的匾是吳昌碩的曾孫所寫，這後輩來到聽楓園時，回想起以前曾祖住過，頗有感觸，寫下軒名，並有附文。想像中的聽楓園應該比曲園更精緻可觀，坐在茶廳內對着匾額，只能嘆一口氣了。

尋找洗手間時，竟轉入一庭院，院門是漂亮的磚雕，上書「聽楓讀書」。磚雕門樓是住宅廳堂的經典建築。聽楓園彷彿變成我的迷宮了。這座園林，我看不清真面目，下次再來探訪吧。

个園

个園的个不是個字的簡體字，而是竹字的半邊。園主人愛竹，所以用了個象形的符號，不過人人管它叫個園。這園特別之處是石景，以假石疊出春夏秋冬四季景色：春伴花，夏傍水，秋依葉，冬則一片冰雪。為了冰霜效果，冬景採用宣石疊砌。宣石是白色的，看來如同白雪遍地，配上牆洞空穴來風，呼呼吹送，很有寒冷的感覺。

揚州不產石。園中其他的石用黃石和太湖石。也沒有出眾的石可以獨立超群，只可聚結成堆，團結成為力量。既是個園，如今種了許多竹，有本土，也有外來，大概變成竹園了。其實竹並不獨生，但也群而不黨，沒有互相靠攏，至於中通有節，挺直虛心，自是漢人特有的文化象徵。我對這園印象最深的是小山丘上長了一棵大紫藤，夏天發了纍纍繁茂的花串，比什麼蘇州獅子林、半園的紫藤都漂亮，更不用說北京的閱微草堂和紹興的青藤書屋了。後二者，我去過兩三次，從未見過它們開花。

藝圃

如果讓我在蘇州園林中選一處讀書的地方，我會選藝圃的南齋。藝圃的佈局是這樣的：北部是廳堂建築，南部是假山，相隔一個頗寬廣的四方形水池。在西南角上，闢了一隅園中園，由粉牆圍住，牆側開月洞門，裏面是寂靜的山水庭院，名「芹廬」。「芹廬」共有兩個書齋，一名「香草居」，一名「南齋」。書齋之間，又有小庭院。「南齋」在全園最南的位置，它與「香草居」是對照廳，好像照鏡子一樣，都是背後有牆，前面一列長窗，一朝南，一朝北，面對面。不過，因為隔了小庭院，院中長了柏樹、辛夷、山茶，在花影樹蔭間、和對方相見又相障，影影綽綽，曚曚曨曨；既能獨自工作，又和外界相連，有趣得很。

「南齋」小巧玲瓏，廳內只有一個南窗，窗下置一書案。西牆置書桌，靠背椅，椅背置花几，上有一盆蓬蓬的植物。室的中間是雲石面方桌，四張方凳、明式傢具，線條流暢，體態端正輕盈，齋內掛

一幅石綠底黑字齋名匾。這個書齋的另一特點是東面北面都是落地長窗，打開了通爽疏朗，而這曲尺形的長窗列陣外，兩邊都是庭院，滿眼翠綠，舒暢極了。對照廳可以穿過小庭院中往來，如果下雨也不受影響，因為兩廳西側有寬廊相通。那廊本是鶴砦，以前養鶴用，現在不知如何辦，就放了一座大榻，適合睡懶覺吧。如果由我在這裏讀書，我會飼養一群貓。

「香草居」同樣置書桌，靠背椅，旁邊立一書櫥，牆上掛一幅畫。不過，它的實用面積似乎比對面的書齋小了些，因為它和走廊相連，走廊一直延伸到室內來了。所以這書房裏不再放一桌四凳，只在貼牆的窗下置一几二椅，也都是明式傢具，椅子尤其美麗清秀，椅背是空的，只有木框。當年園主之一姜垛，兩個孩子就在這園中園內讀書，一個孩子一間書房，大概不會分心了。對照廳書齋大概可以讓當代的建築師參考，為甚麼一套房子只設一間書房？如果條件許可，應該是男女主人各一睡房，各一書房，人人都可獨立工作。

和「香草居」相通的走廊，是一條長廊，從「南齋」遠看過去，可以一直見到廊的盡處，連接水池北部的建築群。長廊這麼直，所以在中間建了半亭，牆上開了個橫長方形大空窗，窗外種了竹樹，成為一幅空窗畫。牆側掛一副對聯，上懸「響月廊」匾。這個半亭的鋪地很精緻，用條磚，側砌成層層疊疊的菱格形圖案。

從「芹廬」出來，是兩道月洞門，一正一側，成為彼此互補的景框。兩扇洞門都不加飾邊，是沒有框線的素月洞門，只在門上用磚匾，內洞門刻「芹廬」，畫卷形；外洞門刻「浴鷗」，框架形。兩門之間的庭院，種了榆、柿、香橼和槭樹，一片紅葉襯着嫩黃翠綠的樹木。庭院中有溪水流淌，兩岸疊湖石，溪上架一平石橋、由兩塊長條石合在一起，樸素紮實。

藝圃的橋都是平橋，有折但沒有拱洞、也不設欄杆。橋又多，每一道都不同，它們可以說是蘇州園林中最美麗的橋。首先，這些橋都低，幾乎貼近水面，站在橋上、伸足就可以碰水面；其次，橋的結構簡潔，兩條石板合併一起是一道橋、六條石板，兩兩相併折三折又是一道橋，如果不折，三段相連，微微拱起，就是拱橋，拱度極微，線條柔和得很。橋都在假山部份，可見溪水流淌，水道縱橫。從月洞門外的小徑可步向假山、沿岸是疊石，曲折錯落，偶有一橫石，中有孔洞，站在上面，似乎可見池水。假山下的水盤道曲曲折折，繞着山腳迂迴，忽然一道小橋，忽然一條礫石小徑，是漫步的景點。如果朝山上走，也不吃力，山不高，以前假山本是平崗小坡，完全是明代山水風格，如今砌疊許多石頭，都變了樣子。

從假山下來，步過一道很低很平的拱形石板橋。這幾塊石頭，是復修園林時從水池中撈上來的，相信是建園時的舊物，十分珍貴。過石橋後，到了和響月廊半亭隔池相對的「乳魚亭」。四方木亭，粗看

普普通通，其實與眾不同。先說亭柱吧，一個四方亭，想來該有四支柱，這個亭除了主要的四支柱外，南北兩面另加二支柱，亭口也加二支，只有面西朝池的方向完全空敞。所以，這亭有十支柱。亭下石台基上，設鵝頸椅，椅背用直欞裝飾（即一條條直線），風格素麗，這才是名副其實的鵝頸椅、欞條似一列排隊整齊的鵝頸。亭有四條屋脊，用鴛鴦瓦的鋪法（片瓦仰、伏、仰、伏式）。內檐裝修很罕見，中央頂上是一個桌面大的四方形天花，由六幅木板砌成，用木板框住。天花正中是圓形的草龍圖案，四個岔角也繪草龍。仰望亭頂、有點像把張開的傘；不過正中是方形，許多傘骨是一支一支向下垂、中間等距各面六支，角上則密密麻麻，每側八支（這些是圓形的椽子）。亭的四周是樑，樑下竟然有斗栱，斗栱又立在衍木上，衍木下是枋板。斗栱與斗栱間的空隙，以縷雕板圍繞，雕工精細，因為密，漏孔細小，除了龍形，還有壽字。衍木站在四支主要的圓柱上，其他的方柱則和枋板嵌接。四角又有弧形的寬闊抹角樑，兩端擱在斗栱上。天花四角的樑木，自上而下立在抹角樑的坐斗上。所有這些大樑、掛角樑，枋板，也都畫上草龍圖案，那圖案遠看像回紋、又像卷草，仔細看才見龍頭。亭的木料是栗色，圖畫全是粉米色，毫不喧嘩，是明代的建築風格。這亭和廣東順德清暉園的「蘭亭」相互輝映。

藝圃的建築和園藝充滿明代的風格，並不奇怪、因為園林始建於明代。令人驚歎的是，經過這麼多年的興衰，它還能保留許多原初的

面貌。藝圃最初的園主是袁祖庚，初名「醉穎堂」。當時地方寬廣，屋少樹多，約有十畝。後來，園林歸文徵明的曾孫文震孟，園中種許多藥草，名為「藥圃」。值得注意的是文震孟的弟弟文震亨，他是一位園藝家，著有《長物志》十二卷，把園林藝術很詳細地論説評介：室廬、水石、花木、禽魚、書畫、器具、衣飾、舟車、蔬果、香茗都説到了。不但是一冊古典園林的百科全書，也可顯示出作者是出色的園林設計家，反映文人的美學和意趣。藝圃的佈置相信曾受文震亨的影響。文震孟卒後，園林一度荒廢。明末清初歸姜埰所有，改名「敬亭山房」。三任園主都是高風亮節的讀書人，受權臣逼害，鬱鬱而終。後來園林也多次轉手，經戰亂、文革，遭受破壞，現已修復，而且維持頗多原貌，值得高興。

清康熙年間，畫家王翬畫過一幅「藝圃圖」。如今朝北望去，只見一座極闊的水榭、裝有檻窗，兩邊有二相連的廳堂，相對比較狹窄。西為「思敬居」，東為「暘谷書堂」，原為姜實節（姜埰後人）講學之處。水榭名「延光閣」。在王翬的畫中，並無水榭，而是一片平台，平台北面是園中的主廳「博雅堂」，面闊五間（兩柱之間的空間為一間）。也許是因為廳前的平台和廳堂一樣闊，新建的水榭剛好填滿這空隙，也就變成五間闊的水榭了。水榭與廂房相連，成一直線，少了許多變化，水面也是一字排開，沒有疊石，平日又沒有荷花，看來是單調了些。據説，池中原有名種千瓣重台白蓮，可惜已經無法恢復。水榭臨水一面，檻窗下本有雕欄，如今加封護板，

再無趣味。

水榭後，相隔一個庭院，是園中主廳「博雅堂」，面闊五間。讀書人，並不大宴親朋，也不炫耀富貴，實在用不着那麼闊的客廳。所以只闢三間為中堂，左右作為偏室。偏室也有一窗、三面靠牆，各置二几二椅。廳中傢具是典型擺設，廳堂有兩個特色，除屋頂翻軒外，樑柱兩旁有官翅的裝飾（兩塊橢圓型的木塊，上面雕滿通透的花紋），安在樑角，一左一右，彷彿官帽兩端的耳翅。這是顯示園主社會地位官階的飾物。這廳因此也可稱為紗帽廳。廳內的柱腳立在木基上，木基下又有石基，是精緻的裝修。廳堂的門，櫳心部分是小方格，和「乳魚亭」背後的「思嗜軒」的窗格櫳條相同，這種樸素的設計在其他園中漸漸被繁複的紋樣取代。

清暉園

一

入門見山，是古典造園藝術的經典設計。拙政園中部將軍門入口是實例；《紅樓夢》大觀園的設計師曹雪芹也採用了同一藍圖。廣東順德大良鎮清暉園入門只見樹。首先，是一棵高大的單株結果銀杏，用鐵架框護。樹身明明枯萎了，露出好幾個大洞，不過，樹幹卻密密長出細枝條，滿佈形狀獨特的小葉子，彷彿努力在夏日和其他的樹木聯陣，搖動眾多扇子驅散暑氣。

銀杏背後，是更巨大的白蘭，兩枝主幹，分叉而上，比麋鹿的角還要凌厲，每枝樹幹都有圓凳般粗闊。然後是其他的大樹：大樹菠蘿、假蘋婆、人參果，蔭濃蔽天，遮蓋了一大片空地。雖然已經步進清暉園牌樓式建築的園門，這樹木密集的地方並不是園林的主體。園林本來只有七千多平方米，和園林相鄰的楚香園和廣大園，如今都合併一

小姐樓

花崑亭

清八仙圖藍玻璃

清暉園門口

澄漪亭

起，擴建成面積二萬二千多平方米的大園。真像那棵銀杏，園林看看快變成頹垣敗瓦了，忽然又朝氣勃勃地重生了。誰說園林沒有生命呢。

從大門進來的部份，本是楚香園，現在新建幾座大樓。園內也有亭台，供市民憩息乘涼。南面楚香樓是酒樓，遊園出來，正好上樓品嚐大良家鄉菜。樓前是一座八角形大水池，池岸以黃石疊砌，不用膠泥，上百年來，堅固如昔。池西一列院牆，中間一道簡陋柵欄門，才是入園真正門口，旁設售票亭。一九九六年重修的清暉園，有兩處入口，一在新園，一在舊園。楚香園進口是舊園。園史已有數百年，原為明代萬曆年間狀元黃士俊府第，入清以後，因黃家中落而衰敗。乾隆年間，為進士龍應時購得。其子龍廷槐則為園子翻修、拓建，以至命名。廷槐亦為翰林，在大良出生，中年後辭官南歸，築園奉母，取「清暉」之名，是把父母之恩比如煦和的春暉。以後數代繼續悉心營建，至抗日期間，龍家避居海外，園林日漸荒廢。一九五九年，由現政府撥款修復，將毗鄰的楚香園、廣大園及龍家故宅介眉堂一併收入，又增建南樓、北樓、東樓、大會議室、迎賓閣、楚香樓等輔助性建築，一度曾作順德縣委第一招待所，幸而這些都在外圍。

二

從楚香樓邊門入園，依然是入門見樹。四周都是高大樹木，這邊是

173

白蘭，那邊是龍眼，又有大樹紫薇、九里香。正中是個扁八角形高台水池，散石竹叢間一峰高瘦黑石爬滿薜荔，石頂灑下涓涓水花。水池兩邊各有兩個四方形高台花壇，栽種各式花木。這正是清暉園特色之一：園內到處都設花台，並在花台四周團團擺放盆花，隨不同季節更換，一年四季，如同花展。

入門共有左中右三處通道，我選了左邊比較曲折的小徑，從一棵大龍眼樹邊轉入。這處是狹窄的泥徑，兩邊山石屏障。走幾步，迎面一座疊石假山，約二米高。轉到山後，有磴道上山。山不高，上建一亭。亭邊的疊石砌成獅子形狀，也甚自然，名「獅山」。亭名「花甿」（甿，音納，寧靜之意）。木構方亭，內簷掛有「風台」區，寫着光緒己卯，可見是舊物。亭頂樑架作傘形，頂心一個小四方框，四邊如張開的傘，垂下傘骨：四支大骨（大角樑），然後每邊分四格設橫枋，由上而下，各面以四、八、十二、十六支扁椽排列，一層一層，直垂大樑。四支亭柱與第三層樑枋相接承載亭頂的重量。第四層椽已漏空，向外延伸出簷。純傘形樑架結構是古式，亭內頂部，沒有橫來橫去交疊的笨重扒樑，空靈開朗，淨化了亭的構架系統，整個風格顯得法簡意賅。純傘形結構亭例不多，這亭可作範例。

「花甿亭」不安掛落（立柱間欄杆似的倒掛楣飾），亭柱安雀替（樑柱交接處的木構件），簷下枋板通雕花葉，以墨綠、鵝黃、嫣紅着色。這也是清暉園特色之一。這種簷飾，遍及全園建築，包括廳

堂、亭榭和遊廊。除花朵外，還刻石榴、佛手、蒲桃、木瓜、菠蘿，俱以南方土產植物裝飾。江南園林以素色取勝，嶺南園林則色彩繽紛，活潑生動。亭的四周除疊石外，都是高大的樹木，以及低矮的葵、萬年青、美人蕉、芋葉。一片鬱鬱蔥蔥，十分幽涼。

亭內懸一盞宮燈，是全園唯一的宮燈。亭前亦有三條通路，分左中右下山。我仍向左行，穿過一道隔牆，景色開闊，到了園中主景的荷花池。長方形水池，橫石砌岸，四周圍繞磚欄，欄心夾綠琉璃通花方磚。這又是此園特色：花台四周、隔牆漏窗，都用琉璃磚裝飾。正是六月，滿池荷葉，七、八個花蕾亭亭直立，兩朵大瓣紅荷盛開，遠一些還有一朵白荷。荷花池總是這樣的，茂盛時擠得滿滿，使人看不見池畔建築的倒影，也見不到游魚。殘破焦黃的葉子不去清除，又顯得頹敗荒蕪了，留得殘荷，為聽雨聲吧。水池的磚欄夠寬闊，當然也擺滿了盆花。兩株楊柳，枝幹傾斜，幾乎倒栽入池。

「花甿亭」下隔牆因為短，看來似照壁。牆身花窗是竹節形琉璃筒，窗下一叢灑金榕。沿荷花池向東是一個疊石拱洞門。清暉園用的石，不是黃石，也不是湖石，主要是英石，屬於廣東英德鎮的特產，就地取材。黃石褐紅，湖石灰白，英石如炭，色澤深、質堅脆、皺紋密、形嶙峋，同樣透漏，倒很適合南蠻的園林。為甚麼這樣說呢？且說隔牆吧。一進清暉園，就覺得和江南的園林不一樣。別人的牆是粉白色，這裏的牆不塗脂粉，用水磨青磚平磚順砌錯縫

（即工字）法，灰磚白縫，不再加工。不但是隔牆，清暉園中其他建築也用磚砌，屬清水牆。所以，用英石配襯色調倒也統一和諧。

三

荷花池對岸正中，是「澄漪亭」。說是亭，更像水榭。因為體大，又是歇山頂，三面有落地長窗、步廊和扶手鉤欄，挑出水面。如果要繞池一周，除了需穿過疊石洞門，還得穿過這水榭。不過，水榭正在修復中，旁邊堆滿雜物。榭旁的「碧溪草堂」卻打開了門。到草堂去，可以沿荷池西一道走廊進入。整個五畝地大的清暉舊園，幾乎沒有遊廊，所以，這道短短的有蓋走廊變得很珍貴。走廊中間有六角亭，面池，掛落和凳下欄杆花式相同。坐在亭裏，可以看見「澄漪亭」的側面，歇山屋頂山花是玫瑰紅色番草紋灰塑。亭帶耳房，兩坡面頂，名「呼魚榭」，門前一片黃色綠色的灑金榕，園外楚香樓天台垂懸一行紫紅杜鵑，是為借景。六角亭前荷花池中，一左一右，長了兩株特別的樹，是水松，栽於水池石砌花台，虯根粗壯四散，枝幹高大挺直，葉子密而細。水松是嶺南特產。

走廊盡頭是「碧溪草堂」，清道光年間建造，草堂檻牆部位有一方陰紋疏竹磚雕，刻有「道光丙午年冬」字樣。丙午年是道光二十六年，即一八四六年，距今一百五十多年。這座古老的草堂門框飾以綠色圓光罩，雕交疊的翠竹，工藝相當精巧。圓門兩側是玻璃窗，窗下

牆身刻百壽圖，用隸書、篆書和不同的花鳥蟲魚化成的象形文字，共刻成九十六個壽字。有些字十分有趣。

草堂面積不大，內有二室，一橫一直。橫的四方，直的長方形，現在是小賣店。屋頂是兩面坡，出檐遠，檐前為步廊。檐外加雨搭引檐，既透明，又遮雨。廊頂翻船篷軒（有如烏篷船的篷頂）。樑架結構甚特別。一般船篷軒頂，有一月樑（如彎月狀）承托二支桁條，月樑下有二童柱承重。此軒頂的月樑和童柱用一塊山字形木板代替，樑板上鏤刻蝙蝠、菠蘿、木瓜、香蕉等雕飾。步廊臨水，建鵝頸椅。廊柱為四層石礎：一層圓二層八角，末層為方形。

草堂屋頂的內檐裝修，是很低的天花，鬆蘋果綠色。整幅天花板只在中間做了個菜碟般大的圓形雕花，四周岔角是碗大的疏孔金錢。中年店主告訴我，他童年時進園玩耍，草堂的天花就是這樣，磚牆也一樣。看來是原貌，雖粗簡，但別緻。

四

既有荷花池，就有船廳了。這船建在平台西與「花嵌亭」東西相對。樓船的造法，融合了無錫寄暢園石舫與廣東珠江紫洞艇的特色，據說這是全國唯一的例子。紫洞艇是花舫，早期本是水上妓院，後來妓院被趕上岸，於是花舫轉為飲宴酒舫。大花舫有兩層，設幾個大

廳，可擺十多桌酒席，一般停泊在海珠和西濠一帶。入夜後燈色璀璨，食物品精量小價昂。至於牡丹舸、蓮花舸，則在江上行走遊宴。另有游動小艇，可供食住，是為花艇，龍蛇混雜。旱船樓下現為工藝品小店，看不出舊貌，也不見樓梯。只見一堂墨綠色板門，各嵌三個玻璃方窗，框黃色鑲邊。船廳柱腳與走廊同。

船廳樓上才是船的主體，側面看五柱四間，最末一間較窄。正間設長窗六扇，每扇又分為五個橫窗格，凡單數框格雕飾不同竹葉圖案。屋頂出檐遠，檐底作海墁天花（大幅平面天花板），飾以漏空金錢木雕，鬆蘋果綠，與「碧溪草堂」天花的裝修相同。檐下設撐拱。四周以海棠形欄花（小木條砌出圖案骨架）扶手鈎欄環繞。走廊通鄰樓平台，平台欄杆花飾為波浪紋。據說，船廳前、中艙之間的木屏風，鏤刻芭蕉樹及蝸牛行石圖案。我無法登樓，緣慳一面。船廳船頭對正走廊入口，廊邊植有古沙柳樹和紫藤。當年種沙柳，當竹竿；種紫藤當繩纜，本為穩船的意象。如今紫藤沿着沙柳盤旋攀升，爬上船廳二樓露台。如果三月紫藤盛開，一片紫藍花朵，如串串下垂瓔珞，成為天然景緻。

船尾設計似真船，一列長窗安裝直櫺鵝頸椅上。窗上嵌白地藍花圓角長方形花鳥瓷畫片，襯底櫺子又嵌幾何圖案紅綠玻璃片。長窗上檻刻花卉，下檻刻博古香爐、瓶盞。二樓亦為花窗。鵝頸椅有透空彎曲櫺條，彷彿梳動流水，推動船行。真是巧思。推開長窗，可以

坐在椅上觀景，確如遊船。船廳又名「小姐樓」，是舊園重點建築，因為園主的一位千金曾居住樓上。船的背後，另有一座小樓閣，叫「丫環樓」，相隔小院落，樓下六幅槅扇門，上檻和裙板都陰刻竹葉。檐枋滿刻花飾。樓上的檻牆，再刻一長巨幅翠竹雕。

五

清暉園的廳房建築，均採用綠色，配以鵝黃，檻牆部份多有灰塑、彩繪。與船廳相通的「惜蔭書屋」也不例外，整整一幅次間檻牆，浮雕刻了暗八仙：芭蕉扇、洞簫、葫蘆、寶劍、漁鼓、荷花、花籃和陰陽板，似在綠色的空中浮游。書屋的另一邊伸出一段遊廊，有如小艇，和船廳相接，艇下有水池，形似臨水埠頭的駁艇。池內本養金魚，現在養了三隻大龜。廊上有匾，為乾隆之子成親王手書「綠雲深處」。荷花池畔隔牆旁，種有一棵重點景樹「玉堂春」，用鐵欄圍住。這樹由皇帝賜植，六月裏無葉無花，若是花期，滿樹白花，絕不遜於紫藤。這一景區古木眾多，除白茶、素馨外，還有一株木棉，不是一般的紅棉，而是白棉，開淡紅近黃似白的花，樹高十多米，六、七人合抱。這個景區佳樹林立。都上百年了，園主屢變，古木長存。

「惜蔭書屋」旁邊是「真硯齋」，彼此曲尺形相接，本是書齋，現在都是工藝品小店。「真硯齋」設計獨特，有點像鴛鴦廳。鴛鴦廳是

同一屋頂兩個廳堂，由屏門或槅扇自屋頂下把室內空間一分為二。大多是一廳向南一廳向北，依房屋立面橫分。兩廳相通，裝修上常常不同：一廳用扁木作樑，一廳用圓木，或一廳安方窗，一廳安八角窗，不等。「真硯齋」屬變體鴛鴦廳，因為分隔的板牆不依面闊安裝，而按進深。因此，與屋頂形成的不是平行線，而是垂直線。屋頂沒有裝天花，採露明式，可以看見一條條的樑桁和椽子。兩室並不相通，門也各別，一向東一向西。向東的一面對正園門入口高台八角蓮池；向西的一面，要繞到屋背去。從立面看來，廳房似乎是一排槅扇門和一排檻窗，事實上，檻窗卻屬於隔鄰的廳堂。門口有一井，石蓋刻八卦圖。水深幾近井邊。無水不成園。

六

過了「真硯齋」和一株盛放的吊燈花，一直前行，有一樓閣，如今是管理的辦公室。先見槅扇式門罩，兩邊有雀替；進幾步才是廳堂的門扇。有趣的是，一字兒排開的竟是五幅槅扇門，裙板和上檻刻陰紋花卉，蝕面綠色。槅心各分兩格，交叉十字櫺條襯底，中為圓形套色坡璃片。上層為不同的花朵，下層為五個不同的福字，都如剪紙式貼花蝕刻玻璃上，顏色均不同。這種套色玻璃是清代從歐洲入口經蝕刻加工的製品，也是嶺南園林獨特窗飾。至於何以是五扇門，朋友說是福無雙至，我認為是五福臨門。

管理處和一座小館連牆，館名「小蓬瀛」，與對面的「歸寄廬」是一組對照廳。中間並非庭院，而是一道連廊。廊頂為蘋果綠船篷軒，上面的月樑並非彎月形，竟是五花山牆式。幾個曲角，恰恰承托住卷棚頂六架樑的四支圓桁（另二支安方柱上），令人驚訝。「小蓬瀛」匾，墨地金字，乾隆年間書法家宋湘手筆。面闊一間（建築物平面上，四根柱子之中的空間為一間），門口是六扇板門，欄花為長蜂巢形圖案。小館如今亦是工藝品小店，售樹雕。「歸寄廬」棕地黑字，咸豐探花、禮部兼工部右侍郎李文田所題，其女嫁與龍家。「花𡿀亭」的「風台」匾也是他的手跡。館房面闊一間，六幅槅扇門，只有乳白色玻璃。門外另裝槅扇式框罩，角上安紅花綠葉雀替，花朵鑲白邊，是塊木透雕。內牆正中一個大圓月形窗，白粗框。窗共二層，內為繞鐵枝花窗，外為木框格子光玻璃，左右推開式，半扇窗已推出向外，剩下一個半月彎。對照廳無論門板，窗框，天花都髹蘋果綠色。年代久遠，維修所上油漆厚重凝滯。

清暉園的樓房都用磚砌牆。磚牆自有磚牆的自由。譬如廳房的背面也可開窗，「小蓬瀛」的西牆就開了個大窗，安上三扇大長窗，採左右拉合式。二扇很窄的門又可出現在邊牆。這一帶的磚屋好裝窗檐：簡單木架，二條橫木上安直椽。椽上本是望磚或望板，但園中用的是黃色明瓦建材，因此透光，又可遮雨。

七

對照廳的西側是「筆生花館」，面闊三間，門扇緊閉。從對照廳向西行，要經過另一道英石疊石門洞，叫「斗洞」。說是依七星北斗形，我只見幾個大大小小的洞而已。沿小徑行，兩邊都是竹樹，高高矮矮，闊葉窄葉，有象竹、佛肚竹、箸竹、毛竹等多種。不幾步又是一道照壁式磚牆，回頭看才知亦是入口。圓洞門上寫「竹苑」二字，兩側還有對聯：風過有聲留竹韻；月明無處不花香。屬竹葉聯吧，弧形設計，與七彩灰塑花飾混為一體，和竹的雅致恰成對比。園中除荷花池畔砌了幾段卵石鋪地外，其他都用石條板。「竹苑」門口見到一塊墓碑，刻着一名婦人的姓氏，可知若干石板來處，或可認為是舊物活化。

「竹苑」洞門開在磚牆上，其實同一磚牆共有二月洞門，另一個在旁邊不遠，進去就是「歸寄廬」背後，小館的大圓窗恰恰與「真硯齋」的側窗隔牆相對。此園房舍往往互相毗連，不似江南園林，軒館廳房多數獨立，外建院牆，點綴花石，做成粉牆疏竹光影畫。清暉園並無以上景色，唯一的好處是省卻建牆的工夫。「歸寄廬」有小院隔牆，特別顯得曲折迂迴。小園最需要曲折，才不見其小。再西行，即是界牆，過牆門便到新園，視野突然開闊。站在一條畢直的石板路上，回向北望，見到「筆生花館」山牆上一大方窗，窗上一大幅半圓形灰塑彩畫「蘇武牧羊」。屋頂垂脊博風板兩端都有白色番草

紋飾。轉身向西南行吧，那裏有更多的風景。

八

清暉園擴建的原址是廣大園，的確比舊園廣大。如今的佈局是一個
寬闊的西北區，約為舊園面積一倍半；另在南區一字兒排開建了三
個園中園，以雲牆分隔，南部的總面積也是舊園倍半。從舊園進新
園，貼牆一條寬闊甬道，正中用條石橫砌，旁側鋪直向條石。石道
本已夠寬，但旁側還砌散水磚邊四行。用的可不是普通的磚，而是
有名有姓特別配製的麻色磚，每一方除了花紋圖案，邊框刻有「清
暉新園」字樣，有如名牌商標。甬道一邊是舊園磚牆，仍是青磚
白縫。除此牆外，新園中再也沒有這麼樸實的牆了。甬道的另一側
是磚欄，欄心夾寶瓶裝飾，是西洋風格。欄上擺放盆花，最多狗尾
紅，一條條絨毛似的紅花，下垂如煙花。

朝南行，迎面是起伏的雲牆，牆頭起脊，砌有瓦筒狀小檐，黃、綠
色配襯。牆部開半圓形大窗，再砌小半圓框架。整個窗飾，似美國
早期河船的車輪，還以為誤入遊樂場。沿牆行，可見「小姐樓」竹
花窗。磚牆轉角處，也見一窗。原來是「碧溪草堂」次間的西窗，
窗內一把風扇颼颼搖動。還是頭頂一棵巨大的人參果樹濃蔭蔽天更
陰涼。

南區第一個園中園是「讀雲」。小園入口磚牆上開石門，回應「竹苑」風格，門頂牆上灰塑魚龍，蔬果上塑「品石」二字。對聯亦為灰塑。用棕、鵝黃、綠、白四色調配。門側凹角牆上開一大扇形窗，中嵌金色鐵質五片通花鏤雕，各片花紋不同，雖然整套都是瓶花圖案，但所插花枝不一樣。五個矮圓花瓶的瓶身都刻字，四個是如、意、吉、祥，中間一個是福字。瓶又喻意平安。

入園是一個凸形水池，栽植睡蓮。池水平岸，岸邊圍磚欄，上置盆花。蓮池南北，每邊砌五個高花台，台身四周都有彩色灰塑，色彩明豔，或為山水，或為花果。花台面四周鋪清暉園印章式文磚，上供玩石，配以不同植物，成為石景。玩石品類不少，有的形如片岩，有的如千層糕，其中有廣西鐘乳石，彷彿桂林山水，石峰林立。有形狀扭曲的安徽靈壁、水靈壁、紅靈壁、花靈壁，石身上或有白脈。又有具特殊龜紋的沂蒙石。當然有土產英石。另有兩花台獨置太湖石，屹立高昂，瘦而透。蓮池四周是循環線迴廊，全部卷棚頂，船篷軒，月樑和檐枋刻南方水果彩繪，有佛手、木瓜、蟠桃等，如舊園風格。遊廊除拍口檐雕花外，檐下再加掛落，不是純色欞花，而是木雕。一片濃綠嫣紅，玫瑰色的花朵都鑲白邊，通體透空雕，與用欞條砌的掛落風格不同，難度也更高，不是普通木匠手工；屬雕刻藝術，形體豪放，色彩繽紛。

九

蓮池北岸建有一亭。也許因為園中有不少亭，為免雷同，這亭是重檐八角形，上層四周嵌綠琉璃通花方磚，也算出奇。唯一好處是透光較多。兩對抱柱聯，外聯為：紅石在林疏雨相遇；碧桃滿樹清露未晞。內柱聯為：細石平流游魚可數；小山芳樹珍禽時來。署名啟超。是梁啟超嗎？很好，梁啟超是廣東新會人。亭有掛落，兩端下垂甚多，有如帳幔。掛落本是以前屋檐的帳幔。重檐枋板均雕博古香爐等，兩端飾番草紋。

湖石花台側的迴廊轉角處，有一門，上有木匾，棕地藍字：「清暉園」。黑地石綠聯為：水色山光皆畫本；花香鳥語總詩情。相信是昔日華蓋里的園門。從這門入，經過小天井，即是舊園的荷花池。池東本有走廊和疊石洞門，今已拆去。保留舊園門，值得稱讚。這園門潔淨素麗，比重檐八角亭典雅許多。牆角地面現一個「眼錢」，是排水口，透孔金錢形設計，小巧玲瓏。

沿遊廊東行，又有一亭，方形。亭的兩旁都有特置花台景，一邊是一峰大石，一邊是一株大枯樹，分別以葵和竹佈置。清暉園葵多，因為廣東新會是著名的葵鄉。亭懸對聯一副，棕地藍字：白菡萏開含露重，紅蜻蜓去帶香飛。署名「二樵」。誰是二樵？黎二樵，即黎簡，廣東順德人，詩書畫印四絕。錢塘「才子」袁枚晚年，久慕

羅浮山勝景，特來廣東，投刺拜訪二樵。六十九歲名人來訪三十八歲畫家。可是黎簡拒見。黎簡性情狂傲，自刻一印，文曰「小子狂簡」。但他不接見袁枚，是不屑「隨園先生」的品格，還罵他「污我東樵」。在他的心目中，袁氏只能作詩作文，書法已不成，更別說畫與印了。

十

小園人少，眾聲匯聚。四周一片蟬鳴，又有廣東音樂播放，竟是小孩就會哼唱的「哥仔靚」。這一陣，香港電視廣告每天都播幾次，粵詞是：哥仔啊靚啊靚得妙，哥仔啊靚咯引動我思潮，含情帶笑，把眼角做介紹，還望阿哥你把我來瞧，⋯⋯潘安見了又要讓幾分，搵通個世界咁靚嘅男人確係啊少⋯⋯。如果説北方皇家園林是鳳凰，江南私家園林是蒼鷺，那麼，廣東園林肯定是鸚鵡，不但身披彩羽，還聒噪不停哩。

東南角的邊牆內，是一組構思精緻建築，共二廳二廊院一敞軒。由月洞門入，進門是一個方形露天廊院，不種植物，也不佈置散石。設計似古羅馬民居的中庭（四面廳房，中間露天，地面是淺水池）。這中庭有四支方柱。柱內面積為四方凹地，柱外是三面檐廊。如果下雨，凹地會積水，闢為金魚池大概會增添景觀。和月洞門相對為一四方竹花漏窗，窗下置二瓷墩，一個彩繪花鳥，另一翠綠暗花，

頂有紫青透孔錢紋。

門右是開敞式廳堂，面闊三間，都安落地精鏤透雕飛罩，明間飛罩雕芭蕉小鳥，香蕉累累，飛罩腳安墩，刻大吉與雙魚。次間飛罩近地面部分刻竹，其他部分刻葡萄藤，有如花棚，一串串葡萄在頭頂垂下。內檐屋頂作海墁天花，蘋果綠色，垂二盞玻璃燈。不用宮燈，也許是依照舊園制度。廳內三面磚牆，無窗，正中為天然几，置石屏花瓶和銅器。兩側置雲石背太師椅，正中擺圓桌四凳一套。牆上掛一畫一對聯：牆外青山橫黛色；門前流水帶花香。兩邊次間靠牆各置鑲雲石屏長椅，牆上各掛兩幅藍色山水石屏。地鋪暗紅方磚。

十一

經過庭院，是一面闊三間敞軒，南北都設落地槅扇門，每邊十四扇，全部打開。槅扇門裙板及上檻均陰刻荷花，槅心由櫺條框成上中下三格，內嵌套色玻璃片，片上蝕刻花卉、博古、古文字不等，個個花式顏色不同。面南軒廳掛「讀雲軒」區，門聯是：萬磊起雲巒拜隨米老；六根無我相法證生公。正中六扇槅門的槅心，用櫺條砌五個字：「大吉宜侯王」。兩邊山牆置躺椅茶几各一套，另置花几一對。牆上正中各掛一對彩繪山水條屏，茶几上的牆面分掛二塊直條金木雕。軒中心置圓桌與凳一套。

此軒結構特別，前後檐柱高大，為四方形。有屋蓋，槅扇門上共有三層橫眉，都作蓆格紋欄花，中層嵌套色玻璃片。上層楣子與天花相接。檐柱也與楣頂等高，接天花。北宋李誠編《營造法式》有「柱高不越間」條，敞軒方柱，完全打破古人章法，設計師真是藝高人膽大。

軒北再是一個廊院，設計恰恰與前廊院相反。四面通路露天，中為有蓋空地，由四支方柱直立，上加屋頂。如果下雨，四面受水，或可設計一曲水流觴水道。廊院正中屋頂下只置一瓷墩，藍底白花。除此別無他物，特別顯得空靈。院牆開竹花漏窗，既隔而通。再內進，是另一廳堂，與入門廳堂面對面，彼此成對照廳。這廳亦為面闊三間，安套色玻璃槅扇門。正中置天然几，几上置香薰爐及一對燭台、一石屏、一花瓶。几前置八仙桌，兩旁為太師椅，前為一桌四凳。牆上掛米芾掛石圖，對聯為：與石共千古；隨雲來半山。兩側山牆置花几和一套几椅。屋頂亦為海墁天花，二盞玻璃花燈。暗紅方磚墁地。

「讀雲軒」的敞軒和後廳，屋頂裝修更出奇。也許為了依清暉園舊制，所有屋頂內部都不翻軒，只做天花。但這軒和後廳的天花並不是一幅平頂的海墁天花，而是一級一級向上升，似三花山牆，成兩個大斜面，三個窄長平面，只好名之為疊落天花。唯一的好處是山牆至高之處開了個方窗，由四塊方磚拼砌，可以通風漏光。中國建

築最精彩的部份在屋頂。這一組廳堂廊院，佈局巧妙變化多端，令人驚歎。可是屋頂天花煞是怪異，令人莫名其妙。

把一座廢園修葺翻新，是要恢復本來面目，向歷史負責。擴建新園，包袱就輕了，只要和舊園風格吻合，就可創新。「讀雲軒」的廳堂、廊院就有很好的成績。當然，舊園是故園主生活遊憩讀書的地方，樓閣可以居住，廳堂可以飲宴，書齋可以坐臥吟讀。建築本來就是讓人在屋頂下圍牆內活動的空間。如今新園內建了廳堂軒館，几椅都用繩索攔隔，無法停留。既有內部空間，卻又不可在內生活，都變成佈景了。也許，園林本來就是虛構的藝術吧。

西洋園林常有「愚人建築」，只建來賞玩，並不住人，但建築精妙。清暉新園的樓房軒館當然反映了時代的風貌，可也是一種愚人建築吧。也許，這又是一件值得高興的事。只要有園地，不是可以讓建築師、建築系學生，用來發揮自己的構思了麼？創造各式各樣可建或不可建，可住或不可住的作品，成為一座建築博物館，就像畫廊和美術館。

十二

和「讀雲軒」曲尺形相連的是三楹小巧房舍，都沒有名字。第一楹是一小廳帶左右二廂房。房有隔牆。明間正廳，正中橫套色玻璃八

角形大窗，窗前四幅彩玻璃槅扇，正中為金木雕飛罩，刻花卉寶瓶，楣心雕雙囍字。天然几上擺放石屏和花瓶。八仙桌上擺放一隻芭蕉公雞彩繪淺碟，內放一枚瓷蟠桃。廳前置一圓桌四圓凳。兩間廂房面對面，門口都安四扇套色玻璃槅扇門。墨綠裙板陰刻花卉。關上門，房內自成獨立空間。

槅扇門全部敞開，廂房互通往來。左廂房是書齋，入門牆上掛金魚水藻畫，對聯為：綠樹多生意；白雲無盡時。下置大椅，南牆亦是八角套色玻璃大窗，窗前一書桌一靠背椅，牆角置一櫃。北窗的八角形框內另分四小格，內嵌八角形邊框五色玻璃，上二格嵌博古圖案蝕刻彩畫片，下二格白地紅色花鳥畫瓷片，製作精細。博古圖案中還有清晰「父丁鼎」三字。左廂房為臥室，入門偏側放一四柱大木床，三面圍式屏板做欄條欄杆，板刻浮雕。床闊三條板，上放一瓷枕。南牆窗下置一几二靠背椅，几上放一古綠陶茶壺。窗式與右廂房同。臥室不掛字畫，掛版畫。床側擺一高身面盆架，背板有「大吉」合體字。但面盆並不擱在架上，而擱在旁邊六腳木架上。大紅木刻版畫分懸高身面盆架左右，一為官服男子，一為盛妝仕女。廳堂皆紅磚墁地，海墁天花，佈置精簡。臥室尤為難得，一般園林房舍內是見不到床的。

回到迴廊，又經一圓洞門。門配竹聯一對：苔草延古意；煙月資清真。進入樓廳，左側有梯登樓，置几椅二套。門廳只安落地飛罩，

刻纏枝花鳥。右側作船廳式，伸出廊外，三面都是八角形套色玻璃
窗，各分四格，幾何圖形中為畫心，嵌花鳥玻璃片，窗窗不同。正
中窗側掛白地藍花山水畫石屏，窗下置一榻椅，二雲石雙層几。樓
上不知如何裝修佈置，可惜又不得見。依迴廊前行，過一有二槅扇
的方洞門，牆上懸康有為對聯，墨地綠字：風靜帶蘭菊；日長娛竹
陰。另一楹房舍面闊三間，並不隔斷，正中掛金色大匾，墨字「南
來」，相當殘舊，應是古物。下置天然几、八仙桌。對牆一大椅，一
矮案。右側山牆掛四幅山水橫幅，對聯為：雲霞生異彩；山水有清
音。下置一雲石雕花大椅。兩側牆均有八角形套色玻璃窗。窗下置
一几二椅，正中置一桌四凳。牆角花几一對。左側次間與右側佈置
相同，只不過大椅是三雲石雕花式。此間山牆有窗，所以只在南牆
掛了幅木刻版畫。這楹廳堂寬闊敞朗，有兩個門口，可算是一暗二
明。廳內同樣暗紅方磚墁地，綠色海墁天花，一紅一綠，相映成趣。

十三

「讀雲軒」二組廳堂，都用暗紅色大方磚鋪地，採菱形斜鋪式。方磚
斜墁是考究廳堂的裝修。此園中園不但廳堂用方磚斜墁，連四周迴
廊也相同，可見精緻。至於露天部份則用灰白條石鋪，花台腳下四
周鋪園名文磚。

園中園「讀雲」的兩廳堂風格各異，第一組二廳一敞軒二廊院，都

開闊明亮，天花高；第二組是二個三開間廳房，中間一座船廳（回
應小姐樓）。天花極低，室內較暗。嶺南氣候濕熱，我不很明白為甚
麼室內都裝天花，也許是為了承塵，容易打理；也許是磚牆建築，
樑架簡陋需要遮蓋。兩組建築，最不同的還是窗式。第一組原則上
沒有窗，只是門，套色玻璃嵌在門上橢心處，襯底的是櫺花，門扇
都是向前左右推開，然後背對背，所佔空間不大，門口是敞空的。
第二組建築門少，窗多。窗都是橫八角形，有兩種設計。其一是一
個四方窗嵌在八角形內佔去正中的正方形，兩邊的梯形留空，用不
透明玻璃；其二是八角形正中的方框，分為四格，每格一四方窗。
所以一種是一扇窗，一種是四扇窗，窗可開啟，框架不動。

第一組建築的套色玻璃畫片周圍只安無色櫺花；第二組是畫片外四
周加邊框，也是八角形，分八格，每格鑲一片顏色玻璃，有如砌七
巧板。整個圖案外再襯井字櫺條，色彩更見濃麗。所有的四方窗均
可獨自開啟，怎樣開啟呢？我知道有一種窗式名「翻天印」。窗框
中間設橫軸，推出去平面朝天，和開門方向不同。這些窗一扇也沒
有打開，無從目擊了。

十四

迴廊是繞着水池團團轉的，出「南來」館，不久，就到一個方洞門
出口。其實，出口正是入口，就看從哪一個方向入園，而入園又有

不同的通道。方洞門上有「讀雲」匾，鵝黃字雕，浮在一塊湖石形灰塑上。門聯同樣塑在灰雕上，石頂還有一對白鳥，聯為：過橋分野色；移石動雲根。這灰塑設計亦是呼應舊園的「竹苑」，顏色卻素淨許多。園名「讀雲」，為甚麼只見許多石？原來命名取意自「石乃雲之根」。讀石即讀雲。從方洞門出來，已進了鄰旁的園中園。前者為石景園，這是山景園，因為有一座疊石峰，聳立園中，山石上書「鳳來」二字。兩園之間有一道雲牆相隔，牆頭起伏如水波。雖是青磚砌成，卻繽紛明亮，一片翠綠鵝黃。牆上開一列似鍋似壺，非方非圓形空窗與一橢圓形門洞，門邊窗邊飾條框，內嵌綠琉璃通花方磚，依次為蜻蜓、飛鳥、魚龍、花朵圖。這種方磚全園都是，花式繁多。水池圍欄多用幾何圖案；亭、牆則用花鳥蟲魚。多灰塑、多木雕、多陶磚，都是嶺南園林特色。

「鳳來峰」小園面積水面佔四分三，作水泊式處理，只有很少駁石，其他都是石岸。因為不是高台水池，水面幾乎與岸平齊。水泊中心，有三道汀石步徑，足夠遊人嬉戲。如果說進「讀雲」園如同進博物館參觀，這園卻供攀山涉水遊樂，作戶外話動。不愛體力運動的，可以留在北牆廊下欣賞瀑布和山勢。

「鳳來峰」高約十二米，用山東花石崗石疊成，色比黃石淡，比湖石深。山體基層較圓闊，疊有拱洞，漸上漸挺直，石塊橫直交錯，既要連，又要接，有的拼，有的拷。看得見有的石卡進山體，又有石

挑出山體外作懸空狀，愈高愈險。難得的是最後作了個「流雲頂」，幾石向外飄，在上疊石緊壓收頭，形如雲朵飛流，山勢優美。疊山最考功夫，不是說看看甚麼范寬、郭熙，就疊得出來。這山外看是石，裏面機關才多呢。我沿樹幹為欄的磴道攀登山頂，只聽得咕嚕咕嚕的吸水聲，機器把水提升上頂，才造成一瀉如注的飛瀑。山中有土，所以一棵古榕從石中伸出。山頂尚平坦，築有一亭，共有三條磴道可上，兩道較平緩，一道極陡窄，故設鐵鍊在山壁。我是不敢試的。遊園這般驚險也少見。

我所以攀上山頂，不是逞甚麼英雄，主要是：唯有在那麼高的地方才可以看到園林的佈局，尤其是錯綜的屋頂。既然那些小姐樓、丫環樓都不讓我上去，只好冒着烈日辛苦爬山。登高俯覽，非常歡喜，看到建築物的屋頂了。清暉園的屋頂有兩大特色，其一是我喜歡的。江南園林的亭閣軒館，檐角如一群犀牛和大水牛，翹角尖銳而誇張，甚麼「如鳥斯革」，「如翬斯飛」，殺傷力很重的樣子。我比較喜歡北京宮苑的屋頂，檐角平穩，顯得莊重。清暉園沒有哪一座樓台想飛，連清水脊也不做，屋脊上不會伸出兩條蠍子尾，心平氣和，平實安詳。

屋頂鋪瓦，可用瓦片或瓦筒，江南園林多用瓦片，鴛鴦瓦式俯仰砌；皇家園林多用琉璃瓦筒，一節一節套連。粗略一看，清暉園屋頂用的是筒瓦脊，即是：屋面用仰瓦鋪，再在仰瓦壟間覆半圓形筒

瓦，一個套一個，形成一道筒壟。清暉園不是這樣，用的不是筒
瓦，而是施工最簡單、最省料的方法：鋪灰泥條。即「仰瓦灰梗屋
面」。筒瓦似的圓形突起部份，其實是像牙膏條狀的灰泥，蓋在兩
壟底瓦壟之間。

一般屋頂，不論硬山、懸山，都有一條正脊，四條垂脊；歇山頂又
多兩條岔脊。清暉園的屋頂，有硬山式、歇山式，可是，一律不做
正脊，全部做卷棚頂：屋面兩坡相接處，做成弧線形曲面，要用脊
名稱呼的話，是元寶脊、過壟脊。所以，屋頂就像一條條長長的灰
色牙膏條，從前檐上升到屋頂，繞過屋頂，下降到後檐。這樣的做
法，可以說不夠精緻，甚至挑剔地認為偷工減料。但從環保的角度
來看，豈不減卻許多建材人力和時間。又不與人鬥富，樸實就好。
園林多用磚建築就是愛護樹林。也許是灰泥多的緣故，屋頂上不見
有草。草是屋頂的大敵。

全是卷棚頂，會不會單調呢？不會，因為屋頂有山花和山墻，可以
修飾。「讀雲軒」一列四個屋頂（其中一個是廊院頂），三個屋頂的
山牆面上，垂脊兩側博風的檐邊，都加上白色灰塑番蓮花紋。不僅
這樣，整個兩坡側面，還做了排山勾滴（勾頭即瓦當，滴是滴水）。
只見一排短短的灰泥條，排列在仰瓦上。灰泥條的末端用餅形的瓦
當封口；而仰瓦的最外一層，安如意形下垂舌片滴水。排山勾滴可
以保護山牆免受雨水侵蝕，又有美化房屋的作用。因為灰泥梗條是

暗灰色，瓦當、滴水，卻是鵝黃色（清暉園屋頂用的仰瓦也是鵝黃色），使屋頂坡面看似一幅變幻明暗色彩的燈芯絨。

歇山頂的兩側，有三角形山花。「讀雲軒」的廊院中，用四支柱升起的疏空頂蓋，就露出這樣的山花來，以玫瑰紅的灰塑花卉通體佈滿了，與舊園「澄漪亭」的彩飾互相呼應。

除了屋頂，清暉新園的雲牆也以排山勾滴收頂。舊園的磚牆，都是平頂，新園則瓦當、滴水排滿起伏的牆頂，加上漏明窗、圓洞門的白框邊，一片明亮的鵝黃、粉白，在灰暗的背景中突顯出來。

在山頂俯視，可見鄰園的雲牆，牆內的池塘和溪道，屋頂層層疊疊，掩隱在一片樹木之中。山景園中並無任何房舍，除了山就是水，唯一的建築是山頂的石亭。北面的視野遼闊，是一個大園區。與大園相隔的雲牆，一字兒排開，共有五個大車輪漏明花窗。牆的中段有一扇半亭，圓形笠頂，安金木雕掛落，驟眼一看，似「獅子林」的「真趣亭」。這亭原來是園門，門洞開在一幅三花山牆頂的磚壁中。半亭的另一半在門外，一模一樣。「鳳來峰」和西園只有一路可通，即由山徑過去，恰恰是需抓緊鐵鍊而行的險道。還是從半亭的園門出去好些。

十五

從假山頂下來，且去領略一下清涼的樹蔭。山腳就有一棵巨大的榕樹，粗根橫架在另一粗根上，如一道懸橋，樹和山石又形成洞穴。樹根旁邊水泊中一行汀石，有的是三三兩兩或橫或直的條石；有的四方合併如一平台；有的就是個別一塊一塊，分佈在水中，形成一道曲折的步石廊，一直伸到樹洞內。不怕水的話當然可以去探幽了，飛瀑就從山腰瀉下來。附近一片水珠，我站在一塊條石上，水中許多游魚就在腳下。山下有許多樹木，山石上也長着開花和常綠灌木，蔥綠的葉叢中，一點點黃花紅花，許多人沿着汀石走到對岸去了。

西南角的園中園名「沐英澗」，是水景園。由一道堂堂皇皇的有屋頂檐廊的門進去。門上懸棕地藍字「沐英」匾，墨地藍字對聯：柳影綠圍三畝宅；藕花紅度半塘秋。進門是一空窗大屏，窗上橫楣一套清代舊羊城八景的金片玻璃，存世僅一套，十分珍貴。這園的佈局是中間一個八角形大廳堂，採四面廳形式，四周開敞。歇山頂，沒有磚牆，外柱八條，廳中有內柱四條，懸兩對抱柱聯。每邊是八扇長窗，但不落地，窗下不是磚砌的檻牆，而是四幅提裙。是一種木板壁，需要時可以與長窗一起提下，將廳堂變成敞口廳，猶如八角大涼亭。不過，從外面看，提裙明明虛閉，到室內看，卻是密封的。為甚麼呢？我看，廳的四周環水，如果提裙可以提下，那麼，

一旦甚麼人樂極忘形，不小心踏錯步，就會掉到水澗裏。長窗砌十字如意欞花，只在中央鑲嵌紅地白花卉四方形玻璃畫片。橫楣則嵌正方形拼彩大花玻璃片，蓆格紋地。廳堂內各窗下置二几四椅，兩道門邊各置一雙層几二躺椅。廳門為兩扇小楅扇門，門頂是四方形玻璃，半朵彩花，層層向外作放射形，近西洋樓房門頂的風格。

八角廳四周由池水環繞，向東流向「鳳來峰」水泊，向西流向另一個大水池。園門另有一道水澗流過，上置石板平橋，也算水道縱橫。水澗兩邊築磚欄，夾琉璃寶瓶漏孔欄飾，欄面鋪平板紅磚，沿欄置盆花。從八角大廳東行過橋，迎面是一幅雲牆的截面，兩邊花木掩映，牆面開五個世運標誌式圓窗洞，洞孔繞鍛鐵梅花，點黃色花心花蕊。窗下疊石貼牆，空出一洞，澗水充盈，是過水花牆式經典理水法。水澗中除了金魚漫遊外尚有睡蓮、荷花、水竹。都用盆植法，把植物先種在缸盆中，再放入水澗。園分東南西北方向佈置春夏秋冬四景，這景名「駐春」，刻石上。

十六

園的西面又是個蓮池，但南牆有一座假山，約三米高，體態寬廣，石形錯縱，有山洞可探，亦有磴道上頂，可惜，洞口水柱傾瀉如水簾洞，洞內地面一片濕滑，只得放棄。這山石應是夏景。蓮花池是一四方形池溏，磚欄圍繞，南北各有一廳堂，成對照局。均是面闊

三間。南廳立面正中，為窗格式門罩，安玻璃套色橫披和檻窗。次間是清水牆，中間一個圓窗，彩色玻璃在戶外看並無顏色。廳前步廊，立四支方柱，柱頂兩端安彩繪鳳凰牡丹雀替，末柱安一邊。至於屋頂，正間比次間稍高，雙坡面。廊下設扶手鉤欄，作卍字紋飾，髹鵝黃色。

廳內正中只掛一畫，標準的天然几、八仙桌擺設，不過，靠背椅旁又添置一大型太師椅。正廳兩邊亦是對照式，都用精雕落地飛罩相隔，飛罩刻荷花飛鳥。西廂房貼牆各一套几椅，面廳的牆掛山水畫，旁為對聯。側牆掛白地紅色剪紙。另一側牆為圓窗。東廂房為書齋，面廳一件三抽屜書桌，一椅，桌面置花瓶、墨硯、八折雲石小畫屏。牆上掛四幅扇面，牆角一花几。側牆為一寬闊多寶櫥，放十件壺、碟、碗、缽、瓶案清玩，顏色素麗，形態古雅。櫥側置一几二椅，上掛扇面剪紙二幅，白地紅鏤。牆角一花几。

隔池看北廳，亦面闊三間，正中六幅檑扇門，次間半窗半檻（亦屬提裙），檐枋通面闊安四方套色玻璃飾窗共九框。步廊外搭涼棚，已有半棚攀藤。四支廊柱都安雀替。屋頂採「山花向前」式。山花本是歇山式屋頂側面的三角形部份。把這三角形用在建築物正面，即山花向前，是宋代建築常用的形式。入廳為六幅山水畫屏，亦在八仙桌旁椅側再加大太師椅。兩邊廂房置落地飛罩，擺設相同，都是長椅面廳，側牆和長窗下設一几二椅。側牆掛字畫與四幅花卉掛

屏。正中各有圓形一桌四凳。唯一的不同是東廂面廳的牆也有花窗
（西廂牆為實面），故懸一山水畫和對聯：煙月資清真；苔草延古
意。這對聯與「讀雲軒」竹聯同，但上下聯顛倒。廂房窗花都是紅
底白花卉，四幅一組，有剪紙趣味。廂房中窗下椅子頗特別，靠背
嵌彩色人物畫雲石。廳堂扶手椅背為荸薺形密地刻花鳥，典型的清
代廣式家具。新園家具可能有不少是東園舊物，清式，多雕鏤和嵌
雲石。

這一組對照廳室內又高敞了。室內一般無柱，但為了裝落地花罩，
也安了高柱，並且有幾層欞花橫楣。兩廳的窗也是一窗框分四格，
四個獨立正方形窗都可開啟。設計形式也是用顏色玻璃七巧板式先
砌邊框，再加畫心。所有的窗都沒有打開。窗下既然都放置几椅，
我估計各窗不是「翻天印」式，不然的話，坐在窗下易被打開的窗
框碰撞。

十七

從清暉園的廳堂佈置，可看出來一個模式。因為是磚木建築，三面
磚牆，沒有金柱、山柱，進深淺，廳堂擺了天然几、八仙桌，圓桌
四凳後，兩邊再也放不進相對的几椅。面闊三間的室內空間，都分
隔為東西廂，經典的家具擺設無法實現，廳堂明間相對的几椅只好
移到次間的牆下和窗下。

磚牆廳堂只有前檐門，沒有後檐門，少了木建築空間隔斷的靈活性。磚牆不能移動，槅扇門和屏門都可拆可移。江南園林的廳堂中間往往安屏門或槅扇，可刻字畫、可安絹紗，能隔能透，多姿多采。室內外多柱，可掛抱柱聯，楹聯。江南園林為白粉牆，所以軒館窗外多築院牆，佈置花石，形成窗景。小院多，空間多，廳堂往往獨立，有許多走廊相通。磚木廳堂比較封閉，佈置也顯得變化不多，只靠門窗和檻牆實是局限。但清暉園的突破，是發揮色彩，用套色玻璃畫片，獨特的木雕彩繪掛落和枋板，以及灰塑，又用南方花鳥瓜果為題材，自成風格。「沐英澗」最西為竹窗花牆，植一列紫竹和斑竹。八角廳西種許多丹桂、銀桂，到了秋天，必定木樨飄香，滿院桂花。

十八

新園北面是一大片空間，以橫貫的曲折遊廊分為南北兩半。北為樓房區；南為園區，佈局較三園中園疏，成為對比。南部主景只是一大廳與一大水景。這片水作湖泊形，湖面寬廣，三面以石駁岸，石塊或橫或直，低處設石磯，高處疊成小假山，剛好伸出一棵樹幹分叉大樹，樹下建一四方形，亭與兩端遊廊相連。平地造園，都是挖土成池，泥土推岸邊成丘阜，就有土山，再堆石。湖岸四周除了堆石還有許直立的石筍，配鳳尾葵、美人蕉、海芋等花木，高矮環繞。

舊園荷花池畔那兩株倒斜水面的楊柳，如果長在這湖邊必更添姿
采。湖中也散栽睡蓮與荷花，亦都用缸盆栽法，可免荷花泛濫，把
整個湖面掩蓋，連月亮倒影和金魚也看不見了。池中錦鯉眾多，一
大群結隊而游，真的是魚貫而行，貼近水面，大概是餓了，並不見
人餵飼。湖邊東南角為磚砌堤岸，東面是與舊園相接的甬道，南面
是三個園中園的雲牆。半亭門外，有一座花台，上面除了栽植花木
外，還置一塊泥黃色倒豎蜻蜓式獨石，似為蠟石，形貌如馬鈴薯，
上刻篆體「流玉」二字。這二字，到過蘇州「滄浪亭」的人都認識。
為甚麼把它臨摹在這裏？原來是向「滄浪亭」致意，因為大園的碧
水，就是引入該園的宋代石法。水岸用黃石及本地龍江石駁砌，還
砌了五百羅漢群石，得仔細去辨認了。

花台旁是一個湖邊六角亭，西面正是園中最漂亮的大廳「紅蕖書
屋」。這廳雖在湖邊，因為湖形轉折並非直線，不能如別的荷花廳
那樣可設臨水闊平台，故特意退後，建於四周更空敞的位置。廳是
四面廳式，但形狀為 T 字，共有八面玻璃，通體透明。本來，四面
廳最適合安落地明窗，「紅蕖書屋」的窗，幾乎落地，沒有裙板，以
提裙代替檻牆的部份，為井字形木框，安白玻璃。窗可以打開，提
裙則不能提。但提裙極矮，可一步跨過，有如門檻。其實，窗開是
難，不開又是難。不開，廳內沒有空調，沒有風扇，熱；開了，彩
色窗花圖案在室內都看不見了。只能是座套色玻璃展覽館。

清暉園不論舊園新園，建築物的門窗，都鑲套色玻璃。這些玻璃，大體分為兩類，一類是畫片，本身蝕刻了花卉、博古圖案或文字，質地是玻璃，但也有瓷片。顏色以紅地白花藍地白花最多，白色部份透明。瓷片則不透。形狀有圓，正方、長方、橫方、海棠、如意形圖案。瓷片多為圓角長方形。這些畫片，大小如碟，裝在槅心，四周以欞花襯底，但大多數用彩玻璃框在四周，成為較大的圖案。

第二類彩玻璃，並無畫心或瓷片，只是先作線框圖案，再填入五色玻璃，彷彿西方教堂的彩窗。有的獨立成一幅簡單的圖形，有的則用來配在畫心四周，以幾何圖案樣貌拼貼，如七巧板。顏色較多，紅藍黃綠，實心透明只有色彩，沒有蝕刻的花卉。但可砌成梅花形、十字形，有一種萬花筒的效果。

十九

初看「紅葉書屋」，以為四周都是長窗，每扇長窗共三格窗花，幾乎到地，這樣的長窗共三十四扇，楣上另有橫披，也都是套色玻璃。可是，走近看，除了門的槅扇，再無長窗，四周都是一個個方窗，正方形，個個窗花不同。甚至有幾個只鑲光玻璃。書屋的設計其實是八面大框架，上有楣，下有檻，中間呢，是木方框，每框嵌一個彩窗。這種特別設計名「滿周窗」，即四周滿滿都是窗。其形制三窗一組，直三扇橫三扇，一組九個窗。書屋每邊有兩組窗，所以，

直的一列為三窗，橫的一列為六窗，單是一組立面就有十八扇窗。較闊的兩幅面，還要加多一行，為七行窗。空的兩端則二行。真是窗的世界。

這些窗是怎樣開啟的呢？「翻天印」式還是左右直推出式？不論甚麼形式，如果把整座建築的一百零二個方窗都打開，將是怎樣的風景？可不像一頭展翅的大鳥，可以振翅飛翔。「紅葉書屋」建在較寬敞獨立的空地上是有理由的，因為打開窗子，可要佔據許多屋外的空間，連檐廊也不通行了吧。這麼美麗的一頭孔雀，不知道甚麼時候願意開屏。

「滿周窗」一說是「滿州窗」，類似北方的支摘窗，南方名和合窗。三格一列，其中一窗可摘下，一窗可推出支撐，一窗可固定；屬於清代廣州「旗下屋」（滿人住宅）的窗牖。窗的構造分窗心及襯底，有如斗方書畫及其襯邊，襯底櫺子以曲子、直子等構成各款圖案，鑲彩色玻璃或光片。滿州人的窗飾，的確與江南園林不一樣。江南園林多數只用櫺花，北京宮苑的槅扇則嵌景泰藍琺瑯、寶石、玉雕。通商發達的廣東，承繼了宮苑的繁縟，恰好用新穎的西洋套色玻璃來取代玉石和琺瑯。「書屋」廳堂中空，沿窗置家具，闊面一字兒五套几桌平排，共十桌四几，加兩個花几。較窄面排四几八椅，側面最短牆僅置長椅。

因為沒有牆體，不得不用立柱了。整廳共十二支立柱，既有柱，就可掛聯，大廳堂內當然掛聯：不拘乎山水之形雲陣皆山月光皆水；有得乎酒詩之意花醋也酒鳥笑也詩。讀來似不甚高明。廳堂體大，出檐遠，四周成步廊，都建廊柱，柱頂兩側外方安雀替，內檐屋頂是似藻井非藻井的海墁天花，中間冒升一層。步廊方磚斜墁，條石散水。大廳有兩邊門，東門廊口裝落地飛罩，刻菊及回紋，檐前掛黑地綠字「紅葉書屋」。西門外安鵝頸椅，面水。這麼大的花廳，無書無桌，請人來說唱「木魚書」最好。

「紅葉書屋」西，是「清暉新園」的另一個園門，位於藍田路。入門見廳，我覺得還是從舊園進來較好。書畫家在作品上都有題款。這麼有趣的園林是誰設計的呢？我看不如在這園門的內牆一角，刻上造園者的名字，甚麼人掇山、理水、設計樓台軒館，也好讓我們知道一二。

<h1 style="text-align:center">二十</h1>

園的北部是「留芬閣」。從「紅葉書屋」北行，會經過盆栽小院，然後又見一座小假山。舊園有個用英石疊的黑黝黝「斗洞」，我沒有看出它的玄妙。新園的這座疊石，倒應稱為斗洞。它是一座約二米高，四、五米圓闊的矮石山，石塊頗似黃石，色澤也是土黃色，但用的是英德的風化石，成吸水石山，採取古代山水畫的「披麻皴」

法處理。整座山似從水上升起來，通體濕潤，長滿蕨類植物，或從石縫中冒出來，或攀附在石面。山腳似浸在沼澤中，石腳四周是燈心草、蘑菇、馬蹄等植物。山的四面都是洞口，中間是空的，拱洞四壁也掛滿植物，枝葉下垂。山洞寬闊明亮，四方八面相通，山腳水面佈滿步石，走進洞中，頓感陰涼，兼有野趣。石是雲的根，這一座蔥綠的疊石，就叫做「綠雲」。清暉園的石種也算多了。假山除供欣賞，還可以延長遊園的路線和時間。在不大的空間中，迂迴曲折，步步有景，正是造園之旨。

「綠雲」旁邊的遊廊，環繞一池碧水，如同溪流，用花石駁岸，取名「虎溪」。旁邊的六角亭上有「虎溪三笑」灰塑壁畫，描述東晉名僧惠遠與陶淵明交往的故事。另一幅「解語之花」則比喻楊貴妃。這些塑畫與舊園的「蘇武牧羊」相呼應。

「留芬閣」是另一園中園，有不同的方向進入，但它仍擁有自己獨立的小院門，以示身份。高檐下掛黑地綠字「留芬」匾，對聯描述小園景緻：玉樹留芬春暉永駐；芳園涉趣清韻徐來。小園中以樓閣為主景，三楹房屋並立一起，似連還隔，其中一楹，遠遠就望見了，足足有三層高，整體四方。如果不是蓋了個歇山頂，還以為是西洋建築的塔樓，閣下是四方形廳，歇山頂，恰似高閣的抱廈。高低兩個屋頂都採「山花向前」式，素面，加排山勾滴。上層重覆玫瑰紅灰塑畫面。此花卉圖案其實是懸魚與惹草的變體（懸魚，本是魚

形，垂掛在山牆最高處；惹草，山花岔角的花紋）。魚、藻是水中生物，喻意防火。

樓閣前有一橫一直二小高台荷花池，又有高台花壇四周環繞。荷花池間有白石圓拱橋通向樓閣。東側一楹房舍兩層高，樓上有扶手鉤欄，歇山頂就不再移轉了。這組樓房的屋頂，各有各向，是同中求異設計。樓下小廳槅扇門的套色玻璃最精緻，是菱花形，圓角長方形玻璃片藍花尤美。另有四格窗花玻璃片竟是四首不同的詩，有正楷草楷。正楷字跡更清晰，其中一首是杜甫的五絕《八陣圖》。

抱廈形大廳的面積是亞字形，立面向荷花池，由兩側凹角小門進入，正前方安圍屏式窗，兩側各一組，正中六組窗分上中下三格，屬於和合窗的變體。中格窗不能開，是六幅精緻的藍地白花八仙圖。本來是八幅一套，現只存六幅。上下可打開的正四方形窗，幸而有一扇敞開了，才知道是較罕見的直軸旋轉式。推出去仍是左右向，但整個窗可轉動，如旋轉門。窗下為檻牆，置二几四椅，正中擺圓桌四凳。

二楹樓房中間有夾道，可以通向屋後。仰見高閣四面皆長窗，想知是四面廳。二樓有露台和石欄杆與鄰樓相通，別有曲折。二樓平台有一下水道，直落樓下水池，當是收集雨水的渠道，卻用竹節花琉璃筒連接，彷彿一支翠竹倚在牆邊苗長到高樓，頂上還塑鳥巢，巢

上有鳥。可見造園細部巧思。

<h1 style="text-align:center">二十一</h1>

「留芬閣」樓房的背後是園的極北，有界牆與街道相隔。沿牆遍植草
木，弧形遊廊向東南伸展，可達「竹苑」。竹苑一度是舊園園門入
口。遊廊一側是界牆和樹木，另一側是蜒蜿而來的碧水，從蓮池、
水泊、水澗、湖溪到了這裏，因為樓高，水面顯得低，山石嵯峨，
掩蔽牆體，水面蓊鬱幽暗，彷彿淵潭，又是水景另一面貌。遊廊中
段亦用英石搭了個疊石洞門，和舊園呼應。清暉新園承繼了舊園許
多風格，譬如清水磚牆、雕花檐枋和掛落、芭蕉落地飛罩、海墁天
花、方磚斜墁、條石散水、四層柱礎、彩繪灰塑、紫洞艇、熱帶花
果、英石⋯⋯套色玻璃畫片更發揮得淋漓盡至。再加上勇於創新，
打破古典建築傳統束縛，成為別具風格的園林。

門券上印有清暉園大門的圖片，門樓式牆體中一扇朱漆大門。我所
見的門口已改為棕黃色，上有獸面環。朱漆大門哪裏去了？大概因
為門上竟有十一路金色門釘吧。北京紫禁城宮苑的大門，也只用九
路門釘哩。

江南許多園林都闢有茶室，甚至有遊人自己帶備茶水，提着熱水瓶
和杯盞，坐在涼亭或面水平台，一面喝茶一面欣賞園景。清暉園內

沒有茶室，新園更好，連小店舖也沒有，純為景點。但並不是說廣東人就不愛喝茶了。廣東人愛飲茶，一大早，楚香樓前的空地，就擺設了數十張桌子，坐滿了茶客，不但茶壺茶杯滿桌子，杯盤間還佔滿了點心，蝦餃、燒賣、腸粉、叉燒包、牛肉、粉果⋯⋯樹上可以掉一個人參果下來，落一個白果下來，抖幾條蟲下來，而茶客們熱鬧地談天說地，吃喝幾個小時。到了下午，桌椅一張也不見了，第二天清早，又是一番熱鬧。這才是清暉園的序曲。

朋友的母親張老太跟清暉園有點血緣，她的外祖父是龍氏後人。但抗日時避地香港，漸漸再無來往。人情的聚散，各有因緣，何況是一個園子呢？

一九九九年四月

怡紅院的室內設計

大觀園眾多單身宿舍中，室內設計最特別的是怡紅院。佈置之新奇，相信賈政、賈珍沒有這個本領，至於賈母，最多對窗紗的顏色和小擺設自稱是能手，也不算設計家。賈寶玉不知有沒有出過怪主意，惟一的創作者自然是曹雪芹。

怡紅院是一座五間楹屋，古典建築的「間」，和如今的空間概念不同。我們如今說一間房子，是指一整座房子，古典建築的「間」只指室內的空間，指四支柱包容的面積，有點像現代寓所中的房間。五間楹屋即一座五開間的房子，是橫向的闊度，也即是面闊。縱向的空間則是進深。古典廳房，大都是木建築，室內不砌牆，只用板屏，槅扇或飛罩分隔。

五間是很寬闊的房子。七間、九間只有宮或寺廟才有。民間房舍，即使相當富裕的官家，也往往只建三間。蘇州網師園的住宅廳堂是

三間，而留園的楠木廳才有五間。正中入門為明間，室內佈置的模式是天然几、八仙桌、太師椅；正中擺一桌四凳，兩旁置扶手椅和茶几，二几四椅成東西向各一排，面面相對。明間兩旁為次間，貼牆擺玫瑰椅和茶几。如果為五間屋，則次間兩邊的梢間，另擺坐榻，一如蘇州留園楠木廳，或者闢為有板隔的廂房，如蘇州藝圃的博雅堂。

怡紅院是五間，有足夠的空間，不僅闊，而且深。一般的廳堂，前後均有門，但屋後的門大多隱蔽，入門見不到，由一堂板屏或槅扇遮障。槅扇四幅、六幅、八幅不等，要看廳堂的闊窄。鴛鴦廳比一般的廳堂深，因為建築的特色是容納前後兩個大廳，中間由槅扇隔開。女眷坐在後廳也可以聽到前廳的藝人唱崑曲。至於留園的楠木廳，槅扇是彩繪的紗，透過隱隱透視的紗面，還可以看見前廳的人物動態、姿勢甚至面貌。

怡紅院完全打破了一般廳堂，甚至鴛鴦廳那種規範的佈置，根本不用「日」字形分隔，而是四周都是槅扇，成一「回」字形。既是這樣，也不必什麼天然几、八仙桌等等嚴謹呆板的擺設。蘇州拙政園西部有一留聽閣，閣內擺了一套特別的槅扇，曲尺形三幅相連，共四組十二幅，也是回形，不過是開口的。在槅扇的中心，四邊都有入口。如果依這個形式，再添斜角或十字形槅扇，那麼，入口更多，仿若迷宮。怡紅院大抵是這樣子。

一堂槅扇，多數四幅或六幅成套，看看裙板上的圖畫就可得知。梅蘭菊竹，是四幅一套，八仙就是八幅了。隔扇有兩面，正面可以是山水人物，背面又可以是翎毛花卉。流雲百蝠、歲寒三友都可各自成套。怡紅院中既有上述的圖案，又有集錦、博古以及各種花樣，槅扇超過三組是有可能的。這批槅扇擠滿一個空間，槅扇本身又可以是板屏，木面鏤空、摳成槽子，依古董玩器之形，把琴、劍、懸瓶掛上去，嵌進去。另有一些屏隔，就象書架，分成若干格，可以貯書，擺鼎，安置筆硯、花瓶、盆景，相信這些就是碧紗櫥。由於屏隔雕空，五彩銷金嵌寶，所以一片金碧輝煌，反映了清代北方宮苑室內設計的特色。

這佈置除了屏隔間空隙多，入口多，顯得曲折迂迴，特別的是，還有一面玻璃大鏡，能以機關開合，更加令人團團轉。鏡子背後，則是賈寶玉的臥室，擺了小小一張上懸大紅銷金撒花帳子的填漆雕花床。床頂正是賈寶玉收藏禁書的地方。

怡紅院的室內佈置和瀟湘館、蘅蕪院及秋爽齋形成強烈的對比，一是俗，一是雅；俗的像脂粉氣的閨秀臥室，雅的反似素淨的公子書房。瀟湘館門口掛湘簾，窗前掛鸚鵡架，窗下案上放着筆硯，書架上磊着滿滿的書，一片翠綠蔭涼。蘅蕪院是雪洞一般，一色玩器全無，案上只有一個「土定瓶」粗陶，供着數枝菊花，並兩部書、茶奩、茶杯而已。床上吊着青紗帳幔，衾褥也十分樸素。不過，這些

雅致的廳房都被賈母惡俗的品味給破壞了，變得色彩爛豔起來。

瀟湘館的建築，是「小小兩三間房舍，一明兩暗」，可見並非大型廳堂。至於「兩三間房舍」，大抵是指兩座三開間闊的房舍，面闊三間，才有一明兩暗。明是正間，因為是入口，槅扇門一般都會打開一二扇，室內光線較明亮。正間兩邊的次間。裝地坪窗，欄杆部分有如矮牆，打開的只是上半層的隔槅部分，如同窗子。兩暗一明的房舍，正間多數是小客廳，次間相傍用飛罩相隔，可以掛幔子。兩間次間，一間是黛玉的臥室，另一間可能是紫鵑和雪雁的居處。所謂裏間應指臥室，外間指小客廳。

單身宿舍的設計，其實很花巧思，像蘅蕪院，又是一座建築，五間清廈連着捲棚，四面出廊，和怡紅院一般寬闊，還多了捲棚，難怪寶釵這邊可住許多人。

和瀟湘館一樣，秋爽齋也是面闊三間的房子，卻不曾什麼屏隔、飛罩之類的東西隔斷，顯得拓朗。當地放一張花梨大理石大案，上磊着各種名人法帖並數十方寶硯，各色筆筒筆海內插的筆如樹林一般，一個頭大的汝窯花囊，插着滿滿一囊水晶毬的白菊。西牆上當中掛一大幅米襄陽《煙雨圖》，左右掛一副顏真卿墨跡的對聯，案上設大鼎。左邊紫檀架上放個大觀窯的大盤，盤內盛着數十個嬌黃玲瓏大佛手；右邊洋漆架上，懸着一個白玉比目磬，旁掛小鎚。

東首設臥榻，拔步床上懸着蔥綠雙繡花卉草蟲的紗帳。秋爽齋應是大觀園單身宿舍中，女子居室最有風格的佈置，本來進門所見的廳堂格局給移到了西牆的次間，而東次間則放臥榻。室內既不分隔，難免進門一目了然，可是作者自有巧思，探春的臥具是拔步床。這種床，床前有些空間，然後是框欄，根本似一小房間，於是得以維護私隱。畢竟探春是賈家小姐，擺設都是府中之物，不若黛玉、寶釵屬寄居。以探春的個性，相信也不至於受到賈母的審美眼光來擺布。怡紅院的廳堂像個迷宮，要進寶玉的臥室似乎相當困難，可是要看看主人翁的話，又非常容易。黛玉不過來到院中房子外面，從窗外隔着紗窗往裏看，就見到寶玉睡在床上，恰恰又見到了作針線的寶釵坐在一旁。貌若極隱蔽，忽然又極透明，正是怡紅院有趣的地方。中國園林廳堂不少，如今無論北方、南方只怕都找不到相似的室內設計。那麼，怡紅院是作者虛構的吧？可是，看看脂批怎麼說：「皆係人意想不到，目所未見之文，若云擬編虛想出來，焉能如此。」這段話說明了怡紅院的室內設計本有原型臨摹。卻又在什麼地方？有的人以為原型是北京紫禁城的養心殿，因為屏、紗櫥、綺櫳都多。可是養心殿並不似迷宮。

近讀考古學家朱江著《揚州園林品賞錄》，提到李斗《揚州畫舫錄》裏，寫到水竹居，有這麼一節：靜照軒東隅，有門狹束而入。得屋一間，可容二三人。壁間掛梅道人山水長幅，推之則門也。

水竹居這房子顯然狹小，只容二三人，但奇的是，一幅畫竟是一道門。可見，這狹窄的空間就是逼人去推動山水畫，進入另一空間。那空間又如何？李斗寫道：門外又得屋一間，窗外多風竹聲。中有小飛罩，罩中小桌，信手摸之而開。

這是第二層空間，也是很小，不過有窗，室內有小飛罩，大抵是要把另一室分隔開，奇的是打開的方法竟是觸摸小桌。真像玩網路遊戲。這第三進小室又是什麼樣子？李斗這樣寫：入竹間閣子，一窗翠雨，着須而凝。中置圓几，半嵌壁中，移几而入。

這次要推動半嵌在壁中的圓几才能進入另一空間。接着的文字是：虛室漸小。設竹榻，榻旁一架古書，縹緗零亂。近視之，乃西洋畫也，由畫中入，步步幽邃。

以為到了內室，原來還有去處，卻是從西洋畫入。不知如何入法。用機關麼？怡紅院的玻璃鏡是用機關開合的。這時又進入何處？文字寫道：扉開月入，紙響風來。中置小座，遊人可憩。旁有小書櫥，開之則門也。

小書櫥又是門，再前進又如何？李斗描述：門中石徑逶迤，小水清淺，短牆橫絕，溪聲遙聞，似牆外當有佳境。而莫自入也。嚮導者指畫其際，有門自開。粗險之石，穿池而出，長廊架其上，額曰

「水竹居」。

兜兜轉轉，原來是到花園的一角來了。水竹居本是清代徐士業家園，園景主要為小方壺和石壁流淙，園的最後景點即水竹居。

怡紅院的設計，層層疊疊，說不定和水竹居有點關聯。若認為脂硯是李煦之子李鼎的話，那麼李鼎這位花花公子熟悉揚州園林是不奇的，因為揚州多瘦馬。

一九九九年十二月

從一幀劇照看《赤壁》的室內設計

在一份報章附送的刊物上看見葉錦添談電影《赤壁》的文章，附了若干劇照，其中一幀很寬闊，呈現諸葛亮造訪周瑜，主客二人彈琴對答。劇照的內容非常豐富，電影呢？印象只有明星的特寫、強勁的琴聲。在劇照中我看見了什麼？

一、席

二人均坐地上。隋唐以前，室內尚無桌椅。要坐的話，先在地上鋪一席位，可鋪獸皮或植物織品，可一人一席或二人同坐一席。鬧翻了，同坐者大可割席，像管寧。

二、鎮

席的邊角可能因為坐者移動而折摺，易拌人，所以得用重物把四角

諸葛亮

鎮住，因此，席鎮一套有四枚。可以用石頭、銅、玉等材料，更可製成不同的動物或人形。劇照中用的是金色鳥形銅鎮。

三、坐

劇照中孔明在左邊正在彈琴，坐姿應是跽坐式，即是雙膝着地，雙腳向後，臀部並不壓住腳後跟。這樣，重心向前，上身才能挺直前俯，方便雙手活動。周瑜在右邊，沒有彈琴，那是小休狀態，採用了不同坐姿：臀部壓在腳後跟上，重心稍後，上身並不前傾。

孔明的坐姿非常端麗，也很恰當，衣衫整齊，尤其是膝部緊貼，毫無皺褶。反觀主人的周瑜，有點凌亂，雙膝分離，這是傲慢無禮之態。

周瑜

四、衣

孔明這身打扮，彷彿是從漢墓走出來的人物，例如陝西景帝陽陵、
長沙馬王堆的陶俑；身着白色直裾深衣長袍，交領右衽，共穿三重
袍衣，外衣領口、袖口、衣襟皆鑲細窄紅色錦絲，腰繫色帶，佩玉
飾。雜佩一般會較長。髮式為前額中分。因為作客，所以簪冠，其
實，用葛巾更瀟灑。葛巾，可不是諸葛巾，而是褐布裁的幅巾，包
在頭上，在腦後垂下兩條巾帶。周瑜的衣袍素淡，焦點在腰帶的顏
色，卻給琴兒遮住了。

五、燈

周瑜坐席左右，各置一座十五連盞銅燈，同時點燃，既有光，又有

動態，的確明麗，燈盞本身如一棵枝幹繁茂的大樹，樹上有盤龍和鳥，還有一群嬉耍的猴子。孔明這邊是三支朱雀燈，鳥的造型優雅。使場景生色不少。

六、爐

連盞銅燈旁邊，各有一支約一米高的薰爐，爐座、爐柱和爐身都雕了龍，爐身像球，頂上山峰層層重疊，所以又名博山爐，爐中的香料，就從細孔中飄出。孔明這邊的三足立鳥薰爐則放在案上。

七、屏

屏是古代廳堂中重要的家具，不但可以營構獨特的室內空間，擋風、障蔽，也可標示主客的席位。周瑜之席面南，背後是一幅高大的獨立插屏，彩繪畫中為飛騰的雙龍雙虎，龍虎對稱，氣勢不凡。這漆屏帶紅格框鑲黑邊。周瑜左手方向則是一座通體縷空透雕的矮屏，中心畫面為鹿鳳雀蛇蛙相互追逐，雕工精細。孔明背後則是一長一短二幅插屏，由竹編成，特色是竹間有空隙，透視屏後的另二座十五盞連燈的熒熒火光。使我想起一副上聯：點點紗窗，個個孔明諸葛亮。眾屏都帶朱紅色托座。

八、扇

透雕漆屏旁邊，豎立一支約二米高的長柄竹扇，扇面橫向呈梯形，用細竹篾編成，周邊以素絹包縫。扇面中央，用更細的竹篾，編出一朵蝴蝶鬚形卷曲花飾，異常漂亮。並無侍者持立，顯然是裝飾用，配對竹屏。說到扇，東坡詞說的「羽扇綸巾」，說的是周瑜，但我們知道，東坡有詩人的特權，他筆下的歷史往往「想當然耳」，倘要深究，「羽扇綸巾」的人物，史書說的其實是孔明。

電影中孔明手中握的不是羽扇，是塵尾。而綸巾不一定是頭巾，而是披肩，需另文細說了。

九、櫃

矮漆屏側，有三件特異家具，一為箱，一為多寶架，一為四面坡屋頂形櫃。後二件高家具，當時罕見，令我莫名其妙。大概用來填塞隅角的空白。多寶架上擺了三個銀色高形物，我猜是酒籌筒，裝了行酒令時用的酒籌。也許是個滴漏，待考。

十、案

二人身旁地上各有一小案，上面放了飲食具，這種案體小，是舉案

齊眉式的矮足小案。一案上有碗形耳杯（酒具），另一有高柄的豆（食具）。小案旁另有高案，上放薰爐。二人彈的琴擱在一曲形三連足家具上，此物我稱為几。案是放在地上的，用來承物。几則放在席上，一般不承物，只讓坐者前靠，把手臂擱在几上休憩。彈琴時几上放琴。所有几案、食具、屏風、插座，都是木胎漆繪，以紅黑二色調配，儼如楚人風範。

屏風外可見樹木，場景似是敞軒，室內外空間互通，整體設計考究，可見美術指導的心思。

二〇〇八年八月

在書房裏玩隔間遊戲

記得許多年前，一位編輯朋友想到舍下來做訪問，我直言相告，家母年老體弱，需要休息，不甚方便。她說，那不要緊，到你的小房間去談談好了。我只好笑，因為舍下總共三個隔間，一是浴室，一是廚房，此外則是個約二百呎的正方形空間。在我家，客廳、飯廳、臥室、茶座、花園、運動場，的確一切齊備，端看你怎麼看，而且，它還是不錯的書房。

小小空間住幾個人，得容納必需的家具，床櫥桌椅之外，還得放樟木箱子、冰箱、坐地風扇、唱機、盆栽。但我仍在這狹窄的空間塞進八隻書櫥。母親和親友搓麻將，要縮在門角；妹妹沒處擺梳妝檯。即使家居也暴露了讀書人的文化霸權。八隻書櫥，如何砌七巧板，讀書人其實最希望家徒四壁，可以只放書櫥。我把兩個櫥相連貼牆，進佔了原來可以懸畫和日曆以至掛氈的牆壁；一個貼窗放，更糟，把兩扇窗口堵住。矮書櫥總算有貢獻，完成肩負電視的重

223

任。另外四個書櫥，背對背，邊靠邊而立，擺在房間中央，成為我家著名的「九龍壁」，分間出廳房前面會客，後面休息；前面讀書，後面靜思，出入之間，略近布萊希特的「間離效果」，要是圍着它們走，還可以唱團團轉，菊花園，運動運動。

書櫥陪我數十年，書本原該愈積愈多，可我的書本卻愈來愈少。早幾年病了一場，對生命毫無把握，把一半的書扔掉了。有的書估計不會再看，有的覺得不好看，有的到處易找；有的雜誌，只有一兩篇耐看的東西，就撕下來，其餘的扔掉。過一陣稍有悔意，是否輕易地肯定，草率地拒斥？如今卻又無悔了，反覺從容。讀書這件事雖說為學日增，一旦成為物累，也該明白為道日損。人的意識有所謂意識流。書，我想，其實也應該有書流；流動遷徙，不要停留靜止。是人看書，不要讓書看人。最好的書，大抵要過一種吉卜賽的生活，到處流浪賣藝，某時某地受人欣賞最好，也不怕最終為人拒棄。

如今較少上書店。想逛的中文書店都開在二樓，以我目前的體質，走完那些樓梯，步入書店已感氣喘；面對一列列書，戴的又非漸進式眼鏡，只見書本浮遊，不得不趕緊回家休息。幾家大書店，常常要攀上三樓，買書又沒有折扣。英文書店的好處是不用爬樓梯，可是，連企鵝這種紙頁糊在一堆的版本也動輒百多元，更不用提畫集和攝影集了。不常買書，幸而仍有書看，得感激我的朋友。朋友都是每星期逛幾次書店的人，買得新書新雜誌，都借我閱讀。我有時

想，一群朋友，合組家庭式圖書館豈不好，每人專買一類書，時時見面，互相交換閱讀，既可避免書災，又可擴充書房。但讀書人大都愛坐擁書城，一本好書不成私有，隨時把玩的話，就若有憾焉。如今的人結交朋友，是否仍有古人的情義？也許，因為環境改變，或者為生活奔波而疏離，看來，增殖書房也只是夢想。

歲晚上朋友家探訪大小花貓，只見一片新年氣象，大門貼上門神，窗前兩盆花蕾密密的水仙；書房一副對聯：「無後為大，著書最佳」，是胡適當年贈陳衡哲的句子。戲謔文字，但鼓勵女子寫作，不拘泥於做賢妻良母、結婚生子，倒沒有大男人主義。書房是藏書之處，也是寫作的好地方，若擁有好書房，寫出好文章，的確相得益彰。朋友讀書寫作，大貓在書櫥頂冥想，小貓伏在窗台上看主人翻動書頁，書房中兼有聰敏小動物出沒，靜寂中充滿朝氣，平添許多樂趣。

但真要讀書寫作，誠如朋友所説，也不一定要在書房，就在運動場也無不可，有人甚至可以在監獄裏。在運動場、在監獄，畢竟都不是常態。我還是喜歡回到書房來。衣魚一定同意我的意見。近來發現衣魚十分美麗，米粉白色，全身細銀鱗，頭上有兩條長觸鬚，腹部有三條長尾鬚，走路奇快，素食，並不騷擾人。偶然找雜誌，見牠走避，畢竟是生靈，何苦追殺，由得牠回進書堆去。書蟲愛書，而且裏裏外外吃透一本書，真是最佳的讀者。事實上，我讓牠選擇

的品類並不多。將來的書本會變成軟件,到了電腦書房的時代,衣魚也許就成為瀕臨絕種的小生物了。還是保護牠們,反正牠們也吃不了多少書。現在我約有五櫥書,兩櫥外國文學,兩櫥中國作品,一櫥雜書,數數一千本左右。進入後中年、後疾病時代,不能像以前一般幾天看完一本厚書。以前買書,藏在家中,總是說,留待將來慢慢看。

將來很快到來,才知道讀書和旅行,都已力不從心。不能多讀書,就學衣魚,一點兒一點兒磨吧。

家具清單

大大小小、高高低低、闊闊窄窄、厚厚薄薄、浮雕、彩繪，一共十五個木櫃，是我家最重要的家具，全用來裝書本。其實我也希望嘗試當個簡約家居生活派，客廳只放一張沙發，一個茶几，一盞地燈；或者，一疊榻榻米，兩幅書法。可是有什麼辦法，我喜歡書。我的書本還不曾化身為光碟，我城的圖書館多是夠多了，卻不大對胃口，我又沒有大學的圖書證，我居住的又是個每天必須與灰塵作攻防戰的城市。慧能是哲學家，我只是平凡人，萬物紛紜，塵埃處處。書櫃蔭護我的書，書，大抵可以拂拭我的靈魂。

自己也不明白，客飯廳不足二百平方呎，竟擠下了八個櫃。如果家中有貓，牠們完全可以高來高去，在櫃頂旅行，不下地面來。我本來有八個書櫃，忽然多了些，是因為搬了家。舊居堪稱乃全港僭建物最多的地區，樓上伸建騎樓，天井加搭閣樓，結果把樓宇的結構也拉歪了。一天，發現浴室的牆壁裂了一條縫，原來樓上又在僭建

什麼。那地區，我搬離之前發生一宗樓宇下塌，弄致傷亡；之後，又發生一宗。新居面積多了約一百平方呎，太舊的家具都放棄了，只留下兩個堅實的書櫃。這種櫃坊間久已不見，如今都是夾板砌成，表面糊了層仿木紋膠紙的東西，好像是蔗渣板，會釋放毒氣。辛其氏買了個書櫃，這邊放進書本，稍往內推，書本竟從櫃背掉下去了。於是決定買紮實的書櫃：整個木頭的，要實用，牢靠，容易清潔，經濟，若是好看，更加理想。

為什麼不做壁櫃呢？理由有三：一、壁櫃必定高達天花，年紀不輕，不宜攀爬。二、壁櫃面目呆滯，龐然大物，有逼壓感。陸離家的書塔，某日竟然傾塌下來。她家貓多，幸而沒有釀成貓餅。三、我喜歡經常移動家具，玩大風吹，使它們陌生化，營造新鮮感。

搬家時，台灣葉步榮先生送我兩個自選書櫃，每個闊 36 吋，容量大，上層玻璃趟門，分四格，前後可放兩層書；中層有抽屜；底層有板門，不分隔，可放大畫冊，非常理想。書不嫌少，書櫃不嫌多。常去逛家具店，在平價角碰上有趣、適用、便宜的櫃，就買回來裝書。其中一個我稱為「義大利藥櫃」，因為這櫃頂上有兩個圓拱，像羅馬建築，上層玻璃，下層是十六個抽屜，像中國藥櫃，恰好分別放書本和唱片。巴赫、莫扎特、貝多芬、華格納；舒伯特、蕭邦、李斯特、布拉姆斯，每位一個抽屜，只放常聽的唱片，最後輪到巴托克，哦，抽屜不夠用了，梅湘被擠了出來。另一個櫃，我叫它「哥特大教堂」，因為它是半六角形，三面玻璃，由窄窄的木條支撐，門扇上有十字形母題。

幾年來又添了些櫃：一個是彩繪花鳥的漆櫃，一個刻滿浮雕山水人物。這兩個櫃都小，只當茶几

用。另一個稍大，門板上嵌彩石屏畫，數十小孩在園林嬉戲，放置窗前，櫃頂擺盆栽。它是楠木的，顏色豆黃。國貨公司家具部的老先生告訴我：楠木耐用，經久不變形。果然堅實。我的一張花梨寫字桌才用三年，已裂了條闊縫。另有一高一矮兩個木櫃，名「印度花園」，因為畫滿花卉，連門背後也畫滿了。它們是紅色的，太搶眼了，就隱藏在一間睡房裏。見到實用有趣的櫃還想添置，可再也沒地方放了。

除了櫃，家中數目較多的是椅子，一共六把，不是一套，不知如何先後堆在廉價角，把把不同，也許有的紋理欠佳，有的角落歪了，有的被家族離棄。這家店的許多家具，來自印度或菲律賓。部份家具是舊物翻新，但修補得很好，都是柚木，款式也不錯。進入廉價角後，以半價出售，比北歐家具便宜。我選了六把椅子，就當它們是不同的樂器好了，可以合演六重奏。這些椅子是齊本岱爾（Thomas Chippendale）作品的後裔，齊氏受明式椅子的影響，明椅又承繼宋椅。明式家具優雅，討好士大夫；宋式拙樸，親近庶民。我喜歡宋椅。

到過倫敦南岸的設計博物館，三樓上一字兒排開七、八把後現代名家設計的椅子，我全試坐了，竟沒有一把坐下了叫人捨不得起來。以貌取椅的優皮買了，大抵也只當工藝品把玩。真要選椅子，我會投梵高椅子一票，那是飽含人味的椅子。不過，那無扶手椅

子是燈芯草墊，得穿厚布褲才好。義大利設計家弗納薩堤（Piero Fornasetti）請建築家不要過界，他可忘了同時叫畫家也留在原地。弗氏自己設計的建築系列椅子，椅背圖案是希臘柱式，椅腳極細，顯得頭重腳輕，真該扣分。但他設計的櫃和屏風非常漂亮，尤其是那種洛可可式的連多寶格寫字桌（trumeaux），在精品店見到，還以為進了美術館。

舊居無沙發，搬家時弟弟送我一張雙座位，與一條長凳配對，橫放長方形客飯廳中央，面對電視，背貼飯桌。沙發這東西佔地方，適宜躺下睡懶覺，坐久了腰酸背痛。如果它壞了，我會改用靠背扶手長木椅，還可用來打坐哩。年輕時浪漫，田園畫看多了，認為老年的幸福場景是懷抱波斯貓，坐在搖椅中。其實搖椅晃蕩，和老人不協調，頑皮貓又容易被搖椅腳壓傷。

搬家時，朋友送我自選書桌，我選了多抽屜的。用了三年，搖搖欲墜，眼看不行了，只好換一張。何福仁買過一張類似的書桌，需回家自嵌。哪裏行，七接八嵌，站立不夠五分鐘，才放下一本小書，馬上倒了一地木塊。找到一張結實的書桌，竟是腰果形。這下可好了，桌邊弧圓，以前方桌的直角每每撞痛我。這書桌連同兩個高書櫃、三個矮書櫃，放在我的臥室。書桌給電腦佔領，我仍常在飯桌上工作。飯桌從舊居搬來，可以拉開擴充成橢圓形。本有四把椅子一套，哪知某天正在寫字，忽然「呼」一聲，我整個人跌坐地上，

椅子散了。沒被任何木枝插傷，也是異數，因為那是把溫莎式坐椅，椅背如一排花瓶欄杆。

我在屋隅設一書寫角：花梨書桌橫放，和藥櫃面對面，中間隔一把椅子。這個意念源自中國古典園林的園中園。屋子的角落真是奇異的地方，兩邊是牆，另外兩邊沒有屏障，既封閉又開放，內外空間相連又相隔，獨立而隱蔽。我其實不太喜歡花梨木，因為它帶有橙色光澤，但遇上的寫字桌才 26 吋闊，營構書寫角最好。在彌敦道國貨公司購買，那店的大廈曾發生嚴重火災，傷亡驚人，桌子的家族恐怕都化為灰燼了。祝它自己壽比南山。

床是二十多年舊物，本是雙疊式，常常撞頭。以前，母親弟妹各佔一鋪，如今拆去上層留下層，因為下層有兩個大抽屜。衣櫃不用添置，二手樓，已有壁櫃。樓宇的設計師想得周到，曲尺形相連的臥室不建隔牆，由居住者自行分配空間。一般的處理法是造一長衣櫃，分隔為二，設兩面門，一面朝 A 室，一面朝 B 室，綠楊移作兩家春。不得不把亦舒送我那用了近二十年的兩個衣櫃捨棄了。捨不得的還有一個雙面櫃和兩個樟木槓，後者是母親出嫁時的家具，我年幼時常睡在上面。同是樟木槓，我有一次買了一個，大概形狀不對，母親一見立刻要退回，說那是棺材。我姑母家住大夫第，後進廂房中就擱了棺材，何嘗不是長輩珍之重之的家具。鋼琴也是家具，十八世紀的彩繪鋼琴非常巴洛克，不知如何現有的都黑黝黝。

這家具我以前有，如今沒有了。不過這是另一個話題。

我家愈來愈像雜貨舖，因為我後來又買了一個六腳屏石面鼓墩、兩張彩繪母雞小矮凳、花几，等等，等等。其中一個古典櫃，有檽扇門，上層的花飾欞條，抹起來才知味道。它吸引我的另一原因是竟有暗格。我們總把一切收藏起來：把自己藏進衣物裏，把衣物藏在櫃裏，把證件藏入抽屜裏，把手錶藏進抽屜的盒子裏，把時間藏入手錶內。暗格藏什麼呢？藏的當然是私隱。其實我家還有許多椅子、桌子和櫃，從書本和雜誌看到喜歡，就把圖片彩印下來，掛在牆上。而且可以隨季節變換。也有一些小椅小桌的模型家具。自己彷彿生活在虛擬與現實的世界，時而出入小人國和大人國。

奇怪，家中雜物多，倒像很踏實。對家具的溺愛，令自己也懷疑：它們才是一家之主，自己反而成為家具。家具，是文明的象徵，還是物累？不停買書會變成家中的帝國主義，霸佔領土。其他的家庭成員難道不想擺梳妝台、室內自行車、養一缸金魚？喜歡木頭家具可能成為過度斬伐森林的幫兇。也許，惟一的補償是這種家具最終將重返大自然，循環再生。

素牆

窗子與牆,我選擇牆。我有畏高症,窗子太低,太大、太多,都會使我有懸在空中的感覺。一次到尖沙咀文化中心大劇院看歌劇,入座樓上最末的一行,我彷彿坐在懸崖峭壁上,惶恐至終場,以後再不敢高攀了。

家居生活,窗子不可無,但略有就夠。窗前適宜擺放盆栽;至於牆壁,反而愈多愈妙,高大的白牆尤為上選。當年搬家找房子,不看窗,只看牆。但願屋徒四壁,因為有了牆壁,可以擺放書櫃,可以懸掛圖畫。這是屋小,客廳要兼作書房之故。為了騰出一整幅齋壁,只好把飯桌、椅子和沙發背貼背,全擠放在客廳中央。那牆就掛上一幅地毯。毯是與朋友旅遊伊斯坦堡時購買的,清真寺圖案,色彩斑斕,滿幅生命樹和燈盞,一室暖意。吾友辛其氏家中有同樣的一幅,懸掛多年;我則一直捲藏,未免委屈。如今七移八就,也不顧其他家具堆塞了。

我留在家中的時間較多，閒坐看看地毯，悠然騁目，就像走進想像
的花園裏。年輕時，喜歡掛畫，掛海報，把畫、海報用玻璃鏡架鑲
好，或直接糊在板壁上。西洋油畫，不外複製品，什麼梵谷的向日
葵、德加的芭蕾舞女子，也不理會其他家人的感覺。難道母親會喜
歡鮮艷奪目的馬蒂斯或三眼二嘴的畢加索？想想也自覺霸道。一位
校長朋友，家中掛的全是朋友的作品，鎮日和朋友晤對；另有朋友
專掛孩子的塗鴉，一直在留神孩子的成長。這些，比起仿製，品味
高下立見。

春天蒞臨，開始黃梅春雨了，不得不把地毯包裹收藏，留待秋爽再
見。一幅素牆，又懸些什麼看看？結果掛了幅床單。大減價時在公
司遇見，水粉紅色配生菜綠，又有淡藍、鵝黃。圖案是印度花園，
既有涼亭，又有果樹。難得的是三乘五呎的空間，並不重覆。掛在
牆上，天天看，竟不厭倦，仔細又看出許多趣味。圖中動物有鹿、
象、馬和駱駝，禽鳥有麻雀和孔雀。花樹都不認識。此外還有花
艇、馬車，印度男子女子。圖案之間，繪有飾邊，作卷草紋樣。

床單掛在牆上，想起伊薩克・迪尼遜的小說《空白之頁》。這篇短短
的小說，寫葡萄牙一所修道院，修女長期種植亞麻，製作亞麻布，
然後送到皇宮作為歷任國王婚床上的床單。新婚之夜過後，床單莊
重地示眾，以証明皇后是貞女。床單最後歸還修道院，鑲框裝裱，
掛在長長的陳列室中，成為「皇后清譽的証物」。每幅床單下並附

皇后的名字。朝聖者到修道院來就為了參觀那些被當成貞節的血污。但最令人遐思的，卻是一幅底下沒有標名的床單。那床單雪白一片，像一頁空白的紙。這小說在美學上並沒有創新的地方，大概和馬麗·雪萊的《法蘭肯斯坦》一般，小道的書寫，卻成為女性主義文評的經典。有史以來，女性不是以軀體來敘述自己的故事麼？不是以血作為顏料來繪畫麼？然後由到此一遊的各方評論家審視，發揮想像麼？

氣候漸漸更替，床單掛了一陣，是時候換換景觀。閒來逛街，改去看窗簾布。但圖案大多疊床架屋，單調乏味，除非重覆到如安地·華荷的大花朵、罐頭湯、母牛或瑪麗蓮夢露。童稚趣味的窗簾布活潑鮮明，但太熱鬧。泰國壁織，圖案怪誕，看了會發噩夢。西陣織太華麗，印尼雙紡染掛飾又太昂貴。想過自己繡一幅夏荷，只怕太傷神。後來遇上一幅布，是清淡的國畫：水中一對水鴨浮游，還有水草。剪了兩碼，掛起來，也看了一季。

朋友送過書法給我，自己到內地旅行時也會到書店碰碰運氣。喜歡書法，既可看那些抑揚跑動的線條，又可細味文字的意蘊，足以消夏。但書法得時時替換，以免塵濕。七、八月天，剛好在國貨公司買到珠簾，牆上就掛了一幅木珠簾，可惜不是水晶的，不然，清爽透明，大可移至窗前，待得中秋節，玲瓏望秋月。

擬仿物

最初是花。

當我還是十三四歲的時候，有一段時日，母親和她的鄰居忽然終止了每天午後的竹戰，從早到晚，轉而投入了家庭手工業的行列。不知道是哪一家首先開始，蔓延樓上樓下許多家庭成員，都興致高昂，從附近的山寨工廠取回一批批手作，勤勤奮奮地加工，賺取補貼家用的工資。

從工廠取回來的物品時常變更，因為工廠多，不同的工廠有不同的作業。我們選了比較輕鬆易做、不需太費神用力的，譬如為牛仔褲剪線段，不外是把縫紐機留在衣物上的多餘線頭剪掉，因為縫紐時是一批布料連着一齊縫，而不會一件件單獨做，所以，許多衣物都連繫在一起。工作雖易，但牛仔褲多，又重，搬運麻煩，且佔地方，我們很快就放棄了。我們做得較多的是塑膠配件。它們都是

237

在一塊塊膠板上壓模，葉歸葉，莖歸莖，花瓣歸花瓣，花心歸花心。我們的工作就是把花心花葉花瓣和花莖配砌，成為一支支完整的花。都是眼見的工夫，完全不需經驗和動腦筋，一家大小全可出動。左鄰右里打開大門，聽麗的呼聲播演空中倫理小說，大家一面做一面為劇中人物的命運憂心。當時覺得塑膠花奇醜無比，不能想像有甚麼人家會插這種花。

那是個雖然艱苦，卻愉快，充滿希望的年代；現在回看起來，好像是假的。許多年後，家中竟也插起了絹花、塑膠花。花檔的女子說，塑膠花好，不用換水，可以插幾年，也不會枯萎，不會發臭。的確，鮮花美麗，卻易謝，長年累月插鮮花，對我來說，是很奢侈的事。而且總覺得不環保。

我喜歡家裏有植物，長年栽三幾盆紫蘿蘭。但有時覺得房子裏某個角落好像缺了點甚麼，顏色太低沉，於是放一瓶花。插的是塑膠花。忽然覺得塑膠花不錯，也許因為如今的塑膠花做得太真了，花式不少，色彩又多，花瓣上還有大大小小的露珠，必定是那些露珠吸引了我。我最初買的就是一束帶露珠的白玫瑰。後來整整半年，插的是一大瓶百合，遠看近看，都和鮮花一樣。兄嫂來我家，總要觸摸一下，然後說，原來是假花呀。

這些年來，除了過年，家中插的大多是絹花、塑膠花。而且漸漸增

多，常常換，一會兒是紫鳶尾，一會兒是毋忘我，一會兒是洋水仙，依季節變換花的品種和顏色，覺得很好，看着看着，心想：這些塑膠花又是那些人家的手配砌的呢？虛假是貶詞，塑膠花何嘗就假了，其實都是真真正正的塑膠或絹，只不過不是鮮花吧了。我們稱兒童抱在懷中的熊為玩具熊，稱有手有腳有眼睛鼻子的人偶做洋娃娃、布娃娃，從沒聽人說這是假熊，這是假人。兒童尤其嚴肅認真，絕對不會認為玩具是假的熊，假的人；在他們的眼中，玩具全都活生生，是有生命的，不會願意拿來跟真熊、真人交換。反而我們成年人，童心失去了，又自以為聰明，把身外之物都釐清限定，這是真的，那是假的；到假的東西成為自己身體的一部分，他們就叫「義齒」、「義乳」。幸而還有小說家，帶給我們虛構的擬仿世界。當然，也有人要在虛擬寓意的小說裏要求這樣那樣的真實，這可是沒有辦法的事。

有人穿毛茸茸的 Fun Fur，就有人嗤之以鼻，說沒錢就不要穿假皮草，豈知假皮草一點不假，它是真正正正的尼龍料子。Fun Fur 上面常印上有趣的圖案，又是雪兔又是松鼠，有趣活潑。而穿真皮草的人，難道不知道其實是買兇把一頭原本可愛、活生生的動物殺死，再披掛在身上，皮草大衣沾了多少血跡？

冬天我穿 freece，可從沒聽人說，呀，是假羊毛。但家中插塑膠花和絹花，大抵要遭人白眼，我可是自得其樂，你說是假花我說是擬

仿物，家中的擬仿物還多得很呢。我生活在擬仿的屋子裏，牆上掛的那些畫，除了劉掬色送我的版畫和阿蔡的木刻外，再沒有其他真跡，它們是本雅明所説的「機械複製時代的仿製品，是沒有了光暈的東西」。梵高的向日葵、畢卡索的大公雞，當然都不是真的花、真的動物，一如瑪格列特所説的：這不是蘋果。然而，它們又是實實在在的東西。即使是梵高和畢加索的真跡又怎麼樣，依柏拉圖的意見，它們也不過是模仿的再模仿。我家的桌、椅、書櫥，睡床，也都是桌椅書櫥睡床等理念的追摹，但坐在我的椅上，睡在我的床上，它們又分明給我牢靠舒適的感覺。

映視中的影像，當然是擬象；我父母的照片，並不等於我的父母，而是擬象；我聽的唱片，即使是德布西自己彈的鋼琴錄音，難道不是經過不斷複製，重新生產的擬音？

我這個人，是否也是擬仿物呢，我像我的父母，我是他們的擬像。我的父母是我祖父母、外祖父母的擬仿物，依此類推，我也許又是花貓的擬仿物、阿米巴的擬仿物。一切都那麼不真實，但一切，又是實實在在的存在，何嘗就假了。甚至我的品味，我的語言，也不見得就真是我自己的；只有過份樂觀的人，才認為他真有獨得之見，他只有他自己。

近年旅行，用的是數碼照相機，圖像輸入電腦，也不必沖印。這個

數碼中的我既會說話,又會走動,可到頭來只是虛擬的我而已。遲早我們都不再泥執真實,只留下影像而已。然則那個我既是真我,又是虛我。

魔鏡

當我在大街上散步，抬起頭來，就看見林立的魔鏡，平地拔起，以硬邊的直線和稜角，在頂端，剪裁出一點兒不規則的方形藍天；在側面，割切成窄長的風洞，這就是許多女子的裙裾翻飛的緣故。起初，沒有人知道這是魔鏡，因為城市中人，太半被掩蔽在樓層底下，由得機器匆匆把他們從一個驛站帶到另一個驛站。形神俱疲，日復一日，彷彿永無休止的煉獄。他們臉容蒼白，滿懷憂患，匆匆橫過斑馬線，在安全孤島上短聚，又焦急地疾走。眼睛，看左看右，看前看後，但不多看地面，更不看天空，除非是雪花飄下來了。這城市，可從來沒有一片雪花。魔鏡就悄悄地在縫隙中滋生；開始還怯生生，一座座，然後連行成列，像長城，把我們接管了。那恰恰是蟈蟈籠子的模樣，滿佈柵欄。

我是無意的抬起頭來，卻發現了海市蜃樓。玻璃幕牆向四周折射，對面的、側邊的，遠的近的，高的矮的，其他的建築，都反映到鏡

幕上；有時清晰，有時陰暗，就看陽光的喜好。我邊行邊抬頭，看見幕牆上的建築物隨着我的步伐緩緩移動，彷彿起程出海的船隻：那高高的塔樓，魚形的身體，許許多多眼睛似的窗子。那只是一幢普通的巴洛克樓房，靜止地座落在街道上；忽然顯得優雅、莊嚴，像蛇的蠕動，輕微地蜒蜿扭曲，穿逾水或空氣，這些，不過是光的遊戲而已。鏡子可是沉默不語，深莫可測，只隨着外光轉換不同層次的色譜。我記憶中房子的形象在鏡群前面已經蕩然無存，怎麼沒有明晰的立面，到底有多少扇窗，為什麼所有的窗子都緊緊關閉，大門在哪裏，涼臺呢？清晨，沒有一份晨報打從對街報童的手中飛起來，穿過騎樓的隔扇長窗，「啪」的一聲落在飯廳的膠地板上。不論是否牧神的午後，沒有鋼琴的聲音隱約地傳出來。黃昏，也沒有一位母親的聲音向街外遊戲的孩子召喚：吃飯了。

鏡後是什麼？它們永遠矇着臉，戴上巨大的墨鏡，是敵意抑是善意？也許，只有聽覺異常敏銳的貓頭鷹才能知道第三十七層的垃圾槽裏有一窩老鼠在啃麵包屑。但飛禽知道，衝進去捕獵將導致粉身碎骨；牠還是回到野外去好。魔鏡使這城市浮動。我不知道它們會帶給我們怎樣的世界，只知道這是現代魔法師玩的戲法，把一切美化，同時異化。並且追問古老的問題：魔鏡魔鏡，浮城中哪一座最好？哪一座最高？當我在海傍漫步，當我朝對岸的小島眺望，鏡子在閃閃生光，發出莫名的信號；如同足球場上的禁區定點罰球，排成一堵反彈的圍牆擋在龍門口。我們於是失去了遼闊的天空，告別了青青的山巒。我既訝異又恐慌，不知道因為高興還是憂傷。

那一雙明亮的眼睛

大花

剛來的時候，你才二個月大，年紀這麼小，人們就把你遷離母親，放在店裏出售。籠子裏還有幾隻和你差不多模樣的小貓，大概是你的兄弟姊妹吧，面對不知的未來。朋友在籠外觀看，挑哪一隻都無所謂，那是送給他媽媽的禮物。她每天經過樓下街市的各種店舖，總跟店舖裏的花貓逐一打招呼，她看來認識那些雜貨店的老闆，其實呢，她認識的是店裏的大小貓兒。媽媽年紀大了，朋友說，自己又忙於工作，常常早出晚歸，不如也養一隻貓，讓老人家有個伴。這樣決定了，他在籠外喵喵兩聲；只有你走到籠邊回應，喵喵。

於是把你帶回家去。在櫥房旁用紙皮圍起一個角落,把你暫時安頓;誰知你縱身一跳,就越過了紙牆。只好把牆再加高。但你不停吵鬧,年紀雖小,嗓門卻大,我們只好放你出來。你先是四周探索這新的環境。忽然不見了你,原來鑽進書櫃底,然後一臉塵垢鑽出來。砂盤剛鋪好,你已經懂得走進去。不過用完後前前後後把沙掃平,離開前再仔細觀看,滿意後才離開,就不見得所有的貓都會,例如一年後到來的小花,用完後就跑;不會就不會,她也已經十四歲了。探索了好一陣,你走到角落裏喝水,吃食。我們知道,你開始接受這是你新的家了。

我們發覺,你總是跟着我的朋友,他在客廳,你在客廳;他在房間,你也跟到房間。晚上,你就跳到床上,跟朋友一起睡。朋友説,三番四次把你抱下去,你馬上又跳上來。為你在床下鋪一小墊,讓你睡在床邊吧;但你就是不肯妥協,而且屢敗屢戰,總是奮力跳到床上。磨了老半天,只好由得你了。你上了床,就把背脊貼着朋友的身軀,累得呼呼熟睡。朋友則難以安寢,怕睡着了翻身會把你壓扁。十五年來,朋友説,從此,只要他一睡到床上,包括偶然的午睡、下班後的小睡,包括你病後回家的最後幾天,除非朋友出外遠遊、公幹,你總從書房從客廳這樣那樣走來,躺在他的旁邊,當然不用再緊貼他的身子了。是他陪伴你,還是你陪伴他呢?

因為你,家中添了許多許多歡樂。小貓看來總有用不完的精力,除

了吃喝、睡覺，就是不停的玩耍。朋友跟你玩捕獵遊戲：他用掌把你推開，你才不過比手掌稍大，你馬上弓起身軀，飛撲過來，擒住朋友的手掌輕咬，又用兩條後腿輕撐。朋友把你再推開，你又弓起背，忽左忽右伺機飛撲。此外，只要在地上放一個紙盒，無論紙盒多麼細小，你總可以把四肢縮成彎小月躲進去，像玩軟骨雜技，頭則擱在盒邊。大盒子，就變成了你的玩具屋，在盒身上開幾個小窗洞，就可以和躲進盒裏的你玩捉迷藏。我只消把雞毛撣子伸近小洞，你的爪子就會從盒洞中攫出，迅速，準確，不管我從四方八面哪一個洞進攻，你總會立即回擊，把雞毛撣子抓牢。

你又喜歡在紙盒，甚至在書本上磨爪。從寵物店買過一些讓貓兒磨爪的木頭回來，你完全沒有興趣，幸好你對沙發之類家具也沒有興趣。我們每隔一段日子替你修剪爪甲，可修剪之後你仍然喜歡磨爪，原來那同時是高興的一種表現。你在書上磨爪，最初朋友很氣惱，朋友家中，最多的是書、雜誌。但後來也沒所謂了，反正書和雜誌都是讀物，並不是擺設。

乒乓球是所有貓的至愛，尤其是帶響鈴的小球，這些球，即使一打也不夠，你不停追打，不久都不知滾到哪裏去了。波波？我說，你會興奮地和我一起尋找。搬開椅子，把地拖伸掃櫃底，總能找到一二個。你是極好的龍門，你會俯伏在牆邊，讓我把球拋向牆面反彈，你閃電似地飛身撲打，每次必中，打回了又俯伏準備撲救。我

們都玩得興高采烈，直到疲倦為止。那些日子，我正在養病，經過放射治療，一個巨大的陰影籠罩着我，不知道體內還有什麼會隨時引爆。我不適宜離家，朋友就近居住，我取得了匙鑰，可以每天到來探望你，但其實是你陪伴我，帶給我許多生趣，這是別人不會明白的。

你愛和我們遊戲，卻始終不讓我們抱。在香港，經常看見有人抱一頭狗上街，我也見過有人抱一頭貓，真不可思議。朋友有時抱一下你，你還忍受一下，但兩三分鐘後就掙扎要走，至於我，我算是你另一位熟悉的朋友，可你根本拒絕。你好像說：對不起，我可不是玩物。

你對不喜歡吃的東西，一手把碟子打翻。愛攀爬高櫃，常常從書櫃裏也抓下幾本書來。有時，我從朋友借書，看到破損的書脊，就知道你是上一位讀者。一轉眼，你就長大了。帶你去接受絕育的手術。你還是第一次到診所，你在診所裏看見大狗時縮在籠裏，看見鸚鵡時瞪大眼睛，你還看見其他的同類。從診所出來，腹部紮了紗布，背上結了個大蝴蝶。我們見了都笑，說你像聖誕禮物。但你很生氣，因為麻醉藥令你昏昏沈沈，你躲進書房的書櫥下，——那是我們替你設置的私隱空間，底層用木板遮掩，只露出入口，久久不出來。

據説混血兒特別聰明。你是唐貓與波斯貓的混種，通身白色，但頭和背披着黃毛，而且有斑紋，尾巴一大把，像蘆葦草。你看來的確比其他貓聰明。朋友天天大清早上班，周末沒有早起，你就在他床邊喵喵叫。朋友摸摸你的頭，説：今天不用上班哩。你是一隻愛説話的貓。可惜我們不懂你説的話。你也不懂人語，但聽得多了，也懂得一些。呼喚你的名字，你會豎起耳朵，回頭回應；到你不再年輕，喜歡閉目養神的日子，也會搖動尾巴表示，知道了。叫一聲，拍一下。朋友伸出指頭，對你説：點點頭；你就走來，伸長脖子，讓朋友點點你的前額。朋友拍拍桌子，你就會從老遠的地方，跳到桌子上。但當然，可不是每次都呼之即來，有時你只是搖尾虛應一下。我想，這是反覆試驗，你逐漸明白了他的意思。

朋友的母親因為年邁多病，開始腦退化，最危險的是一個人開了煤氣爐而忘了要煮什麼。唯有住進了安老院。朋友每晚例必去看望她。直到她離世，那幾年除了出外公幹，他再沒有去旅行。於是平日他上班後只有你獨自在家。你會做些什麼呢？睡覺、到窗台上看風景？朋友下班回來，你就向着他不停嚕叨。我們想，也許你要有一個貓友陪伴。於是小花來了。你已經一歲，她才兩個月大。你起初圍着她轉，對這陌生的闖客步步為營，並不友善。那一陣，你消瘦了許多，以為我們不再愛你了，是嗎？小花是波斯貓，不過鼻子並不下塌，她喜歡模仿你，也處處佔用你的地方。但是為了你，我們才帶小花回來。好幾個月後，你們終於和平相處了，我們這才放

下心來。

朋友出遠門公幹，試過把你們交給寵物店託管。這一定是你生命中
最黑暗的日子，因為你始終不喜歡陌生人，一聽到生客來訪，老早
躲起來。即使熟客，也會老遠的避開。許多訪客知道你的存在，可
從來沒有見過你，只見到小花，小花會在客人面前走來走去，引人
注意。所以，你是我們收得最善密的珍藏。把你托付寵物店，那是
權宜的辦法。寵物店的宣傳自稱五星級酒店，善待所有動物。看來
並不都是這樣的。當我們去迎接你回家，你的評語都寫在神態上
面，毛色黯淡，消瘦了許多。必定是終日在籠子裏坐牢，一直留在
天台。一個星期下來，你一定是不思吃喝，忍受着鄰近其他貓狗的
吵鬧。又沒有熟悉的砂盆可去，內心悲苦，你和小花一定以為我們
把你們拋棄了。這以後，朋友再出外工作，就讓你留在家中，由我
來照顧。這樣好得多了，是嗎？你仍然在熟悉的環境裏生活，睡在
睡慣的窗台，用同一的碗、盆吃喝，熟悉的紙盒、書本、氣味。我
每天到來陪你，開了風扇，或者空調，換清潔的食水，清理砂盆。
然後讀幾頁書，寫幾段稿，也許。在家裏，你一定如魚得水；當
然，晚上睡覺，就不能緊貼着朋友的身軀。所以，我留意到你常常
豎起耳朵，注意走廊上的腳步聲。看看是否朋友回來了。等到真的
回來，你是多麼興奮呵，立即從書房的窗台跳下，跑到客廳，再跳
上飯桌，喵喵地表示歡迎。朋友拋下行李，點點你的前額，問：乖
嗎？乖嗎？

最愛看你睡覺。有時你只是養神,閉上了眼睛,整天張大炯炯有神的眼睛,未免疲倦。我知道你只是養神,因為眼睛雖閉上,可時而轉動耳朵,收聽風吹草動。養神時你會採取躺坐的姿態,雙足後放,身軀貼在窗台,頭部抬起,前肢伸前,或者摺埋在胸下。這時候,你真像一座獅身人面的雕像。你們的祖先,可不就是埃及的神靈。因此我們有時會稱你為貓后。這名字,你可是不理會的。只有呼喚你大花,你才回應。大花,你高興了,就走來,讓我們輕點額頭;有時,拍拍尾巴算了,眼睛仍然沒有張開。當你睡覺,你會整個蜷曲一團,頭埋在前胸,手腳圍合,呼呼大睡,睡得很甜美的樣子。睡熟了,你會打呼嚕,甚至會打鼻鼾,忽然顫動後腿,發出依依唔唔的聲音。原來你也會做夢。

夢見什麼呢?夢見魚?我想不會。你們其實並不特別愛吃魚,因為魚骨並不容易對付,你們喜歡吃雞。把新鮮的雞肉用清水煮熟,再撕成碎條,你和小花一早嗅到廚房傳來的氣味,就會跑來。小花纏在朋友的腳下,平素像啞巴,這時也喵個不停。你呢,守在碟子邊,尾巴盤在後面,很乖的樣子。雞肉要稍稍攤涼,才放在碟裏;不一回,已經吃個乾淨。然後滿意地洗手洗臉。你在夢裏還在回味那頓佳餚麼?當小花熟睡,常常會像人那樣仰臥,坦露花白的肚皮;你呢,試過一次,但被調皮的小花撲到肚皮上偷襲,從此甚少仰臥,以免小花得逞。但四周畢竟是舒適安全的,所以你會發出夢囈。然後醒來時神采飛揚。

更多的時候，我們互相靜坐不語，當我從書本上抬頭，總看見你或近或遠，對我凝神看望，而且目不轉睛。多麼明亮美麗的一雙眸子，充滿感情、善意。你在想些什麼？我無法知悉。我在想些什麼，你也不會知道。我在想，是什麼機緣，讓我們可以在當下這寧謐的環境裏相遇，彼此認識，成為異類的朋友？世界多麼遼闊，世事多麼紛亂，我們卻在地球的一隅，面對面，彼此無話，其實也無需說話，讓時光漸漸流逝。但這樣和諧的日子能夠延續多久呢？大花呵，人生苦短，貓生也不長。你忽然已經十五歲，相當於我們人類的七十五歲，你竟然已比我還年長了。我們早晚都會歸於塵土，不是消失，而是變換形態，變成別的東面，成為雨滴、沙粒、微風，活在其他人的記憶，然後，連記憶也變得不可靠，沒有了。

我喜歡貓科動物，喜歡獵豹、花豹、金錢豹、雪豹，我喜歡你的近親：老虎。你們都有明亮美麗的眼睛，像碧玉、翡翠，像琥珀、藍寶石，甚至像鑽石。而你，你的眼睛就是貓眼石。我常常想，宇宙間的寶石就是你們的眼睛化成的，其中蘊藏着你們不朽的靈魂。大多數的動物都有奇異的眼睛，例如狐狸、青蛙、狼、鷹、企鵝、海象，甚至八爪魚。但你們的眼睛特別動人，因為會閃爍變幻。如果所有的貓科動物都閉上眼睛，世界會變得多麼荒涼。

你比一般的貓聰明，是的，你愛說話，會表達要求、意見，你會像狗一樣，走來對我喵喵叫，再走到冰箱旁邊的矮櫃前仰望，你的零

食就放在矮櫃上。喔,那表示你想討點零食了,好吧,就給你幾顆小餅,你吃了就會靜靜返回窗台,看街上的風景,晒太陽。不然,你會喵個不得,重複動作,直到我們回應。有時,你要的是貓草,你和小花都喜歡貓草,吃了就在地板上亢奮地打滾。貓草可以清潔腸胃,幫助吐出肚裏的毛球。但似乎不宜常吃,那太像迷幻藥。你很少走到大門口,那是小花的最愛,因為她總想到門外的走廊散步。兩頭貓在走廊裏逛了一陣,就一前一後,貼着地面翻跟斗。真正餓了,你反而不叫,只乖乖地坐在食盤前等待,一動不動,不認得你的話,還會錯把你當瓷器。

因為你的緣故,我會注意別的貓。我家樓下有許多店舖,我知道哪一家有貓。街道轉角的藥材店裏的是灰麻色的貓,年輕、健康,是土產唐貓,高瘦,手臂很纖長,即使肥胖,也只會胖在肚子裏。藥材店的貓有一陣常常伏在櫃台上,如今愛走到店前張望,但從不走出店外一步,總在行人路的臨界線。他不怕路人,這和大花不同,一副怡然自得的樣子。我呼喚他時,他會循聲抬頭看我,態度友善。

洗衣舖養了六隻貓,店主把貓的照片貼滿了門外的玻璃牆幕。六隻貓都不同,拍照時都披裝打扮,還戴上帽子,配上玩具,有幾隻是同一家屬,黃色斑紋,都是摺耳貓,有兩隻波斯貓,扁臉帶淚痕,眼睛有病,遺傳給下一代。店主說是朋友所送,他同樣珍惜,並不因病拒棄,其中一隻,白色夾黑,圓白臉的嘴上,長了一撮黑毛,

像希特勒。還有一隻土貓，和藥店的一個模樣，我常常和他隔着玻璃相望；下午五時，他必到店門口坐着，看行人道上的麻雀，因為門前有樹，旁邊的超級市場搬貨時會遺落的食物碎屑。拿窗簾布去洗時，我請教店主打理貓的心得，問他怎樣替貓除虱，他的貓從不抓癢。

他告訴我，到獸醫那裏買除虱水，搽在頸後即可。我們照辦，每月滴一小支藥水，果然靈驗。你們不是沒有再抓癢，也再不用天天捉虱子了？可是三個月下來，你們的毛色發啞，變灰，而且粗糙打結。你們居然不再舐毛了，是毛有藥味，不能入口麼？於是停止用藥。向獸醫店查問，原來用藥後幾天可以洗澡，但沒有人告訴我們，藥包上也沒有説明。只好天天替你們梳理，剪去打結的廢毛，用濕布楷抹。整整半年，你們的毛才回復光澤，而且柔滑如絲。

我常常去逛的夜冷店養的是麻色土貓，身上有一個大疤，毛都脱落了。我以為他不久就會消失，可每次仍看見他，坐在店舖後巷的一堆紙盒上。夜冷店永遠有賣不完的雜貨，紙盒也永遠堆滿後巷。貓就在那裏生活、睡覺。他的食物，跟人一樣，用飯碗盛載，幾條青菜，也許有一些肉吧，最多的是飯。他一定把肉先吃掉，餓得沒有法子才吃飯。貓畢竟是吃肉的動物，並不吃殿粉質。我每次來，就帶一些貓餅乾去給他。原本是給你吃的，可你不屑一顧，還一手打掉。這貓可吃得多麼歡喜呵。漸漸地，他也認識我了。因為我呼喚

他，帶來食物，他認得我的氣味。古時中國有一個故事叫《楊布打狗》，説楊布養了一隻狗，一天，他換了衣服出外，回來時説狗不認識他了，狗眼看人低了。我不相信這故事，因為貓狗認人，並不靠視覺，而是靠嗅覺。家裏有一瓶貓乾糧，是你們不愛吃的，我把整瓶留在貓碗旁邊。過了許久，我到店去，疤痕貓還在，他的碗裏竟然再沒有飯，而是貓乾糧。我送的，應該早吃完了，真是驚喜。

多麼希望你像一件帶着絲帶蝴蝶結的聖誕禮物般回家來，像許多年前那樣，但沒有。十五年來你一直沒有病過，只是畢竟老了，對乒乓球再沒有太大的興趣，再也不會跳到櫃頂去；小花歲多兩歲時大病一場，四處尋訪獸醫，從此只能吃特配的低鎂食物，她表現出更多的老態，終日睡覺。歲月也在我們自己身上留下痕跡，各種各樣的疾病來襲，兩頭貓何能例外？只是沒有想到，看來從來不病的、嗓門中氣十足的你，一天晚上，忽然呆站在砂盤裏，屁股沾了穢物，好像自己也不相信。朋友漏夜把你送到診所去，洋醫生撫摸了一遍，抽血化驗，報告馬上就出來，沒有什麼異樣，可能是胃裏有毛球吧，要留醫觀察。吊了兩天鹽水，把你帶回來。醫生説你很兇，不肯吃食，還是回家吧。但你回家後，仍然不肯吃食，老躲在櫃底下。

餵你吃藥，非常困難，藥一定很苦，早晚兩次，試過用針筒打進你的喉嚨裏，又混和了蜜糖，塗到你的口上，只是半吞半吐。你其實

很乖，朋友把你放在桌上，準備吃藥，你也不掙扎，只是藥還未到口，已經一口白沫，胃囊已慣性地反抗了。朋友說，你怎麼變成了螃蟹？但我們都只能苦笑。一次，你完全把藥嘔吐了出來。更大的問題是，你一直不肯吃食。即使你最喜歡的小食，吸引你來，看看，也沒吃。我們算算，你有一個星期沒吃東西了。我們知道，問題十分嚴重。你當然也想吃喝，不然，為什麼你會把水盤的水用手掏打，地板上留下濺濕的一大片。只有晚上睡覺時，朋友說，他在床上拍拍，不多久，你就從書房的櫃底出來，跳到床上，睡在朋友旁邊。你消瘦了。朋友撫撫你，你還會發出愉快的呼嚕（purring）。實在不行了，再把你送到診所去。

這一陣，我也在看醫生。一天早上醒來，眼前出現一棵黑樹，巨大的樹冠遮擋了我的視線。我的眼睛有過飛蚊症，眼前出現一群浮游的黑點，有時卻是閃亮、曲折的光，像破碎的玻璃，彎彎曲曲，邊上非常刺眼，如同水銀，就像一塊巨大的鑽石。每次飛蚊症來襲，我得閉上眼睛，其實閉眼並不管用，因為，閃光仍然持續，得半個小時才消散。多次看眼科，都說和眼睛無關，是體弱和老化的視網膜的毛病。飛蚊症和我是老相識了，但這次形態更出奇，竟是巨大的黑樹冠。看物尚算清晰，但視線受阻，像睜眼的半盲。晚上根本不能睡，因為眼前不斷出現幻景，像熒光幕，播放彩色光亮的各種圖案。閉上眼睛也並不消失。徹夜難眠，真是苦不堪言。看了多個專科，不外是吃藥和休息。兩個星期下來，眼睛總算可以正常看

物，我對朋友説，該帶我去探望大花了。朋友説好，然後才説：大花已經沒有了。

動物怎能十一、二天不吃不喝呢？你可不是冬眠的蛇和熊。你變得很虛弱，但從不呻吟，也不呼叫，只是躲藏起來。再把你送院的當夜，你經過超聲波等檢查。朋友一早到院查問，見你仍吊了鹽水，蜷縮在一角，籠子很高，要搬來踏凳，朋友喚你，你稍稍拍動尾巴，撫摸你，怎麼我們的大花，病成這個樣子了。朋友要求見主診醫生，等了許久，見是另一位洋醫生。他説大花腸裏有些淋巴核，不能斷定是癌症，那要開刀取出化驗才能肯定，但，這位肥胖的醫生説：她已經這麼老了，又不吃不喝這許多天，傷口不會癒合，還是，讓她去吧。她不是肚裏有毛球嗎？她平日喜歡清潔，一兩個月總會嘔吐……胖醫生靜靜地聽着，搖搖頭。朋友説必須仔細考慮，商量。晚上，朋友再到診所，找到那位值夜班、較早之前替你看病的洋醫生，他很高瘦，戴眼睛，姓波特；朋友曾笑説，他一定叫哈利，他會變戲法。波特醫生只是重複早上另一位的話，説：即使是我自己的貓，我也會讓她離去。

朋友獨自考慮了一夜，原本想跟我商量，但我那時正在受眼疾之苦。翌日他再到醫院去，找到另一位華人醫生，仍是同樣的答案。朋友説，好吧，請立即執行。再去看你。你蜷縮在暗角，瘦去了三分一的體積，朋友喚，大花大花。你張開眼睛，依然明亮。伸手

撫摸你，站在旁邊的職員說，小心，她很兇的。不，她是我們的朋友，她一生對我們都非常溫柔。職員把藥注入鹽水，輸入你的血管。朋友撫摸着你，對你說，大花，不要再受苦了。你移動了一下頭，轉向牆壁。朋友說再見了，大花。你沒有回頭，只拍了拍尾巴。

我說我多麼希望在場，我想抱着你，讓你安睡，直至你體溫緩緩轉涼。朋友說，你是從來不喜歡被人擁抱的。

是的，我們都哭了，大花。

二〇〇八年

以色列一周記

在香港機場，以航的登記櫃台前設了特區，內有平桌，行李先放桌上檢查（倒不需打開），旅客需逐一接受盤問。

　　●為了安全理由，我們需要問些問題。

　　○明白。

　　●到以色列去的目的？

　　○旅遊。

　　●單獨前往？

　　○與朋友同行。

　　●誰購機票？

　　○自己付款。

　　●行李由誰裝箱？在哪裏裝？

　　○自己。在家中。

　　●行李裝箱後，有否放置他處？

○不曾。

●是否由家中直達機場？

○直達。

●可有人託付帶物？

○沒有。

●要知道，有人會利用無知者破壞。

○可以理解。

●在以色列可有朋友？

○沒有。

●住哪裏？

○酒店。

●啊（翻看護照），你到過伊朗。

○我喜歡旅行。

●自己去？

○參加旅行團。

●多少人一團？

○約二十多人。

●這個是阿聯酋的簽印。

○我到摩洛哥去，在杜拜轉機，住宿一宵。

●你知道以色列目前的情況嗎？

○知道。

●祝你旅途愉快。

○謝謝。

7 月 27 日（星期五）

機上除了回國的猶太人，幾乎沒有香港人，只見一個年輕學生，跟他聊起來，原來是趁暑假到海法上夏令課程。不去英國、美國，而去以色列，是否別有所思？清晨抵達本・古里安（Ben Gurion）機場，順利入境。也是在這個機場吧，1992 年，愛德華・賽伊德重回故鄉，手持美國護照，但出生地是耶路撒冷。官員問他何時離開以色列，他答：1947 年 12 月離開「巴勒斯坦」。問這裏可有親戚，他答：一個也沒有。自 1948 年初，他整個親族都已被掃離家園，流亡至今。

機場在特拉維夫，不過，到耶路撒冷只需三十五分鐘，巴士費十八以幣（謝克爾，折合港幣不到四十元；許多許多年前，彩衣約瑟被兄長以二十謝克爾銀賣去埃及）。酒店經過仔細挑選，為了方便，靠近中央巴士總站，卻原來並不安全。車站對面就是入住的酒店。剛下巴士，正在尋找路牌，就有的士司機走來問到哪裏去，才說出酒店名字，他就說來來來，把行李挽上車箱，開車繞到對面轉入酒店正門停車場，計程錶一動不動，下車時才亮出數字：二十二以幣。也好，省得拖着行李過馬路。旅遊指南提示過：先講價，後上車。

酒店也出奇，住客絕少，除了早餐，竟包晚餐，真是驚喜。以色列
最貴的是飲食，而且收百分十五小費。早上八時半已可入住房間，
安頓後還可吃早餐。附近有當地旅行社益達（Egged Tours），前
去訂兩個旅程。記錯門牌，找了半條雅法街，才到第二社址。地點
在鬧市十字路口，附近小客棧林立，對面就有柏拉丁客舍大大的
招牌，底下是薄餅店（哪想到十數天後，這店遭自殺炸彈炸死十五
人）。這一耽擱，打亂了預定的計劃。原本想到大馬士革門看星期
五早晨才有的羊市集，就此錯失。既已在雅法街中段，乾脆再步行
半條街（十分鐘而已），前往舊城雅法門。

入得雅法門，遊人稀疏，大衛碉堡上更空無一人。的士司機與自薦
導遊三五成群，數目遠勝遊客。其中一名前來招攬，自稱代表「錫
安步行旅行社」（Zion Walking Tours）。說遊舊城，三小時，四城
區，五十美元一人。我笑道，你別胡吹，「錫安」收十美元一人。我
亮給他看《孤獨星球》（Lonely Planet）。他說，呵，那些書都是舊
資料，過時的，一切都漲價了；而且，那是團體，我是專為你們服
務，不用等，即時起行。我說，可以等，參加下午二時的就行。他
說，那也行，每位二十元。

我不相信他是「錫安」的導遊。那旅行社就在碉堡入口對面，我過
去看，竟關了門，玻璃上貼的步行遊舊城仍是十美元一人。我有地
圖，又做過功課，決定自由行，於是沿着大衛街前行。舊城分四

261

區，我們決定先逛基督徒區和阿美尼亞區；留下穆斯林區和猶太區下一天再逛，因為奧瑪清真寺星期五休假。我們隨意步行，市集的商店倒如常開門，可遊人極少，好處是暢順；相對來說，卻少了氣氛。小店賣的都是一般貨種，不外衣服、皮革和各式紀念品，偶有地毯、印花枱布、刺繡裙子，當然沒有土耳其「大巴沙」（大市集）的規模。不知不覺沿梯級攀升，竟到了聖塚堂。這本是各各他山，耶穌在這裏被釘十字架。教堂顯得雜蕪。聖塚堂是苦路終點，本應由苦路第一站起程，經十三站前來，我們反走了。

又去逛阿美尼亞區。舊城寂寂，區內沒有遊人，只有一二小店開門。陶瓷是阿美尼亞的手繪特產，只覺製品粗陋，顏色浮艷，似不如西班牙陶器的活潑明麗、摩洛哥的繁複圖案和沉鬱顏色，更遠遜土耳其的以色涅克（Iznik）瓷磚。

可以出城上聖母院或美國殖民地（Notre Dame of Jerusalem Centre 和 American Colony，都是建築有趣的酒店）午餐，但想繼續逛城區就留在舊城內。沿途找餐室。只有一間空調餐廳營業，透過玻璃，偌大內室，擺好桌子餐具，沒有顧客，一個也沒有，店員二人坐在一隅抽煙。天氣炎熱，附近另有一間賣汽水小食舖子，桌椅擺在門外，可沒有空調，還是餐廳吧。

一面用餐，一面和店主閒聊。說是生意一落千丈，局勢不好，沒有

遊客來了。問我們想到伯利恆去麼，我連忙問：可以去？他説可以可以，由他安排，帶我們去。我對教堂其實興趣不大，但想見見伯利恆，因為那是巴勒斯坦自治區，7 月 20 日的報紙有以色列坦克在伯利恆外列陣的消息。店主説，別信那些報道，都是胡扯，害苦了我們，遊客不敢來了。

店主馬上用電話聯絡，飯後立刻起程。先乘猶太區的士出耶路撒冷，往東南行，約半小時，抵達伯利恆城外，並沒見到任何坦克車，但戒備森嚴，氣氛緊張。下的士步行約一百米，過以色列軍駐守的關卡。由阿美尼亞人帶領，打了招呼，無需查證。過了關卡再步行一百米光景，店主把我們帶到另一輛早在守候的的士。車上二人，一為司機，一為導遊。車子沿山路盤旋，駛向馬槽教堂。兩旁都是石頭房子，偶而見開門小店。教堂在山丘上，大石砌建，一片灰白，門口極低矮。導遊是年輕人，已是教授，曾在義大利求學多年，問他研究什麼？義大利文學；他一臉緬懷的神情説，曾走遍義大利南北。

馬槽教堂是巴西利卡式，由十字軍建於岩石上，式樣古樸，地面有鑲嵌畫遺跡。馬槽在教堂底下，由石級下行，至一岩石頂的洞穴，先是耶穌出生地，再下行至一小洞穴，才是馬槽。教堂鄰接另一教堂，並不開放，隔着欄柵，可見一排排椅子。去年（2000 年 3 月）教皇若望保祿二世訪到伯利恆，就在那裏做彌撒；當時教皇呼籲基

督徒和猶太人彼此開放，消除成見，各自展示猶太教和基督宗教的真貌。教皇到訪前後一些日子，各方居然停火，於是善信如鯽，酒店全滿，朝聖客要住在特拉維夫。我們當時也訂不到機票，所以遲了半年才來。但半年後，以巴再起衝突，而且互相報復，不斷升級。

遲了，就滿目蕭條了。教堂外本來佈滿小攤，售賣各式宗教紀念品，如今空蕩蕩，只是寂靜無人的廣場。回到的士，司機逕直把我們載到一間空調商店，奉上礦泉水。看來一切都是互惠，伯利恆這邊沒有遊客過來，必需有非猶太籍的導遊帶領到邊境，再由巴勒斯坦區這邊提供另一車輛，相信是商店所僱。店內沒有任何遊客。義大利文學教授說，自從去年九月起，就沒有做過生意，教皇帶來短暫的熱鬧，然後一去不返。

回程也是先到關卡，下車，步行，過境，再上另一約好的的士。上車前，我們看到靠近伯利恆的殖民區，而且正在擴建。日間，看來是寧靜平和的，可到了晚上，就炮火連天了。

返回耶路撒冷。想起賽伊德提起巴勒斯坦人，既無國，又無身份證，不得出外旅遊，困在以色列國中心和邊境的加沙地帶，或者寄居黎巴嫩、約旦、敘利亞的難民營。以色列復國了，巴勒斯坦人呢？迦南曾是他們聚居的土地。

7月28日（星期六）

參加的觀光團，七時正到酒店接載我們。耶路撒冷位於以色列中央，是南北的交通樞紐。本來，兩點之間直線最短，從這首都北行，拉一條直線可直達拿撒勒。事實上車子卻不能這樣走，因為聖城恰恰位於整個西岸反方向的 B 字形凹口，西岸是巴勒斯坦自治區。西岸明明在以色列東部，但它在約旦河西，故稱西岸。真正的以色列西岸，是沿地中海的城市。

車子不能直接北上，於是繞道西行，順便前往特拉維夫、海法等地接載另一些旅客，然後才斜斜繞向拿撒勒。換言之，觀光團可說是招攬了整個以色列的遊客，數數，也不過二十多人而已，國籍已包括巴西、阿根庭、美國、韓國、菲律賓。沿途是綠色和金黃色的田野，有些農田已經收割，堆着一綑綑四方形乾草。山坡長滿樹木，但仍有許多禿土。導遊是以色列女子尤希，她說，政府推行綠化計劃，栽種快速生長的杉樹，幾年就有了可觀的成績。哪知杉樹長得雖快，卻易燃，天氣又乾旱，小小星火，林木即時着火，大片山林燒得乾乾淨淨。最初的計劃失敗，如今改種不同種類的樹，有些長得慢卻不易燃。這栽樹的經驗豈非警示：在這特殊的土地上，不同的樹木參差並植，才能相輔共生。

拿撒勒也是山城，四周的房子仍用石建，呈現典型的灰白色。報喜

堂是一座新建的花哨教堂。從拿撒勒東行，即是加利利海。環繞這
個大湖的岸邊，滿佈聖經故事著名的古跡。但教堂都是新建。五餅
二魚堂有好看的鑲嵌畫，鋪在地面；教堂前有庭院，四面為柱廊，
中央一個小花台，種了棵極繁茂的橄欖樹。尤希有意見，她認為該
把教堂門口右側的一個古水池移至中庭替代橄欖樹。她說，橄欖樹
到處有，古水池才配合古跡。

迦百農才是原來的古跡，相傳是聖彼得之家，廢墟的原建材是黑色
的火山岩。古老的教堂以白色雲石為柱。傾塌的過樑和檐枋留下獨
特的紋飾，既有葡萄、獅子、麥穗、貝殼、花束、雙耳酒瓶、樹
葉，不但有六角形大衛之星，也有五隻角的，柱頭甚至有燭台浮
雕。最罕見的竟是一座具有三角楣列柱的聖殿，座落在輪車上，看
來，這是遷徙、流放的約櫃。

中午就在海邊餐室用膳，吃以漁人彼得命名的煎魚。加利利海碧
綠，天空卻不太藍，因為有霧，但仍可見東面的戈蘭高地，寸草不
生，有些像火焰山，只是沒有凹陷的山溝。戈蘭高地是以色列在
1967年佔領的。它成為必爭之地的主因是水。約旦河的一半歸以色
列，另一半的上游屬敘利亞，下游屬約旦。上游有兩條分支：哈斯
巴尼河和巴民亞斯河；前者在黎巴嫩境內，後者在敘利亞，但都流
經戈蘭高地。掌握了戈蘭，就掌握了約旦河的河源。以色列與阿拉
伯鄰國當然都缺水；誰不知道水是沙漠裏的命脈。但同樣的水，水

質也有高下之別。約旦河上游流入加利利海，水質優良，但下游就差多了，有鹽份，直入死海。以色列抽取加利利湖水，舖了輸水管送運到地中海邊的城市，幾乎南達埃及邊境。這使敘利亞很不滿。黎、敘兩國就曾想把約旦河源頭的兩河改道，把水分別引入自己國境。

西岸的巴勒斯坦自治區雖在約旦河西，可水質差，不利農業和畜牧，約旦同受此苦。約旦幸好有石油，但石油可不能飲用。於是水成為黎、敘、約、巴解與以色列各方爭奪的對象。民族、文化，以至宗教的分歧，爭得太明顯，背後作祟的，原來還有水利，還有民生經濟。油火相交，結果愈纏愈死，變得無從解決。猶太人都是希伯來人，希伯來的意思是從河那一邊來的人。可如今要不惜代價，重返河的上游，然後堅守不退。這所以，以色列可以把南方大片的西奈半島奉還埃及，卻牢牢咬緊北部小許的戈蘭不放。這所以巴勒斯坦作為抗衡以色列的力量，其他阿拉伯國家在背後熱情不息地支持，更時加慫恿，但作為一個獨立的國家來考慮，種族最近、宗教互通的眾兄弟就變得諸多猶豫，顧左右而言他了。誰願意讓你多分一杯水？尤其是在沙漠裏？

導遊尤希說我們是難得的旅客，因為這樣的局勢，而世界這麼大，仍然選擇到以色列來。對以巴的糾爭，她竟提到 1917 年的「貝爾福宣言」，那是一次大戰臨近尾聲時，英國準備從奧斯曼土耳其帝國手

中接管巴勒斯坦，提出同意讓猶太人在這地方建國。這是第一次有大國公開承認猶太人在巴勒斯坦復國的合法性。但細讀那短短的宣言，一向擅於咬文嚼字的英國人，補充了一句；不應損害現有非猶太社團的利益。好像雙方的利益都照顧了。當時的巴勒基坦，阿拉伯人佔九成五以上的人口和土地；事前可並沒有徵詢他們的意見。這是極少數決定極多數。難怪阿拉伯人認為這宣言本身就損害了他們的利益。以巴抗爭，其實從宣言開始。而以巴問題，其實就是整個中東問題的核心。

如今偌大的加利利湖上，水靜無波，只有我們一艘遊湖船，船可容納數百人，此刻只有二十多人。湖上另有一人一艇滑水，另有一艇拖香蕉形浮泡，上面跨坐六名青年，不斷和我們揮手。

回程仍繞地中海邊行車，這次經特拉維夫海岸，長長的沙灘滿是泳者，一邊是藍色大海，一邊是林立的後現代建築。上個星期，一宗炸彈事件在咖啡店爆發，傷了不少人。車子仍從特拉維夫回耶路撒冷，回到酒店已近八時，一大群新入住的非洲朋友把晚餐的湯和水果甜品都掃光了。

7月29日（星期日）

參加第二次觀光，這次旅遊巴從特拉維夫開過來。旅遊業興旺的時

候，有一個背囊團式的觀光團，清晨三時起程，趕到瑪撒達看日
出，然後沿死海昆蘭、耶利哥，回耶路撒冷，足十二小時，乘公共
巴士，票價才九十謝爾克。不過，這團辦不成了吧，旅人少，酒店
中也不見宣傳的小冊子，何況耶利哥是巴勒斯坦區。即使有，我也
需考慮，一則要半夜三更起床，二來，瑪撒達是高崗，上山頂除了
乘纜車，還得步行八十級樓梯。

死海在耶路撒冷南部，出了耶路撒冷不久，就是延綿的砂礫丘陵，
漸入猶地亞沙漠，半個以色列都是沙漠了，住着遊牧的貝都因人，
適合愛乘四驅車和駱駝旅行的人。沙漠本來不能耕種，不過，以色
列以高科技把海水化淡，成為微鹽水，開闢了集團農業，種植蔬
菜、水果，創造了沙漠奇跡。沿途上不時見到矮矮透明的罩，裏面
長着青翠的農作物。

集體農場是公社式的社區，使人想起烏托邦、太陽城或《格列佛遊
記》。農場裏的人共同工作，沒有工資和薪酬，但衣食住行包括牙膏
肥皂都由公社供給。吃於公眾食堂，騎自行車，孩子交託兒所。有
學校，娛樂活動，還有旅行團，但沒有私人財產。物質所得相同，
家居仍可依自己的趣味佈置。這種集體農場，有些不免要由國家補
貼。

荒漠上長滿了橄欖樹，長得那麼蓬勃是有理由的，天氣炎熱，橄欖

容易生長，不需要許多水份。橄欖一旦成熟，在地上鋪一塊布，搖動樹幹，果實就嘩嘩落下來，也不煩採摘。橄欖能吃，又能炸油，不含飽和脂肪，是最佳的食油。

除了橄欖樹，死海沿岸長滿棕櫚樹。另一種樹，我一直以為是棕櫚，因為它們也是長長直直的樹幹，頂上散開一束葉子。樹身上又是一節節的環紋和豎起的樹皮。那不是棕櫚，也不是椰子樹，是棗樹。在樹頂的長葉底下，垂着二三十串葡萄似的小果，圍在樹頂四周，一片蕉黑色，那就是棗子。

昆蘭附近都是懸岩，還是砂岩地帶，岩上沒有樹木，卻有洞穴。當年從耶路撒冷因避亂的艾沙尼人（Essenes）逃到這裏，匿居山洞中，一名牧童無意中在洞穴裏發現了藏在陶瓶中的死海古卷。山洞甚高，約七、八層樓位置，爬上去也得一個小時，又沒路，只能在山下仰望，或者進昆蘭小博物館看資料短片。

瑪撒達是悲情劇場，當年猶太人逃避羅馬暴政，匿居山頂上，後遭羅馬人攻破，九百多居民不願落入羅馬人手中，抽籤選十人殺死其他所有人，最後一人則殺餘下的九人，再自盡。結果只剩下二名婦人、幾名小孩。上瑪撒達可乘纜車，舊的纜車站在山岩約四分三處，仍需步行，新的纜車已達山頂，欣喜不已，天氣這麼熱，攝氏三十七度，很易中暑，如何攀登。山頂上仍有教堂和住區遺跡，

地面上有鑲嵌畫。環繞山頂一周，可見死海如鏡，其他三面一片紅土。如今山頂上稀疏地長了橄欖樹，數數，一共五棵。我就躲在其中一棵樹下，不走了，眼看眾人在山岩邊的廢墟中出沒；看一群烏鴉疾飛，或停駐在頹敗的過樑。

死海可以浮人，雖說不懂游泳的人也不會下沉，但其實海水有害，不能吞下，又傷眼。在水中只可仰臥，不宜游泳。不懂泳術的話，如何在水中控制方向？海水會令雙腳浮起，但一旦頭顱浸入水中，將無法站起，豈是遊戲。據說有人俯伏水面，浮水重，轉不了身，竟窒息而死。當地溫泉酒店，有小車卡接送到海邊，長堤盡處撐了遮陽蓬，設有長凳，也不用穿拖鞋，我就坐在凳上看海，看有些人塗了一身黑泥；給下水的朋友拍照。

下午六時十五分電視新聞報道（每天只有十五分鐘英語報道），舊城哭牆上有巴人向正在舉行崇拜儀式的猶太人扔石塊、磚頭和玻璃瓶，以軍警於是不得不發射催淚彈，驅趕暴徒。後來再看西報，原來是以色列最高法院批准一個極端民族主義猶太教組織，在舊城清真寺放一塊象徵建造猶太教神廟的基石，巴人群起抗議。熒幕上只見哭牆前一片混亂。婦人驚慌地身護小孩，警車把群眾送上車離開現場，一輛卡車，上面載着一塊大石。聖城全城皆石，自大衛打敗巨人始，擲石之風，竟數千年不變，不過大衛的後人變成持槍的巨人。

271

7 月 30 日（星期一）

赫德賽醫院（Hadassa Hospital）正樓內有座小猶太教堂，凸字形立
方體呈圓形，屋頂像個大煙囪，四面各有三個尖拱形長窗，嵌有玻
璃彩畫，這就是「夏迦爾窗子」。玻璃畫是夏迦爾手繪，用顏色多次
塗在玻璃上，再嵌上建築物。1967 年動亂，打碎了幾個窗，夏迦爾
又來畫好裝上，其中一窗仍留有彈孔。十二幅畫，主題是猶太十二
支派，顏色都有象徵意義。

以色列博物館的鎮館之寶是「死海古卷」，展示在特建的圓頂專館
中。在平地上只見圓頂，和一幅巨大黑牆，由牆下進入，如入洞
穴。館分二層，上層中心為原件，四周是譯件；下層展出昆蘭洞穴
發現的古物。燈光幽暗，每一框格的展品都有獨立的照明，看時按
扭照亮，燈光自動熄滅。

博物館搜集猶太服飾、生活用具齊全，最豐富的是宗教器皿，尤其
是幾座猶太教堂，由實物整座搬來裝置，為其他博物館所不及。繪
畫館展出不少猶太畫家作品，外國畫家的幾件名作是馬格列特的
「浮城」、杜尚的「噴泉」（小便池）。館中設有青少年和兒童專館，
並有日本園藝家設計的雕塑花園，沙石漫地，以大石、小丘和樹木
分隔小區，展品有羅丹、博蒂洛瓦、博特羅、亨利摩爾、畢加索的
紙板式鏤空作品。瓦沙雷的光合雕塑我還是第一次見到，在大框架

中，如窗子般分格鏤空，因百葉片的角度不同，形成黑白圖案，雙面透空。這樣的雕塑用在建築上必定美麗。

殉難紀念館佔了一座山頭。面積寬廣，分館林立，小徑縱橫，從以色列博物館門口乘上的士，說要去紀念館。司機說，那裏步行參觀不容易，可又沒有的士，由他帶我們逛較好。果然如此。先到主樓參觀錄像和圖片，然後一個個館乘車去看，途中又有許多雕塑。最出色的館是兒童紀念館，一片漆黑，只有點點星光。繞玻璃幕牆走一個圈，聽得一把女聲逐一唸出兒童的名字、年齡。眼前根本無物，只有彷彿浮遊的微光。另一出色的裝置是一年前的作品，在戶外山坡邊，一截斷了的鐵軌，從山坡伸出懸崖，鐵路盡頭是個火車卡，停在那裏。這是當年猶太人被送往集中營的寫照。鐵軌和火車卡都是從德國運來的實物。

的士司機原職旅遊巴司機，當過導遊，但遊人稀少，只好轉當的士司機，但也沒有什麼生意。我們本來還想參加地中海沿岸的凱撒里亞、阿柯觀光團，但不成團。司機提議翌日帶我們參觀橄欖山和錫安山，半天時間，因為徒步困難，天氣又熱。我在基督教女校讀書六年，聖經中的事跡近在身邊，還是得去看看。我請他順便帶我們經米亞·舒阿林（Mea Shearim）、哭牆和辛特拉的墓地。

273

7 月 31 日（星期二）

司機名叫阿伯拉罕，準時八點半到酒店接我們，由雅法門入，沿着內牆邊繞到冬格門，想進入哭牆廣場，不獲准。他對我們説：約好一位朋友十點正，等一下再來，於是駛車往錫安山，帶我們參觀大衛墓和樓上最後晚餐的大室。這座古老的羅馬式房子，窗戶是圓拱頂，樓下有中庭。一群年青的軍人，以男性居多，坐在庭側長廊地上聽一名上級女兵訓導，這位猶太女兵也只有二十來歲，神采飛揚，不施脂粉，穿卡其布軍服，非常美麗。唸中學時，學校演戲，英國老師為《威尼斯商人》選角，我竟中選了，哪知演的是猶太人夏洛克，原因是我既瘦且矮，膚色又黑。

二樓最後晚餐的飯堂，由戶外一窄梯登上，梯級頂欄杆有斷裂痕，阿伯拉罕説去年因教皇來，不能步上梯級，所以拆卸一段欄杆。從梯頂還要步行一小條天橋過道才到。飯堂以往在圖片中見過，彷彿一座哥德式教堂的大殿，其實內部空間不大，不過有弧拱壁柱，升上天花交接，顯得氣派不凡。因歷代的改變，這飯堂的牆壁築了一個回教壁龕，旅遊冊子都把壁龕作為焦點，令人啼笑皆非。耶穌最後晚餐時，哪有回教建築。還是對牆上的小四方窗更近原貌。這小方窗就出現在列奧納多·達文西的「最後晚餐」畫中。

錫安山上還有聖母安眠堂、彼德三次不認主的雞鳴堂、耶穌被囚的

洞穴牢獄。在山上一平台，可以眺望舊城的城牆，下面是大片墳墓、當年痳瘋病人居住的洞穴、如今巴勒斯坦人的民居。其中一間房子的頂樓旁邊竟是個有篷平台，裏面站着一頭騾，蹲伏着一頭駱駝。到處都是新建築，只有痳瘋病人住過的地方一直丟空，至今沒有人願意重建入住。阿伯拉罕果然是資深導遊，對一切建築瞭如指掌，《聖經》故事也熟。他帶我們進入基督教墓園，下兩層石級，直達辛特拉的墓前。墓碑平臥地面，碑石面周邊滿佈小石。阿伯拉罕說，猶太人從不帶鮮花上墳，因為鮮花代表快樂，猶太人只以小石來紀念故人，表示尊敬和懷念。

稍後則往橄欖山腳的客西馬尼園，小小園子長了許多棵罕見的粗壯橄欖樹，園側是哀傷堂，那堂的建築可怪，正立面為希臘神殿，平房頂上卻有傘陣般許多圓頂。三角楣山花的一幅大鑲嵌畫很是奪目。

十點正，回到冬格門外，阿伯拉罕的朋友恰好到來，由他引路，進了廣場泊車。昨天混亂的景象，再看不見了，哭牆又平靜如常。動亂，這牆已經見怪不怪了。廣場中央插了一支以色列旗，三三兩兩的旅人和一群遊客從不同的小巷過來。哭牆分為兩邊，左邊是男子的崇拜範圍，右邊是女子祈禱處。兩邊都有椅子，有的人貼住牆讀經。猶太教並不外傳，猶太人祈禱時都手持經書朗讀，因為祈禱書編印了一年中每日的禱文，某月某日讀那一段禱文只要翻開書就行。

哭牆甚高，底層是大石塊，上層是較小的石，顯示了不同年代的建築，其實原來的城牆還要高許多。牆的另一面就是山上的瑪奧清真寺，可惜只能看見金色的圓頂了，因為要封閉八個月。哭牆上有不少縫隙長出了雜草，我很奇怪，政府為什麼不除草呢？因為草很厲害，最終會把城牆扯裂。

離開廣場時，阿伯拉罕和站在警崗前的朋友大力握手，他原先放在掌心的幾個銅幣不見了。他提議帶我們去試試一般猶太人吃的午餐，我們當然贊成。那是小巧的餐廳，兩支串燒（牛肉、羊肉），每份二十八謝克爾；菜沙律、薯條和麵餅則任吃。和阿伯拉罕相處兩個半天，竟已混熟了。他邀我們上他家去。他住在吉勞（Gelo），位於耶路撒冷和伯利恆之間，車行十五分鐘。那是一個新住宅區，劃一的兩層樓相連小洋房，住宅區外是寬闊的廣場。可以遙見伯利恆城。本來風景極好，有無敵山景，可是以巴雙方晚上常常交火，這廣場的邊緣建了一道兩米高的石欄，把一切遮住了。

阿伯拉罕住的房子一連十六座都是獨立單位，由一道大門進去，院子狹長形，種滿了大葉樹木。院子兩邊才是每戶住宅的家門。住宅都是兩層高，樓下是開放式廚房，飯廳和客廳，還有小花園。樓上有三間臥室，主臥室很寬大，樓上樓下都有洗手間。廚房內都有上下廚櫃，烤爐、冰箱、洗衣機一應俱全，還有冷熱水的蒸溜水機。一千多平方尺的面積，完全是中產階級的氣派。

276

阿伯拉罕年約五十左右，妻子是教育學院教師，有一子一女，家中佈置典雅，掛了不少畫，畫中人就是他妻子。美中不足的是沒有空調，所以妻子晚上寧可睡客廳，因為樓上的天花被太陽晒了一天，太熱了。經濟不景，房價降了一半，變作負資產了。而伯利恆那邊的炮火常常射過來，靠近山邊的幾層樓，牆上到處彈痕。和平？他說，耶路撒冷的希伯來文意思就是和平，但我們缺乏的正是和平。

米亞・舒阿林區住的是特別的猶太人，穿黑外衣，黑褲，白襯衫，戴黑高帽，腮邊蓄兩絡繞麻花卷髮。他們不理外面的世界，住在區內殘破的住宅，商店不大開門。遇上糾紛，由自己的長老判決，不接受以色列法庭審理。他們的長老穿黑白細條紋的長外套。阿伯拉罕稱他們為「黑人」，説他們什麼也不做，只會祈禱，是寄生蟲。他仍送我們回酒店，半途上還指給我們看早一陣舉行婚禮樓板下塌，死傷不少人的樓房，那是座有許多拱窗的房子，側面的牆不見了，露出盤旋的樓梯。

在酒店休息了個多小時，再到舊城走走。這次打算從獅子門入。的士司機知道 Old City，可不知道 Lion's Gate。幸好早有準備，對他說：Sha'ar Ha' Arayot（沙・哈拉育）。他明白了，還為我糾正讀音。獅子門位於舊城東，車子經雅法路到了雅法門轉左行，經過新門、大馬士革門，希律門，繞到東邊的獅子門。最熱鬧的是大馬士革門，城門上方是聳起的堞垛，門外擺了許多攤子，是個市集，其

中不少披頭巾的阿拉伯婦女和穿長袍的男子。早上這裏曾有炸燬傷人，不宜逗留。

獅子門的門口有兩名手持輕機槍的軍人把守，正在檢查一名行人的證件。不知情況如何，我上前明知故問，是不是獅子門呀，軍人微笑說：是啦，是獅子門啦。其實我一看城牆上一邊一隻四腳獅子彼此相向，已知沒走錯地方，再問：可以進去？可以。而且不需查證件，門內迎面一條小路，就是苦路了。相傳耶穌從客西馬尼園一直走過來，抬着十字架經這苦路，上各各他山。苦路共十四站，我想看的是第一站的聖安教堂。走了沒幾步，見一敞開的門，伸頭張望，門內的一個人說，這是聖安教堂，於是進內買票，走過一片空地，才見到這美麗樸素米黃色的古羅馬式教堂，比那些新建的花哨教堂雅典多了。大堂的柱升起飛拱，有的柱極高，幾近天花，那拱就變得舒坦了。堂內迴聲極好，有一人低哼舒伯特的幾節聖母頌，不過三數遊人，氣氛寧謐。

過了聖安堂，又有敞開的門道，再有人請我們進入，也去看了一陣。引導的人說，可以帶我們走整段苦路。問他價錢，他說隨我們意好了。人很年輕，走路一拐一拐的。可是他一開始就把我們帶進了對面的商店。店門很小，但縱深，還有曲向的橫廊。店主一直朝內走，說是給我們看地毯。我們連忙退出來，付了導遊費說，自己往前走就可以了。

沿着苦路走了七、八站。路邊一直有軍人巡行。遊人呢,只見一名亞裔的黑衣教士。第一天到過聖塚堂,那一帶的苦路已經走過,就不再走了。見到招貼畫,進店選了一些。店主苦着臉說:明天大概要封城,更沒生意做了。為什麼呢?因為剛才以色列的直升機用飛彈射中納布盧斯巴勒斯坦總部,死了八個人,包括兩名巴解哈馬斯份子領袖、兩名兒童。

難怪舊城忽然戒備森嚴起來。本來預算逛穆斯林區的古建築(Mamluk Buildings),以及重建的猶太社區,前者需要深入小巷,如今局勢變壞,不得不放棄了。傍晚六時十五分新聞報導,果然事態嚴重,以色列軍以直升機飛彈從大樓窗口射入,死了八人,小孩是在大樓下路過。巴勒斯坦人揚言報復,他們的自殺式炸彈隨時在任何角落爆炸。

8月1日(星期三)

早起看新聞廣播,見到熒屏上一片流星火,夜來以巴雙方例有槍戰。那畫面,彷彿當年波斯灣戰爭。酒店裏的非洲人都離開了。整個酒店,侍應只需接待我們,吃早餐時,問外間的局勢如何。侍應答:情況不是壞,而是很壞;他上街,連公共汽車也不敢乘坐。然後,他忠告我們:不要到人多聚集的地方。

那麼巴士站、超級市場、大廈廣場、熱鬧的街道似乎都不能去了。計劃中該走走的洛克非勒博物館，是巴勒斯坦博物館，不能去了；建築漂亮的美國殖民區酒店（American Colony）也不能去午餐了，那裏有不錯的書店。還有聖母院，是梵蒂岡的物業。這些，都在高危的東耶路撒冷。

新城的鬧市，和兩個有奇異建築物的區也終於放棄，其中塔爾比亞（Talbiyah）是賽伊德童年時的寓區。能到哪裏去呢？到僻偏冷門的地點吧，於是到聖地酒店看聖城第二期建築的大模型。這是酒店店主請人設計的，模型建在空地上，比例為一與五十。然後去看青年會。這是 1933 年的建築，設計師是美國紐約帝國大廈的同一組人。青年會採取摩爾式和羅馬式混合風格，很配合中東的環境。白石面牆，樓下為拱形柱廊，窗子是嘉泰蘭二柱三拱式。樓側升起鐘樓，圓頂。我上去看了，樓頂有大大小小銅鐘十多個，似乎久已不用，佈滿灰塵。鐘樓四面有門，可出小露台，聖城景色，一覽無遺。塔樓八角，各角窗邊雕一位門徒，還附名字。最特別的是窗柱，柱頭竟是深浮雕的鐘群。

大衛王酒店和青年會隔街面對面，外貌顯得道貌岸然，像個石砌方盒，有趣的是屋頂轉角砌了幾塊摩爾式堞垛。不過，店內裝飾豪華，咖啡墨綠燙金，有貴族氣派，還有花園。

不止一次聽到不同的人說「如此局勢」（this situation），局勢愈來愈嚴峻了。鬧市的書店、咖啡座不能去，諾貝爾文學獎得主阿岡（S.Y.Agnon）的故居又在南部，都放棄了。

阿伯拉罕送我們上機場。他告訴我們大衛王酒店車房早上發現炸彈，幸好沒有傷人。那是我們離開大衛王酒店後不久的事。阿伯拉罕仍然為我們沿途講解。那些路邊的箱鐵，他說，是裝甲車的車廂部份，現在放在路旁展覽，成為裝置藝術。當年以色列人攻佔耶路撒冷，山上的巴勒斯坦人就和地面的裝甲車駁火。過了一會兒，路旁的山崗上出現一批漂亮的住宅，還豎立幾支旗桿，他說，那是美國籍的猶太人區，房子挺昂貴。我看見旗幟中除了以色列旗，還有一支美國旗。

往機場的高速公路建得很好，可見短短數十年，以色列的現代化進展。我對阿伯拉罕說，公路建得不錯呵，他說，是我的車子好。他很為自己的車子自傲，因為是梅西迪斯。那是最好的車子，他說。除了在景點把車停泊在售票站外，上餐館時，他一下車總拔下車頭的三葉商標放入褲袋，回到車上時又把商標插上。相信頗值錢，有人會打它的主意。他從電視上看到香港高樓林立，看來很現代化的樣子。我們說，同是六百萬人，你們嫌地方少，我們豈不是更少？

阿伯拉罕曾提議帶我們參觀機場附近的坦克博物館。我說我對殺人

的武器沒有興趣。真要看什麼的話，我寧願就近去參觀產酒的修道院葡萄園，例如拉杜恩（Laturn）。不久，遠遠見到一輛坦克的影子在遠方半空中，那就是坦克博物館了，坦克高置於建築頂上。沿途又見以色列國父赫茨爾的黑色剪影巨像。1902 年在瑞士舉行猶太人復國大會，討論選擇哪一個地方建國，赫茨爾提出東非的烏干達，並且得到烏干達當年的宗主英國的同意，卻遭大部份出席的猶太人強烈反對，認定非巴勒斯坦聖城不可。回想起來，這「烏干達方案」並非沒有遠見，它可能為後世子孫開太平。眼前的戰亂，恐怕再多幾個世代還不可能解決。

出境也問了許多循例的問題，可有和陌生人接觸、託帶物件之類。說到曾參加當地旅行團，竟追問導遊的名字。另一面又為煩瑣的查問致歉。我們反而希望檢查徹底，不要禍及無辜。和賽伊德合作出版《最後的天空之後》的攝影師尚・摩爾（Jean Mohr）辦理登機時曾被問及有否遇見任何阿拉伯人。他說：在以色列很難看不見阿拉伯人，除非你閉上眼睛。

飛機居然滿座，不少以色列人到香港來，平日我們在街上也不能辨別吧。乘搭飛機，我不多久就到機尾舒伸一下，這次，機尾很熱鬧，幾個猶太人手持祈禱書低聲朗讀，一面晃動身軀。八月號以航飛機雜誌第一頁有一篇「旅禱文」，說希望神靈保佑，和平、安全地飛到目的地，⋯⋯阿門。

不論是誰，我們的確需要和平、安全，也不論是在空中，在陸上，在沙漠裏，在河邊。

二〇〇一年八月